L'HOMME AUX PÂTES

DU MÊME AUTEUR

Romans

Le Passeur de Lesbos (Bernard Barrault).
Impasse de la nuit (Bernard Barrault).

Essais

L'École dans la rue (Grasset).
Jeunesse et Révolution, avec J.-M. BROHM (Maspero).
Excentriques (Bernard Barrault)

Études

« Le Cinéma à la limite », *Peter Greenaway*, avec D. CAUX, F. de MÈREDIEU, P. PILARD et M. NYMAN (Dis, Voir).
« La Pensée du politique chez Hegel », *Nouvelle Histoire des idées politiques* sous la dir. de P. ORY (Hachette).

A Jacotte,

qui n'a pas eu la patience
d'attendre la fin du livre.

« On croirait faire injure à la raison, si l'on disait un mot en faveur de ses rivales. Cependant il n'y a que les passions, et les grandes passions, qui puissent élever l'âme aux grandes choses. »

Denis Diderot

PREMIER CERCLE

UN BANQUET

« Non, je ne vous conduirai point dans une terre étrangère, mais je vous apprendrai peut-être que vous êtes étranger dans votre propre pays. »

Nicolas Malebranche

CHAPITRE PREMIER

Où il sera d'abord question du Cri et du Cuit; d'un banquet « assez parisien » où le lecteur découvrira quelques-uns de nos héros; d'une approche résolument européenne des lexiques culinaire et érotique; du rôle de Lucky Luciano dans la libération de l'Italie, à propos d'une *disputatio* sur le melon; de *Métaphysique, Z* et de mozzarella; de recettes de pâtes; d'une exploration du champ d'assonances de « nouilles »; des rudiments de la pâtologie et des complexes de socialité affectant le narrateur.

Un cri.

Lancé d'une voix rauque et embrumée qui, si elle semblait à bon droit témoigner d'années d'alcool, de tabac et de vie dissolue, n'en faisait pas moins résonner les accents d'une autorité peu habituée, en vérité, à souffrir la contestation.

La prononciation était probablement romaine – de celle qu'un Toscan ne peut évoquer sans une grimace condescendante, tant il la trouve vulgaire.

Toujours est-il que ce cri fit aussitôt cesser le cliquetis des couverts, la sourde rumeur des conversations et le petit rire pointu des femmes.

Le silence s'instaura, d'autant plus pesant qu'il tombait dans une atmosphère raréfiée, comme s'il se nourrissait de l'effluve des ingrédients dont il m'avait fallu, sans avarice, faire usage dans la préparation de ces *spaghetti aglio e olio* que m'avait commandés Clara puisque, aussi bien, c'est chez Clara que tout commença.

Mais, comme à l'ordinaire, tout avait commencé avant ce commencement.

Clara avait décidé de fêter d'un même mouvement, « par économie », ses dix années de radio, le nouvel appartement qu'elle finissait d'aménager et, surtout, le terme d'une longue et fastidieuse procédure qui scellait enfin, et probablement de manière irréversible, son cinquième divorce.

J'avais vite deviné qu'elle taisait l'essentiel : les couloirs de la radio bruissaient de rumeurs; l'émission de Clara, une heure de confessions nocturnes plus ou moins indiscrètes avec une personnalité, *Avoue ta vie, va*, risquait d'être supprimée, pour être remplacée par *Vis ta vie, vite*, qu'animerait Pascale Wilder, la rivale attitrée de Clara.

La décision était, paraît-il, imminente. Le dîner sauverait-il les meubles?

Clara voulait une soirée qui « ne fût pas mondaine, mais amicale ». Moyennant quoi, il n'y aurait qu'une quinzaine d'« amis », survivants d'une sélection drastique, subtilement dosée entre ce qu'elle appelait les « nécessités du boulot » et les « contingences de l'existence ».

Je ne pouvais que me ranger dans cette seconde catégorie, et me savoir contingent ne m'enthousiasmait guère.

Côté boulot et nécessité, Laurent de Caseneuve, producteur d'*Avoue ta vie, va* – accompagné, la chose était assez rare qui méritait d'être notée, de son épouse Gabrielle, aussi blonde qu'il était brun, aussi souriante qu'il était sombre. Amateur de Jung, de mysticisme hindou et de pratiques ésotériques, Caseneuve était lugubre, un rien inquiétant, doublure convaincante de Christopher Lee dans *Le Frère jumeau de Dracula*.

Bénédicte, venue avec son jeune amant, timide et effacé, était la réalisatrice de l'émission. D'une humeur massacrante, râlant après tout le monde, Clara affirmait qu'elle était *professionnelle* – ce mot qui vaut absolution pour qui empoisonne la vie de ses prochains et tend à devenir le synonyme mondain d'emmerdeur.

James Harford était le directeur de l'unité de programmes dont dépendait Clara. La cinquantaine, mince, très élégant, il était escorté par un jeune « ami ».

Enfin, l'attachée de presse, Caroline, toujours bronzée, que Clara n'aimait guère mais qu'elle « ne pouvait pas ne pas inviter », ce dont je me réjouissais, l'ayant toujours trouvée fort séduisante.

J'avais espéré quelque affinité élective, les premières fois qu'elle était venue déjeuner avec moi au journal mais, depuis ce jeudi fatidique où j'avais dû lui expliquer que je ne pouvais pas consacrer, chaque semaine, ma chronique à *Avoue ta vie, va*, malgré toute l'affection que je portais à Clara et mon désir de lui être, à elle, Caroline, agréable, le charme semblait s'être rompu. Elle me battait froid et, quand d'aventure il condescendait à croiser le mien, son regard était activement chargé d'indifférence.

Côté contingence et existence, Jennifer et Dan, que Clara connaissait depuis des années. Elle les avait toujours vus s'exténuer à chercher les fonds qui permettraient de sortir leur premier disque. Le clip l'accompagnant, sous le titre éloquent de *Flag'elle*, devait montrer tous les stéréotypes à la mode concernant le sadomasochisme, à fin, bien sûr, de mieux les dénoncer.

Il y avait encore à la table du Banquet la petite sœur de Clara, Aurore, délicieuse étudiante en philosophie, brune, les cheveux longs bouclés, l'œil pétillant et rempli d'une tendre indulgence pour sa sœur et ses amis.

Souvent, Aurore et moi nous étions retrouvés à la brasserie du Palais de Justice pour y attendre sa sœur, et ces moments m'auraient presque fait regretter que Clara ne divorçât pas plus souvent.

Elle était venue avec son compagnon, Gilles, qui travaillait dans l'édition, et sur qui Clara ne tarissait pas d'éloges.

Il y avait encore un « copain » de Jennifer, un jeune américain de San Francisco : son visage émacié, son regard transparent et soumis permettaient d'imaginer qu'il avait dû faire de nombreuses figurations lors des répétitions du vidéoclip.

La touche politique, sans laquelle il n'est pas de soirée vraiment réussie, était attendue pour le dessert : Consuela, une réfugiée latino-américaine, et son mari Denis, membre du cabinet d'un sous-secrétaire d'État socialiste, devaient nous rejoindre; Clara les avait prévenus « trop tard », ils étaient « déjà invités », mais ils tenaient « absolument à passer ».

Enfin, un homme assez âgé, marqué, la stature imposante et portant une barbe broussailleuse, qui n'avait pas desserré les dents depuis le début de la soirée et dont j'ignorais tout : j'étais dans la cuisine quand il était arrivé, et Clara avait oublié, ensuite, de faire les présentations.

On l'aura compris : c'est lui qui, au début du chapitre, poussa ce cri dont l'intelligence exige encore une ou deux précisions supplémentaires.

Fidèle à son habitude, Clara m'avait téléphoné au milieu de la nuit. Pour me demander de l'aider dans la préparation de la soirée. Elle avait d'abord pensé, m'expliqua-t-elle, à un buffet campagnard mais, à la réflexion, elle trouvait ça « tarte ».

D'un autre côté, nous serions trop nombreux pour un dîner fin, genre blinis-saumon-champagne...

C'est alors qu'elle avait eu l'idée de faire écho à la mode hispanisante du moment. Elle préparerait une paella aux fruits de mer, comme celle qu'elle avait savourée, quoique le plat fût valencien, à l'étape obligée de Barcelone, Los Caracoles, derrière la plaza Real, à l'angle d'Escurdillers et de la calle Nueva de San Francisco.

En entrée, des assortiments de *tapas*, comment faire autrement? Quelques *agritos*, filets d'anchois macérés dans du vinaigre; des *mejillones*, grosses moules grasses un peu obscènes, et plusieurs sortes de *pescadillas*, petits poissons frits. A la condition de n'oublier ni les *albondigas*, boulettes de viande, ni la *tortilla*, l'omelette coupée, tout irait pour le mieux.

Paco de Lucia en fond sonore (« ah! *Frevo Rasgado*, avec Al di Meola et John Mac Laughlin!... »), et le tour était joué.

La fatigue aidant, je ne l'écoutais plus vraiment.

Je décrochai sur *tortilla*: est-ce hasard linguistique ou malice du machisme ibérique, si le mot n'est pas à mettre au pluriel, *tortillas* désignant en argot les lesbiennes, l'équivalent de nos « gouines »?

Et pendant que Clara poursuivait l'énumération de tous les *tapas* possibles dont les noms, *habas, almejas, calamares*, me berçaient, à la manière dont l'antienne du vendeur de loterie, à Barcelone justement (« *para hoy, dinero para hoy* », « de l'argent pour aujourd'hui »), résonne aux oreilles du Sigismond de *La Marge*, lequel n'entend pas « *para hoy* », mais « parabole » – je songeais à cette gêne que doit éprouver si souvent la langue pudibonde pour transformer, par d'infimes modifications, un mot sage et présentable en un terme vil et rougissant; pour faire naître, de manière sans doute aléatoire, un effet de sens, un savoureux rapport entre le mot admis et son double refoulé, le « sale » devant peut-être hanter le sens *propre* comme l'ombre la lumière.

Ici, en l'occurrence: omelette et hommelette? Vulgarité toujours plus appétissante que les infinies variations de notre argot national sur les marchandes d'ail, les gousses, les éplucheuses de lentilles et autres fricatrices – du latin *fricare*, comme tribadisme vient du grec *tribein*, qui tous deux signifient frotter, et non de « fricassée », hélas! encore que le saphisme se dise aussi « mangeaille », ce qui clôt notre cercle.

Et que dire du *finocchio* italien, qui désigne le fenouil sur la carte d'une *trattoria* et garde son sens de « pédé » pour les terrains vagues où sont assassinés en toute impunité les Pier Paolo Pasolini ?

Ou, plus subtile, marquée comme à l'accoutumée d'un plus grand degré d'abstraction, la relation implicite que l'allemand établit entre *Uhr*, l'heure, et *Hure*, la putain – la nuance ne dépendant que d'une aspiration de h, presque rien, à la vérité – par où, langue spéculative s'il en fut, l'allemand manifeste sa légendaire attention à l'organisation, à la précision des passes et à la bonne ordonnance des choses...

Clara me fit brusquement revenir à la réalité de notre communication téléphonique. Le seul problème, avoua-t-elle après une hésitation... c'est qu'elle ne savait pas faire la paella. Était-ce dans mes cordes ? Je dus la décevoir.

Retour à la case départ. Il était 3 heures du matin. Comment sortir de l'impasse ?

Je lui proposai quelques plats, pas les premiers venus : une daube, dont je tenais la recette de ma maman. Une blanquette de veau. Un feuilleté de canard. Un gigot farci à l'anchois, recette de Baumanière, excusez du peu. Aucun n'emporta son adhésion.

Blocage.

Au petit gloussement de satisfaction, je devinai qu'elle avait trouvé. Elle savourait son idée, prenant le temps de la laisser désirer, et l'annonça sur le ton de l'aboyeur du Grand Bal des débutantes.

Une *spaghetti-partie.*

Elle se lança aussitôt dans une brillante improvisation : puisque la mode, qui devenait franchement insupportable, était à l'Espagne, elle jouerait froidement la carte de l'Italie.

C'était un trait caractéristique de Clara : il lui fallait toujours rapporter une décision singulière, un goût particulier, voire une lubie, à un ensemble plus général, plus complexe, si possible conflictuel, susceptible de conférer à son choix du moment une portée stratégique qui lui donnerait un surcroît de sens.

Elle était femme d'enjeux, et je ne pouvais que m'incliner : ranimer l'ancestrale opposition culturelle entre Espagne et Italie n'était pas la plus dérisoire des causes.

Elle repartit au galop : Maria Callas dans une anthologie d'airs véristes pour l'ambiance, un sabayon pour le dessert et, avant les pâtes, du melon accompagné de jambon de Parme ou, mieux encore, de San Daniele.

Natif d'un petit village du comtat Venaissin dont le moulin s'accroche aux flancs des monts du Vaucluse, face à la sombre barrière du Luberon qui, lorsque rougeoie le crépuscule et que se dissipent les vapeurs de la chaleur d'été, évoque les plis d'une cuirasse de rhinocéros assoupi, village sis à moins de 30 kilomètres de Cavaillon, je ne répugnai pas à brandir ces origines comme argument d'autorité pour persuader Clara que février, ce mois bissextilement nabot, s'il est « en r » et accorde par là toute licence à la dégustation des huîtres, n'est pas précisément connu comme une période idoine à la consommation des melons.

J'étais aussi, à ma manière, homme d'enjeux et de quelques principes.

Dès que je le pouvais, m'insurger contre la sotte tendance au nivellement alimentaire – qui consiste à manger indifféremment de tout en toute saison; à s'abriter derrière le fallacieux alibi des importations d'Israël, du Maroc ou de l'Afrique du Sud; ou pis, *horresco referens*, à chanter les éloges des produits surgelés – me semblait relever du plus élémentaire sens civique. Du droit à la résistance. Du devoir de rébellion.

Mais Clara était aussi femme de repartie. Elle avança aussitôt un argument de circonstance.

J'allumai une cigarette.

Puisque table italienne il y aurait, il fallait qu'elle fût, d'une façon ou d'une autre, *estivale*. Melon, donc.

Je réfléchis aussi vite que le contexte, propice à tomber dans les bras de Morphée, me le permettait.

Tant qu'à devoir subir un tel barbarisme du goût, imposer à nos pupilles le solécisme suprême – défi à la concordance des temps, injure à la séculaire sagesse de nos paysans qui, de toute éternité, ne sont pas sans savoir que le melon ne se ramasse pas en février –, mieux valait, la défaite me paraissant cette fois consommée, reculer, certes, mais limiter la casse.

Clara continuait à vouloir me convaincre et s'était lancée dans une savante exégèse de ses propres propos... La rêverie m'enveloppa dans un duvet de somnolence.

Puisque bataille il y avait, je n'avais qu'à être général. Je l'interrompais brutalement (« viril, mais correct »), forçant ma voix à la manière de George C. Scott dans le *Patton* de Franklin Schaffner lorsque, penché sur une carte d'état-major, le menton volontaire, il impose sa stratégie de conquête de la Sicile – et, par là même, la promesse de la libération de ses succulents *capelli d'angelo*, dont la fragilité arachnéenne rend la cuisson si délicate – à son vieux et bourru complice Karl Malden.

C'était du même coup accepter le soutien logistique de Lucky Luciano. Francesco Rosi a su montrer l'homme sensible derrière le maffioso, souffrant, dans la solitude très relative de sa prison, du sort réservé à son pays. La scène inoubliable où Gian Maria Volonte, déchiré, affirme qu'entre Mussolini et la Sicile, il choisit l'alliance des *capelli d'angelo* avec les cornflakes, n'est pas sans anticiper sur le mot fameux de Camus qui, dans le tourment d'une intime torture morale, osait l'aveu qu'entre la justice et sa mère, il choisissait le couscous et les bricks de son enfance – fussent-ils réfractaires à la cuisine électrique mitonnée par les militaires français...

Je sursautai quand Clara me rappela sèchement à l'ordre :

« Tu proposes autre chose ? »

Je risquai :

« Tomates. »

L'été y serait, comme serait éloigné le principal péril qui menaçait.

J'eusse été bien naïf d'espérer d'une telle manœuvre qu'elle désamorçât un adversaire si coriace.

« Tu veux dire... Avec ce fromage blanc élastique... la moazzala... ? »

FEU SUR LE QUARTIER GÉNÉRAL !

Clara venait de commettre là une erreur stratégique aux conséquences imprévisibles. J'en tirai aussitôt tout l'avantage possible.

« Non, ma chérie ! Mozzarella, comme le nom du truand qu'emprunte l'inspecteur du FBI au début de *Certains l'aiment chaud* ! Le nom remonte au XVe siècle, lorsque la pâte travaillée à la main était coupée, *mozzata* en italien, qui s'est transformé en *mozza,* puis en *mozzarella.* »

Et, faisant fi de toute pitié, à la fin de l'envoi, je touchai :

« Élastique et insipide, elle ne l'est que si tu l'achètes en emballage industriel. Mais alors, ne t'en prends qu'à toi-même ! Il y a fort à parier qu'il s'agira de mozzarella de vache. Et non de la seule qui n'irrite pas la bouche quand on l'évoque, celle de buffle... Un peu d'huile d'olive extra-vierge de fabrication artisanale, et c'est sublime ! Rien ne sert d'y ajouter quoi que ce soit ! »

J'avais suivi naguère, en Sorbonne, le séminaire d'un éminent spécialiste austro-heideggérien d'Aristote, consacré à la genèse sémantique de l'*hupokeimenon* dans *Métaphysique, Z*, qu'il traduisait avec pertinence, sinon avec bonheur, par le « jacent-au-fond ».

Dans ma réplique à Clara, je crois avoir fugitivement retrouvé son assurance érudite, un brin d'emphase mâtinée de technicité, et la jubilation qu'entraîne le commerce assidu de la vérité.

Ces quelques phrases spontanées, moi-même jacent-au-fond de mon lit, auraient pu, sans que j'eusse à en rougir, constituer le début prometteur d'une thèse consacrée à *L'Évolution des produits lactés et fermentés dans le Mezzogiorno – Prolégomènes pour les éléments d'une analyse circonstanciée*, travail que je me suis révélé incapable, il faut bien l'avouer, de mener à bien.

Clara reconnut implicitement son revers, puisqu'elle contre-attaqua sur un autre terrain :

« Si je m'occupe du dessert, que proposes-tu, comme plat ? »

Dans la nuit obscure, le bout incandescent de ma cigarette était mon seul repère. Il n'était pas question que Clara m'obligeât à me lever pour chercher, dans la bibliothèque, les livres de recettes susceptibles de m'aider.

M'inspirant d'un auguste exemple, je décidai de « ne compter que sur mes propres forces ». J'y allai au bluff.

Par quel prodige de la mémoire, alliée à l'indomptable volonté de ne pas avoir à bouger, me revint alors une recette proposée par Jean Forno, qui dirigeait Le Chateaubriand – à l'enseigne de l'écrivain le plus pâteux de la Grande Littérature Française –, l'un des meilleurs restaurants italiens de Paris, hélas exilé, fort de la rue Chabrol, dans le morne désert du Xe arrondissement ? Je ne saurais le dire.

Toujours est-il qu'assuré de mon succès, comme un joueur blasé n'hésitant pas à pousser d'un geste las sa pile de plaques sur un seul numéro, je laissai négligemment tomber :

« *Paglia e fieno alla contadina...* »

Le risque était minime, la martingale infaillible, le banco assuré.

« Paille et foin »...

Comment ne pas succomber à pareil enchantement champêtre, qui exalte un mélange de *fettuccine* dont la pâte doit être séparée en deux (« un se divise en deux », avait depuis longtemps prévenu l'auguste exemple précité, éminent spécialiste de nouilles, chinoises il est vrai)?

S'il sait ajuster son geste et ajouter à la première moitié trois jaunes d'œufs, le pétrisseur se fait alchimiste et, sous ses yeux, le petit tas de farine qu'il lui faut travailler se transforme peu à peu en une sphère d'or; et quand, dans la marmite alambic, frémit l'eau où doucement se dissout le gros sel, s'opère la sublime métamorphose de la pâte en pépite.

Mais aussitôt, le labeur redevient labour. Des épinards pressés, passés au tamis, mélangés à la pâte restante, surgit une colline de Toscane, un pré verdoyant – semblable à celui où s'aimèrent les trois jeunes amants de Paolo et Vittorio Taviani – aux sillons que dessine le soc de la fourchette.

C'est comme « Royal Tisserand » que le cuisinier achève son ouvrage. Harmonieusement tressées, trame et chaîne d'une Pénélope qui se soucierait comme d'une guigne du retour de son époux, *fettuccine* vertes et jaunes, coupées en longs rubans graciles dont la largeur ne devra pas excéder 2 millimètres (sans quoi, destin funeste, les *fettuccine* deviendraient *tagliatelle*!), formeront dans l'assiette une meule bicolore aux mille saveurs.

Pour que la moisson soit belle, que les fruits tiennent la promesse des fleurs et fassent chanter les jeunes filles, il aura fallu, en attendant l'inéluctable et nécessaire application d'une loi fondamentale de la chimie, l'ébullition, faire revenir dans une poêle quelques blancs de volaille et du jambon cru (« de pays ») coupés en dés, y ajouter crème fraîche, beurre et parmesan finement râpé, et porter l'estocade par plusieurs truffes et morceaux de foie gras.

Quatre minutes de cuisson (pas une de plus!) sépareront alors de l'instant suprême, ultime délai avant l'acmé du plaisir.

Le silence, à l'autre bout du fil. Chargé d'admiration ou de consternation? Je ne pouvais en décider.

« Tu... tu ne pourrais pas me proposer autre chose? »

Pas question pour moi de lui avouer ma déception. Ainsi, en un mauvais remake de *Ma nuit chez Maud*, Clara voulait me contraindre à subordonner l'esprit géométrique et sa puissance de démonstration à l'art de persuader. Peut-être même voulait-elle éprouver ce « balancement douteux entre la vérité et la volupté » dont parle Pascal? Eh bien, soit!

Pour affermir mon propos, je me redressai et remontai l'oreiller contre le mur :

« Si, bien sûr, il suffit de demander! Nous pourrions faire des *lasagne* en mélangeant, là encore, pâte jaune et pâte verte. Nous les décorerions en y incrustant quelques feuilles de persil et de menthe. Mais plutôt que de les garnir de banale viande hachée qui, trop souvent, *transforme la farce en drame*, nous choisirions des coquilles Saint-Jacques.

« Il suffirait de les faire revenir quelques minutes dans la poêle, en les mouillant avec un peu d'*Orvieto*, préférable en la matière au *Frascati*. On utiliserait le même vin pour la sauce, mélangé à du jus de gingembre...

– Du quoi?!

– Pas d'affolement! La chose ne présente aucune difficulté. Tu achètes de la racine de gingembre frais, qui vient souvent du Brésil. Une fois épluché et râpé, tu presses le gingembre qui rend son jus et tu l'ajoutes à la cuisson des coquilles. Beurre, crème fraîche, sel et poivre, parmesan. Tu n'hésites pas à rajouter du vin, si nécessaire. Entre les verts foncés du persil et de la menthe, le vert plus clair et le jaune pâle des pâtes, et les coraux de Saint-Jacques, c'est ravissant... L'idéal, évidemment, serait... »

J'hésitais. Clara n'allait-elle pas le prendre mal? Elle me pressa de conclure.

« ... d'ajouter un peu de caviar. Pour une discrète touche de noir! »

Cette fois, j'en étais sûr, son silence était hostile. J'enchaînai aussitôt, jouant la surenchère, accélérant l'allure pour que mon discours ne lui offrît pas de brèche où elle pût s'engouffrer.

« Si tu préfères, voici mon ultime proposition. »
Ma voix prenait les accents tendus d'un maître chanteur craignant que son appel téléphonique fût identifié par la police. Je crois même avoir placé dans ces mots un je-ne-sais-quoi de menaçant.

« Il faudra compter un homard par personne. Après leur avoir retiré les pinces et la queue, aux homards, pas aux personnes (la plaisanterie ne fit rire que moi), tu enlèves corail, intestin et entrailles. Tu fais chauffer de l'huile dans une casserole et y ajoutes les carapaces concassées.

« Si tu fais rissoler à feu vif, elles vont sécher (en fait de sécheresse, j'adoptai ce ton de la fausse évidence qui m'a toujours horripilé chez les profs de maths, alignant des traînées de formules algébriques où, entre les signes cabalistiques, se lit le plus souverain mépris pour qui ne saisirait pas d'emblée la nécessaire inférence). Tu ajoutes carottes, oignons et céleri préalablement émincés, sans omettre deux ou trois tomates coupées en morceaux.

« Cognac. Arrose. Flambe. »

(Là, je renouais avec le classique « suspense dans la salle d'opération », quand le chirurgien s'adresse par mots tranchants, « scalpel », « bistouri », « ciseaux », à l'infirmière avec qui il a pourtant, la nuit précédente, joué au docteur, et que seul le jeu expressif des regards d'Alain Delon et de Véronique Jannot, souligné par le tchador aseptique et le front ruisselant de sueur, nous fait comprendre qu'il l'aime encore et, sitôt l'opération terminée, lui murmurera d'autres mots.)

« Après avoir mouillé avec du vin blanc, tu laisses le tout s'évaporer presque complètement. Tu recouvres les carapaces d'eau bouillante. A feu doux, tu fais réduire le liquide de moitié.

« N'oublie pas, de temps à autre, d'écumer (pourquoi étais-je persuadé qu'à l'instant même elle m'obéissait?!).

« Ensuite, tu passes au chinois. Tu remets sur le feu jusqu'à une réduction de moitié. Le corail, il te faudra le travailler à la fourchette, avec du beurre, jusqu'à l'obtention d'une pommade.

– D'une pommade... », répéta en écho une voix incrédule, détachant mécaniquement les syllabes.

Sadique, je laissai tomber après un long silence :

« Tout cela ne concernait évidemment que le seul coulis. »

Je l'entendis déglutir. Il me fallait foncer.

« Quant aux homards, voici la marche à suivre : tu coupes les queues dans le sens de la longueur. Sel, poivre. Tu incises la carapace des grosses pinces, de manière à pouvoir les ouvrir sans blesser la chair. Tu places les morceaux de homard dans une cocotte où du beurre aura fondu. Je te conseille de les placer, pour les queues, carapace vers le haut. Ensuite, tu fais cuire à four chaud, moins de dix minutes. Il est impératif d'égoutter la chair en fin de cuisson.

« Après les mille et un périls de la traversée apparaissent alors des rivages familiers, où il vaut mieux éviter de dire que nous échouerons – la cuisine étant *aussi* affaire de superstition.

« Tu as choisi des *maccheroni* ou des *rigatoni*. Tu les fais cuire normalement, surtout pas trop, et tu les égouttes.

« Émulsion du coulis sur le feu, en y ajoutant le beurre de corail. Le *must* : quelques truffes brossées, que tu coupes suivant l'inspiration du moment, bâtons ou rondelles.

« Résultat des courses : des *rigatoni* disposés en cercles concentriques; au cœur de l'assiette, la chair du homard; le tout nappé d'un coulis moelleux saupoudré de truffes.

Mission accomplie! »

La communication n'était pas coupée. Son souffle, oui.

Entendant Clara respirer bruyamment au bout du fil, je m'initiais sans doute à l'expérience auditive qui constitue le morne quotidien des « hôtesses » de messageries roses qui, pour 250 francs (cartes bancaires et chèques acceptés – par téléphone! On n'arrête pas le progrès...), susurrent les pires obscénités à l'oreille du cadre enfermé dans son bureau – « ne me dérangez sous aucun prétexte! » –, trop heureux de faire passer « le quart d'heure de conversation » promis dans le magma des frais généraux de la boîte, où il se mêlera, discret et indistinct, aux usages, certes illicites mais convergents, du Minitel rose par les simples employés...

Clara s'éclaircit la voix, dissipant le mirage orgasmique : « Tu n'aurais rien... comment dire... de plus... rustique? »

N'eussent été nos quinze années d'amitié fidèle, précédées par quelques semaines initiales de passion; notre vieille complicité dans les parcours nocturnes; la coïncidence de notre engagement, puis de notre désengagement militants; les appels téléphoniques qui, inexorables, sanctionnaient la présentation de notre dernière conquête, où la plus imperceptible hésitation dans sa voix, la moindre réserve de ma part, valaient condamnation, sans que rien ne permît de surseoir à l'exécution; ces soirées, qui ne pouvaient être dites « alertes » qu'en un seul sens du terme, tant mes maîtresses aussi bien que ses maris potentiels y décelaient la menace du rite d'initiation, l'examen probatoire, l'ultime épreuve d'intronisation qui ferait chanter leurs lendemains ou sonnerait le glas de leurs illusions chéries; bref, n'eût été notre connivence sur l'essentiel et, surtout, sur le dérisoire, Clara aurait presque réussi, pour la première fois, à me fâcher.

Je me dominai et simulai le calme.

« Écoute, Clara (cinglai-je), si c'est pour faire de vulgaires *nouilles*, ce n'était vraiment pas la peine de faire appel à moi. Je cuisine les pâtes, moi! Et je croyais t'avoir déjà cent fois expliqué l'abîme qui sépare les unes des autres! »

Je n'étais pas sans savoir ce que la remarque pouvait avoir de blessant, peut-être d'humiliant. Mais l'heure était trop grave pour s'abandonner aux sentiments.

D'autant que je n'avais pas hésité, bien qu'il m'en coûtât, à mobiliser les ressources de la phonation en jetant dans ces *nouilles* l'indigeste ingrédient de ses pires assonances.

Car ce mot, à lui seul, donne déjà la nausée au gourmet, avec ses liquides qui mouillent pour tout coller sur leur passage. Que ne se souvient-on de la prédiction du sage :

« Qui colle aujourd'hui le son
Demain collera le blé »?

Oui, je savais très bien ce que je faisais, en prononçant *nouilles* sur ce ton. Je les assaisonnais de la vulgarité crue de couilles. J'y versais l'épaisse bonhomie de bouille. Et puisque ceux qui font des nouilles affirment qu'ils les touillent, j'ajoutais au tourbillon les désordres indiscrets de la farfouille et de la trifouille, le danger de la douille, le rassis de la rouille. Un soupçon de magouille. Je saupoudrais du mépris raciste de crouille et, pour lui foutre la trouille, la menaçait de brouille.

Comprenait-elle qu'en lui parlant de nouilles, je lui chantais pouilles?

Oui. Aucune des nuances de l'arrière-goût du mot n'avait échappé à Clara qui, elle n'en était pas coutumière, se lança dans une longue plaidoirie dont chaque argument, finement ajusté, visait à m'émouvoir.

Elle n'avait pas voulu me blesser, elle qui, avant de me connaître, elle l'avouait volontiers, ignorait jusqu'à la différence entre semoule de blé dur et pâtes au blé tendre, celles qu'elle achetait au supermarché tout bonnement parce qu'elles étaient les moins chères.

Mais, en toute franchise et sans une ombre de complaisance, ne devais-je pas admettre à mon tour qu'à force d'endurance et d'obstination; après l'entraînement que je lui avais infligé, qui rappelait celui que Clint Eastwood en *Maître de guerre* impose à ses G.I. récalcitrants; parcours du combattant pour trouver un « Comestibles » italien qui fût ouvert le dimanche soir, alors qu'il y en avait tant, naguère, avant le socialisme, dans les quartiers bourgeois de la capitale; sauts d'obstacles pour arriver avant la fermeture du Village italien, malgré les embouteillages autour de la place de la République qui en commande l'accès (qui dira combien d'intempestives manifestations de la CGT nous privèrent de *ravioli*?!); longues stations debout, même en hiver, les pieds dans la neige, à détailler les luxueux étalages de Davoli, rue de Passy, ma chère, ou ceux, plus modestes, de la petite boutique du Port de Gênes, rue Lecourbe (le parmesan le plus finement râpé de Paris, dans ses petits sachets de 50 grammes que les flics, lors d'un contrôle d'identité, auraient à coup sûr pris pour de la came); grâce à l'inépuisable patience didactique dont, elle n'en disconvenait pas, j'avais su faire preuve pour lui inculquer, exercices mnémotechniques et interrogations téléphoniques surprises à la clef, les bases minimales, les rudiments de la pâtologie; n'est-il pas vrai, donc, qu'elle en savait désormais plus que le Français moyen, condamné à l'approximation des cartes de pizzeria où les pâtes sont aussi mal nommées que mal cuites?

Je la priai sèchement de ne pas chercher un quelconque élément de comparaison avec ceux qui fréquentaient les *pizzeria* – ce seul fait suffisant à disqualifier leur amour proclamé pour la cuisine italienne.

Elle passa à l'offensive. Je croyais peut-être, s'enflamma-t-elle, que nous étions nombreux à savoir qu'il n'y a pas que les *spaghetti* en matière de pâtes? A ne pas ignorer que les *spaghetti*, à eux seuls, constituent un univers entier? Qu'il en existe de nombreux calibres, numérotés, suivant l'épaisseur, de 1 à 5 chez Agnesi ? A ne pas confondre *penne* et *tortiglioni*, quand le premier est un sifflet coupé en biseau, et l'autre un petit tube légèrement torsadé, comme leurs noms l'indiquent ?!...

Il m'eût été facile de la mettre en difficulté, sur des problèmes que nous n'avions pas encore étudiés ensemble : savait-elle que le *penne* pouvait être *a candela*, *grandi lisce* ou *grandi rigate*? Et d'ailleurs, pourquoi cette différence entre pâtes lisses et pâtes rayées ? Et quel était le critère qui permettait de distinguer le *penne piccole* et le *pennette*, son quasi-frère jumeau ?

Avec la satisfaction d'un Pygmalion, je préférais l'écouter proclamer sa fierté de savoir, désormais, qu'un *maccherone* long n'était pas un *zito*, tellement plus large et si difficile à cuire *al dente*. M'avait-elle seulement dit qu'elle osait, désormais, grâce à moi, réclamer à son traiteur les *spaghetti* de chez De Cecco, avec la véritable saga familiale, digne d'un Coppola ou d'un Sergio Leone, inscrite sur leur emballage jaune et bleu (*« Molino e pastificio – F. lli de Cecco di Filippo fara S. Martino, S p. A; dal 1887 »* – juste au-dessus d'un médaillon très kitsch formé par deux épis de blé, *« semola di grano duro »*, portrait en pied d'une accorte paysanne du Sud, deux grandes gerbes de blé sous les bras, au sourire plus radieux que celui d'une Madone de Bellini, le tout avec des couleurs un peu suintantes, n'étant pas sans évoquer les balbutiements du technicolor bichrome dans *Toll of the Sea* de Chester M. Franklin, 1922), et qu'il lui était même arrivé d'aller jusqu'à exiger le numéro 12, dont l'épaisseur correspondait à peu près au numéro 3 de chez Agnesi, sur quoi on pouvait toujours se rabattre, en désespoir de cause ?

Et n'avait-elle pas amplement témoigné de ses bonnes dispositions, maintenant qu'elle était persuadée qu'à défaut de faire soi-même sa pâte et de la découper de ses propres mains, les meilleurs *rigatoni* du commerce étaient ceux de Barilla, mais qu'on devait toujours leur préférer, bien qu'on les trouvât plus difficilement, les « formats spéciaux », sortes de monstres hybrides qui paraissent provenir de croisements génétiques opérés par un savant fou, nonobstant les mises en garde angoissées d'un Jacques Testart dans un livre au titre aussi suggestif que *L'Œuf transparent* (les pâtes aux œufs étant, comme chacun sait, un continent à lui seul de l'univers des pâtes), notamment les *millerighe*, énormes coudes rayés s'exposant avec orgueil dans leur emballage transparent, véritable fleuron de la marque Agnesi, au point qu'elle pouvait bien m'avouer, cette nuit, ne pas m'avoir cru quand je lui racontais que certains amateurs passionnés préféraient sauter un repas, plutôt que devoir manger d'autres pâtes que celles-là?!

Ce n'était pas un plaidoyer, mais un acte de contrition. Elle me suppliait de ne pas l'abandonner, de ne pas risquer de ruiner sa soirée.

« Toi qui aimes tellement " les fêtes " », susurra-t-elle...

Non, Clara. La chose était plus compliquée, mais tu l'ignorais.

Sans être à proprement parler un habitué de ce genre de soirées, j'aimais assez m'y faire inviter. Grisé à l'avance des rôles que je saurais y composer, des succès que j'y rencontrerais, du coup de foudre qui, peut-être, changerait le cours de ma vie, je m'y préparais avec un plaisir et une excitation qui montaient *crescendo*, depuis cette heure de l'après-midi où je commençais mes ablutions (portant un soin tout particulier, pour ne pas dire maniaque, oserais-je l'avouer? aux parties sexuelles et aux phanères, ce qu'une approche psychanalytique n'aurait pas eu de mal à interpréter comme le symptôme préconscient de ma tendance à considérer celles-là comme ceux-ci – ou inversement, selon l'École à laquelle aurait appartenu l'analyste) et me préparais, feignant une indifférence vestimentaire cruellement démentie par la fébrilité qui me faisait chercher le foulard qui s'accorderait aux rayures de la chemise, jusqu'à l'instant où, reprenant mon souffle après avoir trop vite gravi les étages, même lorsqu'un ascenseur était à ma disposition, je sonnais à la porte, une porte apparemment banale, derrière laquelle, je le savais, se jouerait ce soir quelque chose d'essentiel pour moi.

Hélas! Dès les premières minutes, tout se dissipait, sec petit coup d'épingle meurtrière crevant mon imaginaire baudruche.

Les mots d'esprit que je voulais entendre fuser de ma bouche, l'aura séductrice qui devait accompagner mes gestes, ce charme naturel capable d'interdire les plus blasées, l'ironie gracile, la repartie codée susceptible de faire sourire quelque initiée, tout venait à manquer, soudain, à la victime à peine consentante d'une singulière alchimie du renoncement que distillaient sournoisement les verres qu'elle buvait avec de plus en plus de frénésie pour retrouver un courage qui se dérobait à chaque goulée.

Pataud, obsédé par la crainte de renverser un verre, paralysé par la menace d'être l'involontaire auteur d'une inconvenance, ne mangeant rien des buffets dressés pour l'occasion, trop peureux de donner prise au regard d'une belle qui me surprendrait m'empiffrant ou parlant la bouche pleine, suant de chaleur, transpirant d'alcool, je n'avais vite qu'une idée fixe : comment partir. Sans offenser mes hôtes.

La chose n'était pas simple : ayant pris la fâcheuse habitude d'arriver parmi les premiers (si tôt, parfois, que je gênais la puissance invitante dans ses ultimes préparatifs), ce travers rendait inaccessible la panoplie des prétextes liés à l'heure tardive – vers 21 heures, il m'aurait fallu une qualité de persuasion dont je me sens dépourvu –, au dernier métro – d'autant que je venais toujours en voiture – ou à la somme de travail qui me restait à faire – ce que je n'avais jamais osé alléguer, craignant de provoquer des rires incrédules.

Je m'étais donc trouvé dans l'obligation de consigner sur mon petit carnet mauve la trouvaille du soir, afin de ne pas refaire deux fois de suite au même endroit la simulation d'un malaise respiratoire; abuser de la mort soudaine d'une tante, nouvelle que je venais d'apprendre parce que, hasard assez extraordinaire, je devais téléphoner chez elle dans la soirée et que, forcément, ce n'était pas elle qui m'avait répondu, mais un cousin, en larmes, que je me faisais un devoir de rejoindre toutes affaires cessantes, il n'était pas besoin, croyais-je, d'insister sur ce qu'il m'en coûtait de partir aussi vite; lasser avec la foulure de la cheville, consécutive au choc de mon pied contre celui d'un fauteuil; multiplier indûment les tentatives de suicide de ma meilleure amie... Quant à l'ardente obligation de prendre la route pour une destination aussi lointaine que mystérieuse, elle avait déjà beaucoup servi.

Mais – et l'on me permettra d'y voir la preuve que, décidément, la vie n'est pas simple – à peine me retrouvais-je dans l'escalier, plutôt que de savourer la réussite du stratagème qui m'avait permis de m'éclipser avec une rare élégance, un pesant regret m'envahissait : pourquoi? Pourquoi être parti si vite? N'avoir rien mangé? Avoir reculé, une fois de plus? N'avoir pas tout fait pour m'imposer, comme je me le promettais, à chaque occasion, désespérément ratée?...

Ce soir-là, tout serait différent : Clara m'engageait aux cuisines. Pas dupe de tous les efforts qu'elle déployait pour calmer mon courroux, son zèle avait fini par m'émouvoir. Elle saurait toujours y faire...

Elle réitéra sa demande :

« Je t'en prie... Trouve un plat de pâtes, " simple et convivial "...

– Je ne vois que des *spaghetti* plutôt épais, numéro 2 d'Agnesi, par exemple, à l'ail et à l'huile d'olive. Tu me permettras seulement d'y ajouter quelques pignons de pommes de pin et des éclats de piments rouges et noirs, pour l'harmonie des teintes. »

Ce qu'elle me chuchota à l'oreille, pour témoigner sa reconnaissance, ne saurait être rapporté ici.

CHAPITRE DEUXIÈME

Qui commence comme un film noir avant qu'entrent en scène une table ovale et un déménageur artiste ; où, à propos des mariages de Clara, le narrateur prendra la liberté d'évoquer ses propres souvenirs ; où sera démontrée l'utilité de la philosophie pour faire son marché ; de *M. le Melon* ; où seront successivement levés le voile sur une querelle inédite entre Jean-Paul Sartre et Raymond Aron, les dessous d'une émission de radio, un singulier contrat signé dans l'édition et les avatars du journalisme littéraire ; où il sera traité des rapports complexes entre langage et vins ; de la manière de manger les *spaghetti* (1) ; du consensus socialiste en matière culinaire et de Sidney Lumet.

Ce cri.

Souvent, j'ai repensé à cet instant où, comme l'écrivent volontiers les romanciers, *le cours de mon existence bascula.* Comme si l'existence était un cours plutôt que l'improbable patchwork d'occasions ratées, de rencontres, d'imprévus et de hasards, de reculs et de pertes qui constitue, vaille que vaille et toujours après coup, ce qu'il est convenu d'appeler une « identité », mosaïque ébréchée qu'on tente de faire tenir par des bouts d'adhésion. Comme si l'existence pouvait jamais être en équilibre et qu'on puisse assigner à un événement quelconque le rôle du flic au carrefour qui la ferait bifurquer ici plutôt qu'ailleurs...

Rêver sa vie comme une route nationale, à la manière dont Péguy l'exalta, surveiller les excès de vitesse, redouter les contrôles en les souhaitant pour l'autre, suspecter les chemins buissonniers, craindre les traverses, en ignorer les bas-côtés – comme on mépriserait les bas morceaux d'une viande – et feindre de s'étonner, trop tard, d'être si tôt rendu?...

Toujours est-il que si j'en suis là aujourd'hui, oui, là, et la formule n'a rien de métaphorique : ici, dans cet entrepôt désaffecté où, depuis hier et la nuit durant, j'écris ces lignes, c'est à ce cri que je le dois.

Je l'entends encore, poussé par celui dont je ne tarderai pas – mais autant permettre au lecteur de le savoir avant moi – à apprendre le nom, Angelo Lombardi, devenu pour moi plus qu'un frère, plus qu'un père... Comme un double...

Mais il est encore trop tôt pour pousser la manivelle et déclencher la machine à faire défiler les séquences qui s'enchaînèrent, depuis le dîner chez Clara jusqu'à ce hangar sinistre, où une vitre cassée de la verrière laisse frileusement passer un premier rayon de soleil...

C'est à l'aube... Fredonnant l'ancien succès d'Yves Montand, je m'octroie généreusement, comme il se doit, une dernière cigarette.

L'*office* qui s'annonce n'est pas celui attenant aux cuisines, ni non plus celui qui hante les nuits des libraires – encore qu'il ait à voir avec l'un et l'autre. Il est d'une tout autre nature...

Nous étions assis autour d'une grande table ovale. Celle que Clara aimait tant.

Son pénultième mari l'avait frauduleusement embarquée lors du déménagement.

« Je ne pourrais pas supporter de le revoir, ne serait-ce qu'une minute », m'avait-elle expliqué la veille pour me demander d'être son mandataire quand son ex opérerait. Elle m'avait alors laissé une liste impressionnante de consignes, qui concernaient jusqu'au moindre bibelot ou ustensile de cuisine. Mais rien sur la table.

J'étais d'ailleurs occupé à parlementer sur le maintien *in situ* du four à micro-ondes dont le goujat, prétextant sa prétendue « nouvelle situation de célibataire », estimait qu'il lui revenait « de droit » (alors que le célibat est, par définition, « de fait »), quand, de retour dans le séjour, une fois passé un compromis – il emportait le petit congélateur et renonçait à ses prétentions sur la merveille technologique à chaleur tournante –, je vis que la table avait disparu.

Je n'eus que l'écho de leurs grognements en réponse à mes questions, quand les balèzes en tricot de corps remontèrent pour un nouveau chargement.

Je n'insistai pas, d'autant que j'étais fasciné par un des déménageurs : alors que ses collègues étaient tout à leur travail, parlant peu, opérant par gestes précis, regardant avec attention le meuble qu'ils allaient soulever, comme pour en mémoriser dimensions et encombrement, notre homme était distrait, mélange de Pierre Étaix dans *Le Soupirant* et de Buster Keaton : ce n'était pas *Le Chef d'orchestre malgré lui*, mais *Le déménageur se ménage.* Quand les autres manipulaient en un voyage bahut, commode et cartons de livres, il se contentait d'une plante verte ou d'un carton à chaussures.

J'imaginais qu'il était le fils du patron de l'entreprise, qu'il avait dû tenter sa chance dans les milieux artistiques et qu'après plusieurs échecs, son père lui avait imposé de transporter des pianos, à défaut d'en jouer.

Ce qui expliquait la neutralité bienveillante, juste un peu goguenarde, peut-être, de ses compagnons de labeur.

Toujours est-il qu'il était d'une maladresse insigne : en moins d'une heure, il cassa net un rhododendron contre l'embrasure d'une porte, laissa échapper de ses mains un carton de vaisselle et se heurta violemment le front à la porte vitrée de l'entrée qu'« il n'avait pas vue ». Le chef d'équipe lui intima l'ordre de se reposer, et il passa le reste de la matinée à me parler du swing d'Aldo Romano...

Au rapport, je m'étais évidemment fait incendier en évoquant la table. Clara m'avait traité de Pétain du déménagement, de Gamelin du garde-meuble, de Massu du bois massif et autres gracieusetés, pour finalement me supplier de tout mettre en œuvre afin de récupérer son bien. C'était « moins pour son prix que pour sa valeur », m'avoua-t-elle. Et, à mots couverts, elle me fit comprendre que cette table lui avait été offerte par un jeune sculpteur et que c'est sur elle qu'ils s'étaient aimés la première fois – ce qui, depuis l'exercice gymnique de Jessica Lange dans le douteux remake, signé Bob Rafelson, du *Facteur sonne toujours deux fois,* s'est largement banalisé...

Après bien des tractations téléphoniques qui, je l'avoue, avaient parfois tourné au harcèlement (avant d'être « son ex », il me détestait déjà cordialement. Je n'étais donc pas fâché de lui donner raison, au futur antérieur, en quelque sorte), il avait cédé. En échange du four à micro-ondes, qui n'intéressait plus Clara : privée de congélateur, elle n'avait plus rien qui fût susceptible de décongélation rapide.

C'est en véritable commando, blousons de cuir et gants de motard, que, ce dimanche matin, Aurore, Gilles et moi étions venus récupérer la chose.

La scène se serait déroulée sur un pont séparant les deux Allemagnes qu'elle n'aurait pas été moins chaleureuse.

Nous laissant sur le pas de la porte, ce salaud exigea de vérifier d'abord si le micro-ondes fonctionnait avant de nous autoriser à entrer.

Satisfait par l'état du transfuge, il nous délivra l'*Ausweiss.*

Son œil narquois nous alerta, mais trop tard. Clara avait oublié de nous dire que la table était en marbre, que plateau et pied avaient été façonnés dans un même bloc... Très doué, très amoureux, le petit sculpteur!

Sans doute n'était-elle pas non plus tenue de nous faire savoir que son ex abritait désormais de coupables amours avec une jeune étudiante (une camarade d'Aurore, pas moins!), dans un charmant petit appartement rénové du quartier Latin, qui ne payait le lourd tribut d'être mansardé que du léger désagrément d'être niché sous les toits, au sixième étage, sans ascenseur.

Quant à l'escalier, ce serait mensonge d'affirmer qu'il colimaçonnait moins que la maquette construite par Hitchcock pour la dernière scène de *Vertigo.*

Encore que l'oncle Alfred raconte à Truffaut comment, après y avoir réfléchi pendant quinze ans, il avait trouvé une solution économique (19 000 dollars seulement!) pour fabriquer son escalier à l'horizontale et réaliser la sensation de vertige de James Stewart et son effet de distorsion par un travelling arrière-zoom avant à plat.

N'ayant pas son ingéniosité, nous nous contentâmes d'un escalier vertical en dur. Très dur.

Je m'en voudrais de donner l'impression de récriminer : pendant les quinze jours où le lumbago me cloua au lit, Clara me téléphona chaque nuit.

C'était une marque précieuse de nos rapports : elle ne me tenait jamais longtemps rigueur de ce qu'elle m'avait fait subir.

Ainsi, après chacun de ses divorces, c'est elle qui me remontait le moral. Il faut dire qu'ils me laissaient épuisé, exsangue : l'affaire commençait par un drame de l'incommunicabilité, au rythme aussi trépidant que celui de *Vers la joie* de Bergman, pour se terminer sur le tempo de *La Charge héroïque.*

Je n'en étais pas encore à battre le record de Thelma Ritter qui, témoin du divorce de Marilyn au début de *The Misfits,* proclame qu'elle en est à son soixante-dix-septième divorce, mais la vie privée de Clara me laissait un espoir de l'égaler.

Chaque fois, la guérilla juridique dont elle sortait brisée, mais victorieuse, avait duré si longtemps que ses méandres, la fluctuation du rapport de forces, ses coups de théâtre, ses renversements de situation qui, par quel effet de la providence? transformaient la défaite ponctuelle en avantage décisif, quoiqu'éphémère, me faisaient dater le début des hostilités au jour même, pour ne pas dire à la veille, de son mariage.

Film en accéléré où les personnages bougent, s'assoient, marchent ou tombent, chorégraphie mécanique, gestuelle saccadée, ce que Clara me laissait à présent partager de sa vie n'évoquait plus pour moi qu'une succession d'attentes à la mairie, ces samedis matin d'abattage où l'adjoint en marie huit paires à l'heure et où j'ai toujours rêvé que, dans l'affolement, la précipitation et l'émotion congestionnée, un mari, avant que de la tromper, commence par se tromper d'épouse.

S'en apercevrait-il seulement?

Elles sont, ces matins-là, toutes identiques, un peu rougissantes, un peu gauches, dans leur panoplie de blancheur que personne n'aurait plus le ridicule d'oser croire encore virginale, ayant déjà honte de leur belle-famille qui, elle non plus, n'en mène pas large, craignant de ne pas savoir bien dire, ni bien faire, ni quand il faut, ni au bon endroit, sous le regard attendrissant d'humidité des oncles, des tantes et des cousins, surtout le cousin Alain, dont le nœud papillon serre le cou comme un garrot posé sur les illusions de l'enfance, lui avec qui elles ont folâtré, jadis, le dimanche à la campagne, les mains du gamin s'aventurant sous la jupette complaisamment relevée, *pour comparer*, et les caresses furtives de la prime adolescence, quand le pacte conclu stipulait de ne jamais descendre audessous de la taille et qu'il fallait se contenter de pétrir une poitrine naissante qui serait peut-être passée inaperçue si le soutien-gorge en dentelle blanche, le premier, acheté non sans une certaine frénésie avec la mère, qui se voulait si résolument complice en féminité que sa présence, dans la boutique de lingerie, en devenait gênante et presque obscène, si le soutien-gorge, donc, n'avait souligné l'orgueilleuse assurance de ces seins désormais nubiles comme l'étoffe d'une oriflamme indiquant fièrement la reddition de deux collines arrachées à l'ennemi, instants de trouble inoubliable volés en cachette lors de ces repas interminables où, pourquoi ? il n'était jamais possible qu'on libérât les enfants aussi vite qu'ils l'auraient souhaité en les autorisant à quitter la table – attendez au moins le dessert ! –, immuables rites dominicaux qui constituaient, sans qu'elles le sachent, la répétition générale de ce qui les attend, aujourd'hui, à quoi, déjà, pensaient les parents, et aussi le cousin qui, plusieurs années durant, les tempes en feu, imaginait dans sa garçonnière qu'il tiendrait le rôle du marié lors d'une splendide journée comme celle-ci, où il n'a pu décrocher que celui de témoin...

Et les mariés, justement, engoncés dans le costume trop neuf, trop bien coupé pour leur maladresse, encore un peu timides, mais qui savent qu'ils n'ont plus longtemps à attendre avant de franchir l'invisible, l'invincible barrière qui abritera désormais leur droit à la tyrannie domestique, à la propriété, qu'ils voudront imaginer longtemps exclusive, de leur femme et de leurs enfants ; qui ont jeté leur gourme, mais ne désespèrent pas de prendre encore un peu de bon temps, à en juger par les œillades qu'ils lancent à l'amie d'enfance de la mariée, charmante dans une toilette soigneusement choisie qui, l'air de rien, souligne sa taille, met en valeur le fuselé des jambes, manière de ne pas tout à fait se laisser éclipser par celle dont il faut bien se résigner à ce qu'elle soit l'héroïne du jour, la mariée, qu'elle enrobe de sourires, puisqu'elle est son témoin ; les enfants, qui virevoltent comme insectes rebelles depuis qu'ils ont exploré les maigres ressources que leur offrait le couloir de la mairie avec son parquet ciré sur lequel il fait bon glisser ; les réprimandes, d'abord chuchotées, sonores, tonitruantes enfin, maintenant, ça suffit ! le bruit sec de la gifle, seule susceptible, explique le père alentour, de les faire tenir un peu tranquille, leurs pleurs modulés en sirènes d'alarme qui avertissent, si on prenait seulement la peine de les écouter, des dangers qui menacent, l'air confus de la mère qui sait, elle, qu'elle est à l'instant même jaugée, jugée incapable d'élever convenablement ses gosses, elle en lit le verdict dans les regards qui convergent sur elle, pleins d'une compatissante hypocrisie, pendant que l'officier d'état civil officie civilement, la bouche pâteuse de mots, respect au mari, fidélité, obéissance, qui font rire chacun sous cape, lui le premier, peut-être, le tout débité d'une voix monocorde et lasse, comme une putain qui ne prendrait plus la peine de mimer le plaisir, car seul compte maintenant le client qui va suivre; chacun s'immobilise sur le perron pour que clic-claquent les photos, poses qu'il faut inlassablement reprendre en veillant à ce que les savantes combinaisons familiales ne laissent personne *hors champ*; mais pas moyen de s'attarder car, déjà, la paire suivante apparaît et il y a, dans la manière dont le nouveau cortège arme ses instamatics, comme une sourde menace qui ferait croire à l'imminence d'une *vendetta* dans la cour de la mairie – façon Howard Hawks; mieux vaut se replier en bon ordre vers l'église, pas pour une messe, ils n'ont tout de même pas osé, ces mécréants – j'ignorais qu'ils étaient baptisés, ricane un insolent –, pour une simple bénédiction nuptiale, sans doute plus crédible si la robe de la mariée avait un peu mieux dissimulé le péché de cinq mois qui ballonne son ventre, détail qui n'a pas échappé au prêtre, décidé à s'acquitter vaillamment de la besogne; il en est presque pathétique, y mettant une conviction bonhomme où perce néanmoins, çà et là, ce qui pourrait bien être du ressentiment, partagé qu'il doit être entre un irrépressible désir de mettre tout ce joli monde dehors et d'en finir avec la mascarade, et une prudence qu'on oserait à peine désigner comme syndicale où, baisse des effectifs, des vocations et schisme intégriste aidant, la menace sur l'emploi est trop sérieuse pour ne pas consentir quelques soldes sur les articles du dogme, dans l'espoir de ne pas trop vite fermer boutique et déposer le consternant bilan.

Par où convergent, une fois encore, les intérêts des gens de robe, fussent-ils banalisés en civil, les mariages faisant aujourd'hui vivre les prêtres à proportion exacte des divorces les avocats.

On se rend alors au buffet du cocktail où piétinent ceux qu'on n'a pas pu, ou voulu, inviter au repas qui va suivre. Ils ont si bien compris le sens de la manœuvre, ces scélérats, qu'ils se vengent en une furieuse razzia de représailles sur tout ce qui traîne comme olives et cacahuètes, mais ils lambinent, s'attardent, musardent, alors que les heureux élus voudraient bien pouvoir enfin se rendre au restaurant, spécialement aménagé pour l'occasion, où serpentins et calicots décorent l'estrade sur laquelle les attend déjà l'animateur, loué pour la soirée, qui alternera rythmes dansants, histoires drôles, de plus en plus salaces à mesure que la nuit avance, jusqu'à l'apothéose de la jarretière, où la vérité vraie de ce qui est vécu depuis des heures éclate enfin, dans sa douloureuse nudité.

Au petit matin, après des plats trop abondants, trop lourds, abusivement arrosés de trop de vins mal choisis, trop chambrés, bus trop verts, la crème écœurante des pièces montées, le champagne tiède au dessert, quelques crises de larmes provoquées par la fatigue et l'alcool, s'achève la fête, se termine le cauchemar où chacun s'applique encore à mimer un bonheur qu'il n'a jamais connu, dont il ne saura jamais rien, poignante parodie, gargouillis d'existences, rots d'amour, vacarme dérisoire pour tenter de recouvrir la scansion régulière, implacable, du compte à rebours qu'on vient de déclencher, métronome d'une vie qui ne sera pas vécue, comme celle qui les attend, comme celle de Clara, comme la mienne...

Clara, c'était pour moi le « oui » murmuré des pleurs dans la voix, chaque fois aussi sincère, aussi menteur que les représentations précédentes. Ses coups de téléphone au milieu de la nuit, m'implorant de l'héberger parce que, décidément, elle ne *le* supportait plus, ils s'étaient encore disputés ou, plutôt, *il* avait encore provoqué une scène, elle ne pouvait plus *le* voir, merci, que ferais-je sans toi, j'arrive... Le peignoir enfilé à la hâte, je m'étais rendormi, elle sonnait à la porte depuis près d'un quart d'heure, le temps vaseux, passé à la consoler et à boire, à lui prodiguer force conseils dont j'aurais été incapable de suivre le premier, à tenter de la faire rire jusqu'à ce qu'elle s'endorme, la tête posée sur mes genoux, me contraignant à ne plus faire un geste sous peine de la réveiller...

Clara, c'était encore pour moi les attentes dans le cabinet de l'avocat, qui m'avait tout de suite paru antipathique, peut-être parce que ses cheveux en brosse et ses lunettes cerclées me rappelaient mon professeur d'anglais de quatrième. Il m'avait bien fallu l'y accompagner : il n'était « vraiment pas possible » pour elle de s'y rendre seule.

Et là, dans ce couloir trop exigu, sur des fauteuils en skaï faisant transpirer des fesses, combien de fois n'ai-je pas dû affronter l'hostilité des autres couples qui, je le comprenais à leur façon de me regarder, me jetaient au visage l'expression du mépris réprobateur que mérite à coup sûr, et de toute éternité, l'infamie du mari adultère – anathème qui, un instant au moins, leur permettait d'oublier leurs propres déchirements dont les échos traverseraient bientôt la porte, pourtant capitonnée, du petit maître du barreau.

Et moi, j'aurais voulu me lever, dissiper l'infernal soupçon, éclairer leur lanterne, leur dessiller les yeux et proclamer bien haut : « Je suis l'ami ! »

Je n'ai jamais voulu me marier, précisément pour ne pas être « le mari ». Je suis et ne veux être que « l'ami », je n'ai pas d'autre ambition. « Mari ne daigne ; adultère ne puis ; ami je suis ! »

Combien de fois, en attendant Clara, ai-je voulu tromper mon ennui en essayant d'exaucer le vœu de ma chère amie Betty : inventer un mot qui permît de se passer de mari, amant, mec, jules, fiancé, copain, compagnon... – aussi bien que de femme, maîtresse, nana, gonzesse, fiancée, copine, compagne... – et d'abandonner enfin le ridicule « concubin », même s'il rimait avec Arlequin comme Colombine avec « concubine ». Elle me pressait de le trouver, ce mot que nous cherchions tous.

Las! Clara mena chacun de ses divorces à terme sans que j'aie pu répondre à son attente.

Clara, c'était enfin pour moi la désolante brasserie face au palais de justice, où le moindre inspecteur stagiaire de la PJ ne peut manger un sandwich au comptoir sans prendre une pose à la Maigret... Si je n'y ai retrouvé Clara que cinq fois – ses cinq divorces –, c'est que j'avais prétexté n'importe quoi pour faire faux bond aux multiples séances, appelées par antiphrase « de conciliation », où elle aurait « tellement aimé » que je l'assiste, pour ne pas se « retrouver seule avec *lui* ».

Comment, mais comment ma haine, cette haine viscérale de l'institution matrimoniale, a-t-elle pu faire de moi, par les bons soins de Clara et de quelques autres, un habitué de la salle des pas perdus, un acolyte des greffières, un spécialiste des consentements mutuels, un expert en torts réciproques, un érudit des communautés réduites aux acquêts, un avocat sans robe, un procureur sans toge, un juge sans instruction – bref, pour ne le dire que d'un mot, un *presquemari*? Voilà qui m'a toujours fait douter que l'histoire, au moins la mienne, ait un sens...

Clara, ses longs cheveux noirs relevés en chignon, était ce soir-là moulée dans un fourreau rouge dont l'échancrure découvrait le dos jusqu'aux deux fossettes qui faisaient sourire ses hanches. Rentrée depuis peu de La Plagne, où elle avait partagé ses journées entre le ski et un « bronzage quasi intégral » tellement il avait fait beau, sa peau dorée mettait en valeur ses yeux d'émeraude. Elle était irrésistible, le savait et savait que nous le savions.

Nous avions terminé l'entrée. Melon et jambon de San Daniele.

Oui, j'avais cédé au troisième chant du coq, et rien ne m'avait été épargné pour expier ce reniement. Un melon en hiver! Me fallait-il donc donner prise à l'ironie de Flaubert dans son *Dictionnaire des idées reçues*?

« – MELON. Joli sujet de conversation à table. Est-ce un légume? Est-ce un fruit?

– Les Anglais le mangent en dessert,ce qui étonne. »

Le traiteur italien qui a toute ma confiance avait par malchance terminé son San Daniele la veille même et ne serait pas réapprovisionné avant une bonne semaine.

Un autre tenta de falsifier l'identité du seul et malingre Parme qu'il vendait. Celui-là, ce n'est pas d'hier qu'il m'inspirait méfiance. Je m'étais d'ailleurs promis de ne plus le fréquenter depuis que nous avions eu des mots sévères, un jour où je lui avais demandé des *tortelloni.*

Le vendeur, avec un sourire que la suite permettra de qualifier à bon escient de jésuitique, avait alors tenté de me fourguer ses *tortellini.* Comme je lui en faisais sans aménité la remarque, le drôle avait redoublé d'insolence :

« Mais c'est *la même chose,* lança-t-il d'un ton assuré.

– Comment? Vous osez dire une chose pareille, quand votre boutique est située boulevard de Port-Royal?!

– ...?

– Ainsi, fis-je en contenant mal ma colère, *tortellini* et *tortelloni,* ce serait " la même chose "? Ignorez-vous donc, lui dis-je en citant *La Logique ou l'Art de penser,* " que les définitions de noms sont arbitraires et que celles des choses ne le sont pas "? Sans doute, " chaque son étant indifférent de soi-même et par sa nature à signifier toutes sortes d'idées, il m'est permis pour mon usage particulier, et pourvu que j'en avertisse les autres " (je vous prie de le noter), " de déterminer un son à signifier précisément une certaine chose, sans mélange d'aucune sorte " ».

J'avais alors simulé un style de pédagogue, onctueux, confit de patience et de conciliation :

« Aussi bien, notre dispute serait vaine si elle ne portait que sur les définitions nominales. Rien ne s'opposerait alors à ce que chez vous, *tortelloni* ait le même sens que *tortellini.* A l'expresse condition, toutefois, que vos clients en soient avertis.

– Mais comment ? »

Il avait adopté l'air plaintif et pleurnichard par lequel il devait s'efforcer d'émouvoir les agents de la concurrence et des prix. Ma résolution n'en fut pas pour autant entamée.

« Une petite pancarte suffirait, qui indiquerait : " Ici, le nom *tortelloni* et le nom *tortellini* ont le même sens. " Si vous préférez un style plus " moderne ", sans doute en meilleure harmonie avec le *design* de votre boutique, rien ne vous empêcherait de recourir au vocabulaire de Gottlob Frege : " *tortelloni* et *tortellini* ont ici le même sens, sans avoir la même dénotation. "

« Ainsi, comme Alice de l'autre côté du miroir, le client devant votre vitrine serait mis en appétit par la subtilité du délicieux paradoxe du Cavalier : " Le nom de la chanson est appelé Yeux de Morue "...

– Je n'en vends pas. »

« Je n'en vends pas » ! C'est tout ce qu'avait pu articuler le pauvre sire. Devant tant de mauvaise volonté, assez expressive, quand on y pense, du manque d'audace, d'initiative et de compétitivité du petit patronat français (car, entre autres tromperies, j'avais aisément repéré que le faux accent italien provenait du vieux quartier niçois), et alors que je ne lui offrais rien de moins que de devenir le premier traiteur italogisticien de Paris, je décidai de ne pas insister davantage.

« Mais, ajoutai-je, menaçant, le doigt pointé vers le plat en litige (car il me fallait achever la démonstration), " il en est tout autrement de la définition des choses. Car il ne dépend point de la volonté des hommes que les idées comprennent ce qu'ils voudraient qu'elles comprissent. " Sur ces mots, que vous auriez intérêt à méditer, Arnauld, Nicole et moi vous saluons!

– Messieurs dames... »

Et, au grand soulagement des gens qui attendaient leur tour, j'étais sorti de cette obscure caverne. Sans le dîner.

Je courus tout Paris.

Comme il arrive parfois qu'on apprenne l'existence d'un lointain pays tropical secoué par une révolution en découvrant, au guichet de la poste, une pancarte du genre : « Nous vous informons qu'en raison des événements (mais lesquels?) les relations postales sont suspendues *sine die* avec le Niwbaysong », je m'attendais à l'annonce d'un coup d'État fomenté par un quelconque général de la Coppa, aidé dans sa besogne par le colonel de la Panzetta, dans la patrie du jambon. Je n'avais pourtant lu aucune pétition dans *Libération* (ou *Le Figaro*) qui condamnât (ou soutînt) pareille entreprise.

Toujours est-il que San Daniele paraissait désormais isolé du reste du monde et ses importations suspendues « en raison des événements ». Bref, il y avait pénurie de San Daniele, en ce mois de février à Paris, et il me paraissait extravagant que je fusse le seul à m'en alarmer.

J'échouais, il n'y a pas d'autre terme, chez un petit « Comestibles » italien de Boulogne-Billancourt. Oui. Il m'avait fallu aller en banlieue!

Son jambon pouvait à la rigueur faire l'affaire, mais on l'inaugurait à peine, et le vendeur voulut me soumettre à la loi du Talon. Je m'y refusai avec d'autant plus d'obstination que mon ami, l'excellent André Scala, aimait à me citer une sentence de Bernardo Bertolucci, tirée de *La Stratégie de l'araignée* :« Le *culatello* est la quintessence du *prosciutto.* » Tels le yin et le yang, talon et *culatello* étaient les deux principes antagonistes du jambon, et je choisis d'acheter en pure perte une dizaine de lamentables lamelles pour enfin voir advenir ce qui pouvait à peu près répondre à la définition de ce que nous nommons une tranche.

Le commerçant ne proposa pas de me faire un prix. J'allais réclamer, quand me revint en mémoire cette page de Kant, au début des *Fondements de la métaphysique des mœurs,* où le philosophe explique qu'un commerçant « loyal » qui établit un prix fixe, le même pour tout le monde, « si bien qu'un enfant achète chez lui à tout aussi bon compte que n'importe qui », n'agit pas pour autant « par devoir », mais « dans une intention intéressée » – celle de ne pas perdre ses clients en les volant. Je ramassai donc ma monnaie. Sans élever la moindre protestation. M'eût-on consenti une ristourne, elle n'en aurait pas pour autant été un « acte moral » : elle serait restée « pur intérêt ».

Le vendeur ne pouvait pas deviner combien je jubilais à l'idée que les petits commerçants fussent, depuis 1785, exclus du champ de la Moralité par le sage de Königsberg. Cela seul justifiait, pour partie au moins, le « retour à Kant » dont l'époque nous rebattait les oreilles.

Je préfère m'épargner l'évocation de tout ce que le regard qu'on m'adressa chez Fauchon portait en lui de condescendant quand, ayant pris soin de secouer la neige collée à mon anorak sur le pas de la prestigieuse boutique, je m'approchai d'une jeune vendeuse – j'avais opté pour celle qui me paraissait la plus inexpérimentée – et, transpirant, les mains moites, le regard fuyant, dérisoire caricature de Peter Lorre s'approchant en sifflotant de la petite fille dans ce qui serait devenu *M. le Melon,* je chuchotai, comme s'il s'était agi d'une proposition salace : « Quatre melons, mûrs, si possible. »

Je n'étais pas revenu là depuis le 8 mai 1970, quand j'avais donné un coup de main au commando de la gauche prolétarienne qui allait redistribuer les victuailles fauchées dans un bidonville, près de Saint-Denis.

Fauchon avait moins changé que moi.

Le tract que nous y avions laissé : « Tout est à nous ! », débutait par ces mots : « Si vous voulez manger en hiver des fraises du Japon, allez chez Fauchon ! Si vous voulez douze prunes pour 80 francs, allez chez Fauchon ! »

Même les maos, à l'apogée de leur indignation, n'avaient pas osé penser aux melons en février !

En comparaison, le choix des vins m'avait paru de tout repos, ce qui n'est jamais bon signe.

Il est toujours suspect, en effet, de s'épargner les heures où, planté devant les bouteilles, allant de l'une à l'autre, déchiffrant chacune des étiquettes, n'osant pas décider soi-même, ne voulant pas trancher trop vite, on se laisse entraîner par le chant des sirènes du caviste qui, vous connaissant et sachant que vous ne résistez que modérément aux pires tentations, ne s'épargne aucun claquement de langue, soupir de béatitude, mimique inspirée, pour évoquer un Clos-de-Bèze 75, un Pommard 69 ou la Romanée Saint-Vivant 78 dont il se dit persuadé, le bougre, que vous saurez les apprécier.

Cette fois, j'étais entré dans la boutique, tel Ulysse attaché au mât d'une résolution susceptible de limiter les dégâts financiers. Je m'en tiendrais à la vallée du Rhône.

Quelle naïveté ! Si j'appréciais, pour ma part, le charme discret d'un petit Cairanne, la modestie souriante d'un Vacqueyras, la cuisse généreuse d'un Gigondas ou la saveur robuste d'un Châteauneuf blanc, le grand méconnu, le devoir me commandait de ne pas oublier que Clara recevait à sa table le producteur de *Avoue ta vie, va,* son équipe et, surtout, le directeur de l'unité de programmes.

Et si je ne pouvais justifier du choix des vins que par mon seul lieu de naissance, ce chauvinisme vauclusien serait du plus mauvais effet (franchement « plouc ») dans une soirée somme toute assez peu provinciale.

Je ne devais pas faire courir à Clara le moindre risque professionnel. Il fallait viser plus haut.

Après moult hésitations, interrogations, revirements, doutes, délibérations, retournements et crises de conscience (si Dieu ne m'apparut pas ce jour-là, comme il avait eu l'amabilité de le faire à Claudel par un petit signe derrière un pilier de Notre-Dame, c'est qu'Il se dissimulait peut-être derrière un sacré magnum de Cornas, dont le rugueux rubis de robe interdisait qu'on vît quoi ou Qui que ce fût par transparence), j'arrêtai enfin ma décision.

Château-Grillet sur l'entrée.

Et, aussitôt, le remords, la mauvaise conscience. J'étais un salaud. C'était injuste pour l'onctueux Condrieu, qui m'avait longtemps fait hésiter.

Mais je savais, avec Sartre, que « la délibération volontaire est toujours truquée » et qu'il y a toujours « un choix de la délibération comme procédé qui m'annoncera ce que je projette ».

Mon choix, s'il n'était pas un simple *geste*, mais un *acte* (et comment aurais-je pu en douter?), me rendait libre de donner sa nécessité immanente au Château-Grillet, libre encore de rejeter le Condrieu comme pratico-inerte – ce contre quoi, d'ailleurs, s'insurgea le caviste.

De l'air pincé qu'on adopte volontiers au comité de rédaction d'*Esprit*, il me fit observer que Raymond Aron avait toujours opté pour le Condrieu au détriment du Château-Grillet.

Il s'en était longuement expliqué lors d'une conférence prononcée à la London School of Economics, publiée en anglais dans le *British Journal of Sociology*; et Sartre, qui s'était fait traduire l'article par Bost, lui avait vertement répliqué dans un article de *La Cause du peuple*, « Taches de vin et tâches du prolétariat en révolte ».

Toujours est-il, poursuivit le caviste, qu'il préférait pour sa part avoir raison avec Aron que tort avec Sartre.

La fausse évidence de l'alternative m'irrita, qui excluait *a priori* qu'on pût avoir raison de se pinter avec Sartre au Château-Grillet, plutôt que de rester sobre avec Aron.

J'entendais la voix métallique, trop sûre d'elle-même, cassante et généreuse, et imaginais volontiers, devant une même bouteille, Sartre se servir de copieuses rasades pour mieux se persuader de son argumentation avec, debout derrière lui, le Commandeur en turban qui le lui reprochait sèchement, et le sérieux sociologue, dès la première gorgée, s'interroger gravement, d'un timbre mélodieux et monotone, pour savoir si, d'aventure, il n'aurait pas déjà trop bu...

Le choix du Saint-Joseph pour accompagner le plat et d'un Côte-Rôtie « La Claypeyrane » sur les fromages nous réconcilia, le caviste et moi, comme les deux « petits camarades » que nous étions.

Pourquoi, mais pourquoi, en matière de mets mythiques, tout est-il toujours divisé?

Comme l'amateur de café assiste, impuissant, au titanesque combat que se livrent arabica et robusta, comme le passionné de caviar se doit de choisir entre sevruga et beluga (encore qu'il puisse toujours se rabattre, en désespoir de cause, sur l'oscietre!), j'avais dû, à mon tour, prendre parti dans la vieille opposition entre Côte Brune et Côte Blonde, qui divisait la Côte-Rôtie aussi sûrement que le mur, Berlin.

La légende voulait en effet qu'un seigneur de Maugiron eût séparé son domaine et partagé ses terres pour chacune de ses filles, l'une blonde, l'autre brune. On disait cette dernière plus sévère, plus « virile »...

Mais pourquoi faut-il toujours choisir?!

Pour me consoler du chèque que je signai à mon ami caviste, j'en convertis mentalement le montant en une monnaie personnelle : le tout équivalait à peine à deux verres de Romanée-Conti.

J'avais donc été raisonnable.

Je sortis de la cuisine où j'étais enfermé depuis plus d'une heure.

Seule Aurore s'était inquiétée de moi. Elle m'avait apporté une part de melon et m'avait raconté la première passe d'armes qui avait opposé sa sœur, dont elle n'avait pas compris la vive réaction, et Caroline, laquelle, si elle trouvait l'entrée « remarquable de finesse », n'avait pas voulu cacher, en matière d'entrées italiennes, sa préférence pour les tomates à la mozzarella, « surtout en cette saison », avait-elle ajouté.

J'avais promis à Aurore de tout lui expliquer plus tard et lui avais demandé de me laisser seul pour mettre le point final à une préparation qui, si elle ne présentait pas de difficulté particulière, n'en exigeait pas moins coup de patte et concentration. L'idée que sa présence pût me distraire de ma tâche avait paru amuser la jeune fille et ne pas lui déplaire. C'est avec un petit air mutin qu'elle avait disparu.

Je disposai sur la fameuse table, avec une modestie feinte, le large plat fumant de *spaghetti aglio e olio.*

Chacun s'acquitta rapidement de la nécessaire formalité des exclamations que recommande l'amicale bienséance ou la moindre des politesses et, très vite, la conversation reprit un fil que mon entrée semblait avoir coupé, de manière finalement intempestive.

Conversation animée : Bénédicte, la réalisatrice maussade-mais-professionnelle » de *Avoue ta vie, va*, reprochait vertement à Caroline, l'attachée de presse toujours bronzée (mais moins que Clara, pour une fois, que je soupçonnais n'avoir pas tout à fait par hasard fixé cette soirée au lendemain de son retour des Alpes), d'avoir « saboté » les deux émissions spéciales consacrées à un célèbre journaliste de la télévision. Profitant des lumières tamisées du studio, de l'ambiance intimiste de la radio de nuit qui le changeait de l'atmosphère saturée des plateaux qu'il arpentait habituellement, Clara n'avait dû ménager aucun effet de séduction, chemisier entr'ouvert, voix suave et œil de velours, pour pousser ce jeune homme à la faute, qui s'était abandonné à quelques confidences d'ordre privé, peu en rapport avec l'image aseptisée qu'il offrait de lui chaque soir à tous les foyers français.

Il n'en fallait pas moins pour que, miraculeusement intéressés par autre chose que le destin de leur clip, Jennifer et Dan demandent aussitôt « tous les détails ». Clara, prête à toute infamie pour réussir un dîner, ne se fit pas prier. Elle relata par le menu comment, tel l'Ange bleu nuit débauchant le professeur Unratelier – fine allusion au sourire éclatant qu'arborait continuellement l'ectoplasme (au sens strict qu'en propose le dictionnaire : « émanation visible du corps du médium »), sourire auquel il devait tout de sa popularité –, regard langoureux et *Sonate pour violoncelle* de Brahms en guise d'hameçon, elle avait ferré ce petit rouget coquin qui se croyait requin, en lui faisant avouer sa passion pour la lingerie féminine, qui le conduisait parfois à en porter lui-même.

L'ami du directeur de l'unité de programmes (que je prendrai désormais licence de désigner comme « l'ami du DUP » pour ne pas lasser le lecteur et m'exprimer par ces abréviations dont le milieu a le secret) semblait gêné et s'était efforcé d'adopter un ton enjoué pour trouver « super » l'idée que le président de la République pût être interviewé par un homme en porte-jarretelles. Le masochiste américain s'étant permis d'acquiescer sans demander l'autorisation, Jennifer le foudroya du regard et enfonça sans doute froidement son talon aiguille dans l'astragale de l'insoumis.

Bénédicte, confortée par les hochements de tête de son compagnon, muet mais attentif, relança son attaque (elle souriait si rarement que ses zygomatiques semblaient avoir été montés à l'envers, abaissant les commissures des lèvres plutôt que de les relever) : un tel « scoop » aurait pu se vendre très cher et l'émission trouver un écho considérable, plus large en tout cas que les quelques centaines – « milliers », rectifia le producteur en se rengorgeant – d'insomniaques qui en constituaient l'auditoire habituel.

Caroline, maussade, avança quelques justifications qui n'étaient pas sans évoquer le « raisonnement du chaudron », naguère analysé par Freud et dont les meilleurs esprits se demandent aujourd'hui si ce n'est pas la seule chose à sauver du pathétique naufrage de la psychanalyse. Elle affirma donc successivement que tout le monde le savait, que ça n'intéressait personne, pour enfin décréter que la chose était aujourd'hui si banale qu'elle ne méritait pas qu'on s'y arrêtât.

Laurent de Caseneuve avait les yeux fixés sur les jambes de Jennifer... La jupe de cuir de la jeune chanteuse était assez courte pour détromper celui qui aurait cru qu'elle portait un collant et, fort de ce savoir pourtant fragile, le producteur jungien semblait reconsidérer le statut de la, pourtant si matérielle, chair et épuisait son lexique de superlatifs sur l'entreprise du vidéo-clip *Flag'elle* à mesure que Jennifer, craignant sans doute l'engourdissement, croisait plus haut les jambes.

En femme du monde avisée, Gabrielle de Caseneuve décida d'intervenir pour mettre un terme à la dispute entre Caroline et Bénédicte, peut-être aussi dans l'espoir que son mari détournerait les yeux de cette jupe de cuir qui était un défi continué à la loi de gravitation universelle – paradoxe d'autant plus surprenant que Jennifer elle-même était un hymne vivant aux lois de la chute des corps.

Gabrielle, donc, s'interrogea à voix haute : combien de temps faudrait-il encore attendre pour que les media osent franchir le pas et se consacrent exclusivement à leur auto-célébration? La télévision n'était jamais meilleure que lorsqu'elle se prenait pour objet! Assez de gens travaillaient dans les radios et les télévisions, pour imaginer des programmes consacrés à la seule vie du sérail! Quel besoin y avait-il d'aller chercher « ailleurs », « dehors », une information qui n'intéressait personne?

L'« autarcie médiatique », telle lui semblait être la solution d'avenir !

Son mari prit aussitôt la suggestion au sérieux.

De toute manière, un tel processus était désormais inéluctable, et il s'en réjouissait. Il s'interrogeait toutefois, « en professionnel », sur la nécessité de garder un flash d'une ou deux minutes, « au moins à la radio, pour ménager une transition », qui permettrait de signaler quelques faits – guerres, coups d'État, révolutions, résultats de consultations électorales, pourparlers de paix, bombardements à l'arme chimique, armistices, fuites dans une centrale nucléaire, tremblements de terre et autres catastrophes naturelles, famines et épidémies, record du monde du 100 mètres, révélation d'un musicien, livre d'un philosophe, mort d'un poète, larmes d'un enfant – cette écume des choses qui, si elle était susceptible de faire quelques points d'audience (ce dont, personnellement, il doutait), ne serait évidemment développée qu'entre 2 et 4 heures du matin. Et, si possible, ajouta-t-il avec un sourire entendu, par les journalistes qui avaient l'heur de déplaire au pouvoir du moment.

Le DUP ne pouvait pas passer pour moins « professionnel » que son subordonné. Il penchait donc pour la suppression radicale de ces flashes : d'abord parce qu'ils étaient, « dans l'ensemble, assez déprimants ». Ensuite parce que, en deux minutes, les gens seraient incapables de rien comprendre : pas le temps de situer le pays évoqué ou de saisir le pourquoi du conflit dont un reporter s'était cru obligé, le con, de rapporter quelques images au risque de sa vie...

« Tout cela est inutile et, surtout, donne aux gens une image négative de nous. Comme si nous passions notre temps à ricaner de leur ignorance et à leur en mettre plein la vue, à bien leur faire sentir qu'avant de s'interroger sur l'intégrisme chi'ite, ils feraient mieux d'ouvrir un atlas et d'y chercher l'Iran. Non, poursuivit-il avec autorité, tout cela n'est pas bon. Trop sombre. Superflu. Il faut en finir. »

Son ami, de toute évidence plus détendu que tout à l'heure,

opina en souriant aux anges et raconta comment il s'était lui-même laissé surprendre, lors d'événements survenus en Inde où il était sans cesse question des sikhs :

" Je n'y comprenais rien. Je croyais que le journaliste ponctuait ses citations de *sic*! "

Chacun rit poliment.

La discussion offrant à sa mauvaise humeur chronique tout loisir de s'exprimer, Bénédicte entra de nouveau en lice, avec autant d'aménité que Ruth Elizabeth, dite Bette Davis, quand elle pousse dans l'escalier la chaise roulante où est immobilisée sa vieille rivale de la Warner, Lucille Fay Le Sueur, dite Joan Crawford, dans *Qu'est-il arrivé à Baby Jane?*

Elle s'éleva solennellement contre de telles propositions, essentiellement pour des raisons d'ordre syndical (elle adhérait au syndicat CGT des techniciens). C'est par dizaines que risquaient d'être supprimés les postes de travail, manière de brader l'audiovisuel français, d'affaiblir la CGT et...

Clara, trop heureuse de régler quelques vieux comptes, lui coupa la parole. Les syndicats? On allait en parler, puisque Bénédicte les évoquait avec autant d'impudence.

Et, fielleuse, d'évoquer avec indignation « une affaire » qui, à l'entendre, reléguait celle de Dreyfus au rang d'aimable blague juive : la convention collective stipulait la présence obligée de trois techniciens à la console, lors des directs ou des enregistrements. Le réalisateur en titre, son assistant. Et le troisième, « en réserve » : il assistait, les bras croisés, au bon déroulement des opérations. Sans intervenir. Sans rien faire. Eh bien – et nous le croirions si nous le voulions (elle faisait tournoyer son argument du troisième homme comme, jadis, Jean-Claude Drouot sa fronde) –, un jour, cette « catégorie de personnel » s'était mise en grève. Et, tout inutiles qu'ils fussent, ces figurants avaient bénéficié de la mécanique solidarité syndicale et avaient paralysé toute la chaîne. Plus de direct, plus d'enregistrement. Ce qui était un comble, car elle défiait l'observateur le plus attentif de trouver la moindre différence entre les moments où cette « catégorie de personnel » était censée travailler, et ceux où elle était en grève.

La polémique s'envenimait. Le ton montait.

Afin d'empêcher l'irréparable, Gilles s'interposa.

Il parlait doucement, son regard clair allant d'un convive à l'autre, comme pour s'assurer que tous l'écoutaient. N'étant pas de la partie, il ne pouvait prendre position sur les faits, certes d'une extrême gravité, dénoncés par Clara. Mais il tenait à verser une pièce au dossier : sa maison d'édition comptait parmi ses auteurs un cas très singulier dont, par discrétion, il préférait taire le nom.

Il s'agissait d'un romancier plein d'avenir, devenu la coqueluche du directeur qui avait placé de grands espoirs en lui. Son premier livre avait connu un réel succès d'estime, malgré un silence sans doute concerté de la critique qui n'avait pas été sans incidence sur les ventes. Deux ans plus tard, récidive. A part une notule dans *Le Petit Bleu des Côtes-du-Nord*, journal où René Pleven donna longtemps, sous forme d'éditoriaux, sa contribution à l'histoire politique de la France et où travaillait un lointain cousin de l'auteur, rien dans la presse. Deux ans plus tard, le troisième ouvrage ne sut percer la muraille d'indifférence qui entoura sa sortie.

Le quatrième livre se vendit un peu mieux, mais fortuitement. L'auteur, dans sa jeunesse, avait été dans la même classe (5e AB4) du lycée Claude-Bernard qu'une actuelle star de cinéma adulée des jeunes filles. Un jeu télévisé ayant réuni, à vingt ans de distance, les anciens camarades de l'acteur, notre homme était passé quelques secondes en direct sur le petit écran, juste le temps de donner le titre de son dernier livre, l'éditeur et le prix. Un léger frisson des ventes, le lendemain, à la FNAC, fut la seule embellie. Le surlendemain, l'horizon se rebouchait.

C'est alors que Gilles avait été chargé par son directeur

d'établir le bilan financier de cette aventure littéraire de huit ans, déjà. Il était d'autant plus consternant que chacun de ces livres avait coûté fort cher, l'écrivain méconnu affichant des exigences de présentation inversement proportionnelles à ses ventes : illustrations photographiques en couleurs; jeux sur différentes typographies; passages en grec ancien ou en chinois. Dans son dernier livre, il avait voulu « rompre avec la contrainte de la linéarité » : un chapitre entier se présentait en forme de pliage, « afin de permettre une lecture synoptique et transversale, transformant le geste du déplier effectué par le lecteur en premier acte de saisie interactive », comme le soulignait avec pertinence la quatrième de couverture, que l'éditeur aurait voulue « un peu plus vendeuse ».

Gilles s'était souvent demandé pourquoi le directeur, pourtant si sévère avec les autres auteurs de la maison, accordait à celui-là de tels privilèges.

« Il ne faut jamais oublier la dimension affective de notre métier, lui avait-il été répondu. C'est le premier auteur que j'ai publié... »

Plusieurs séances de travail, exténuantes, furent consacrées à concilier l'affectif et le financier.

« Et voici ce qui fut décidé, qui nous ramène aux techniciens fantômes. De savants calculs nous montrèrent qu'il serait plus avantageux, pour les six ans à venir, de payer une somme mensuelle, assez coquette, à notre auteur... *afin qu'il n'écrive pas* ou, du moins, qu'il renonce à être publié. Une partie de la somme étant déductible des impôts, une autre pouvant passer dans les frais généraux, comparé à ce que nous coûtait la fabrication de chacun de ses livres et les retours, nous gagnions 45 % environ.

– Et il accepta le marché? s'étonna l'ami du DUP.

– A vrai dire, ce ne fut pas une mince affaire. Au début, il prit très mal notre proposition et refusa obstinément. Le directeur eut alors une idée de génie : l'invitant au restaurant Le Temps Perdu, là où, naguère, avait été signé le premier contrat (car, dans l'édition, on ne signe jamais de contrat autrement qu'au sortir de table), il sut trouver les arguments décisifs. »

L'assistance s'esclaffa, curieuse de percer les ressorts d'un tel miracle.

« Il lui fit valoir, poursuivit Gilles, que ses recherches expérimentales dans l'écriture étaient restées, jusqu'alors, assez convenues. Rendre illisible un texte était chose courante, et plus facile qu'on le croit. Maintenant, il pouvait être le premier à subvertir le fondement même du système en en renversant le principe. Être payé pour ne pas publier, même Sollers et Pleynet n'avaient pas osé y penser à l'apogée de *Tel quel*, ce qui montre bien que leur révolution scripturale était à la Longue Marche ce que la Guerre des Boutons est à 14-18 (ou à 10/18). Il y eut une ultime tentative de résistance, quand il objecta : " La chose ne vaut qu'à être rendue publique. Comment le saura-t-on? – Par des encarts publicitaires, pardieu, comme pour assurer la promotion d'un titre! " (Là, le directeur improvisait sous l'emprise du Chinon. Il n'en avait jamais été question, et je calculai mentalement qu'une telle imprudence ramenait notre marge de bénéfice prospectif à 35,8 % : c'était encore tolérable, mais il fallait que le repas s'achève rapidement. Un pousse-café, et nous perdrions de l'argent sur l'opération.) Inspiré, sa conclusion fut emphatique : " Seulement, là, et ça ne s'est jamais vu dans le milieu, nous proclamerons ton nécessaire silence. "

– Et l'affaire fut conclue? »

Gilles se tourna tendrement vers Aurore qui l'interrogeait : « Oui. Et le contrat vient d'être réactualisé pour les cinq ans qui viennent. »

L'histoire semblait passionner tout le monde. Chacun y alla de son commentaire, les uns trouvant qu'il s'agissait là d'un remarquable *challenge*, les autres trouvant le *deal* un peu pervers, les uns et les autres pressant Gilles de révéler le nom de l'écrivain, qui n'avait jamais autant fait parler de lui depuis qu'il publiait.

Gilles eut la délicatesse de ne pas fléchir.

Il m'aurait en effet été très désagréable d'entendre prononcer mon nom dans pareilles circonstances.

Mais j'étais furieux pour d'autres raisons. Le contenu des échanges m'importait moins que la situation, qui concentrait en elle ce que je déteste : que des gens mangent sans prêter la moindre attention au contenu de leur assiette.

Certes, j'étais le premier à ne pas méconnaître l'importance du domaine syndicalo-politique. Le narcissisme médiatique ne me déplaisait pas tant que ça, puisque j'en vivais. Après un début de carrière littéraire que je peux dire, sans fausse modestie, assez prometteur, je tiens désormais une chronique dans un hebdomadaire de radio-télévision. Je suis donc assuré, chaque semaine, d'être lu par tous ceux qui s'imaginent avoir une chance raisonnable que je parlerai d'eux – ce qui, au bout du compte, fait masse.

Exquise revanche que le journalisme littéraire, notons-le au passage : je tenais d'Aurore l'authentique saga d'un ancien étudiant en philosophie, qui s'était obstinément cassé les dents sur l'échéance qui bornait son horizon, l'agrégation. Une, deux, trois, quatre tentatives. Rien n'y fit. L'échec, chaque fois plus cuisant. Quelques années plus tard, le jeune homme, astucieusement reconverti, dirigeait la rubrique littéraire d'un important magazine. C'est donc *ès qualités* qu'il fit le compte rendu du premier livre de celui qui, l'année de son ultime échec, avait été reçu cacique. « Le style est celui d'un brillant khâgneux. C'est dire que la profondeur y est superficielle et le brio gratuit. Quand à l'érudition complaisamment étalée, on se contentera de dire qu'elle est celle, encore appréciée par certains, d'une bête à concours. » Et c'est avec condescendance qu'il accueillait les besogneuses productions de ses anciens professeurs, suffisamment dénués de talent pour n'avoir pas su reconnaître le sien, quand il en était encore temps.

D'autres, à l'inverse de ce cas singulier, manifestent les

signes cliniques d'une « gérontophilie » aiguë. Il s'agit de ne pas se précipiter, laisser voir venir, attendre que s'usent les faux espoirs, se méfier d'un possible éphémère : à quoi bon prendre le moindre risque sur un jeune inconnu, manquer de se tromper, émettre un jugement que, peut-être, l'ingrate postérité ne daignera pas retenir, quand célébrer les louanges des membres du Collège de France et des académies, sans en oublier aucun, est déjà si difficile?

Simple recette de cuisine, là encore : un théoricien, savant ou philosophe. Voire un écrivain. Vous le laissez patiemment mijoter et gravir les échelons de la reconnaissance. Seul, pour bien vous assurer qu'il en est capable. Quand frissonne l'eau de la notoriété, y plonger sa plume. Il sera de bon ton de s'en proclamer un « inconditionnel de la première heure » et de faire un large écho à son œuvre. Si l'intéressé a le bon goût de mourir, il vous donnera tout loisir d'écrire sur lui ce qu'il aura attendu en vain de son vivant. Vous saurez répondre que faire la « nécro » d'un vivant n'est pas chose aisée, ni très élégante.

Le *nec plus ultra* sera de parvenir à publier avec lui un livre d'entretiens, où votre nom s'étalera à parité avec celui du savant, du philosophe, voire de l'écrivain – dans le secret espoir qu'un peu de sa gloire et de son intelligence rejailliront sur vous.

Le syndrome gérontophilique peut parfois dégénérer en « gérontophagie », déjà pratiquée sur quelques noms éminents de la littérature ou de la philosophie . Son tableau séméiologique se résumerait, lui, comme une petite annonce de *Libération* : « Jeune ambitieux cynique rencontrerait vieux sage affaibli pour le parasiter. »

Le jeu consiste alors à s'immiscer dans son quotidien et à se rendre indispensable. Ne pas hésiter à lui faire la cuisine, la lecture, et à le faire marcher (physiquement, d'abord). Après avoir suborné ses proches et ses intimes (on devra s'attendre à une certaine résistance de ces derniers, souvent hostiles), prendre un tel ascendant sur lui que, par votre bouche autorisée, il dira, écrira, pensera le contraire de ce que fut sa vie, de ce que fut son œuvre. Retirer tous les bénéfices personnels de l'opération : un livre de souvenirs (*X et moi*, ou encore : *Le Dernier Y*...) sera le bienvenu.

Qui n'a jamais vu un tel paon paraître dans les salons, esquisser les premiers pas d'une Pavane pour une Pensée Défunte et exhiber le fruit sec de cette maïeutique sénile ne mérite pas de savoir ce qu'est la vie littéraire.

Mais je m'en voudrais de laisser accroire que tous les journalistes détournent à leur profit une culture dont ils se proclament « médiateurs ». Certains seraient bien en peine de la manipuler : ils l'ignorent.

J'ai souvenir d'un directeur de rédaction, que tenaillait l'angoisse d'une ignorance radicale, accédant à l'universel. Il sortait d'un entretien que lui avait, par faveur, accordé un grand homme de science, et je l'entendis grommeler, comme s'il avait été éclaboussé, blessé dans sa chair par l'affable érudition de son interlocuteur :

« Quel con. Non mais, quel con! Comment a-t-il magouillé pour l'avoir, son prix Nobel? »

Le lecteur comprendra que je ne m'attarde pas davantage sur la sottise arrogante, la vulgarité de pensée, les tics d'écriture et le calembour élevés à la dignité d'un « style », l'incompétence revendiquée d'un milieu dont je constitue l'un des fleurons.

Parce qu'il est de règle, dans ce milieu, de tenir sur les autres le discours qui est le mien, manière de s'exclure implicitement du tableau ainsi dressé, actualisant par là le paradoxe de l'inclusion de l'ensemble de tous les ensembles dans lui-même. Ainsi, il n'est pas un enseignant qui ne conchie l'atmosphère d'une salle des professeurs, et seul un journaliste devient intarissable sur les tares de son métier.

Et, ce n'est pas le moins important, parce que ce livre sera sans doute publié. Même si je ne suis plus là pour en assurer le service de presse, il vaudrait mieux que je ne me mette pas toute la profession, si rancunière parfois, à dos.

Quant à moi, on l'aura compris, bénéficiant de la bourse du silence que m'accordait mon éditeur (ce qu'il appelait pudiquement mes « droits d'au-taire »), j'étais parfaitement à l'aise pour mettre sur la sellette les livres de confrères qui, moins chanceux que moi, se trouvaient dans la pénible obligation de publier. Je n'allais tout de même pas les plaindre?! Et, dans l'ensemble, on peut dire que je ne les ratais pas.

L'essentiel n'était pourtant pas là, ce soir. J'étais littéralement indigné du spectacle qui se déroulait sous mes yeux.

J'avais servi chacun copieusement, et moi en dernier, comme il se doit. Je m'étais assuré que sel, poivre et autres condiments étaient à portée de qui les voudrait. J'avais même retenu le bras de l'ami du DUP quand, insouciant, il s'était emparé de la bouteille de Saint-Joseph pour remplir son verre, où restait un bon fond de Château-Grillet. Lequel n'avait d'ailleurs suscité *aucun* commentaire. De personne.

La pire offense qu'on puisse faire à un vin.

Chacun sait, ou devrait savoir, que le goût du vin dépend pour une part déterminante des mots qui en accompagneront la dégustation, des exclamations qu'il aura su susciter, des expressions que sa saveur aura fait naître.

« Il s'agit du vin, écrivait Alexandre Dumas, c'est-à-dire de la partie intellectuelle d'un repas. Les viandes n'en sont que la partie matérielle. »

La belle formule que celle du mulâtre jouisseur, avec sa consonance aristotélicienne où le repas, tel un vivant, offre à sa matière d'être « informée » par le vin!

Mais comment l'informerait-il, en silence?

Le mot n'est pas moins nécessaire que l'air à l'oxygénation

d'un grand cru. Il faut *dire* qu'il a de la cuisse, de la jambe ou du corsage, qu'il est gouleyant, qu'il mord ou qu'il est âpre, si l'on veut que son bouquet s'épanouisse. Et, surtout, il faut que le vin l'entende : sinon, gare à l'autisme!

Sans doute Raymond Dumay n'a-t-il pas tort de mettre en garde contre l'incontinence verbale, quand il écrit : « Parlez comme vous buvez, à petites et rares gorgées. » Soit. Mais parlez!

L'enjeu n'est pas de médiocre importance, et le danger est imminent. Sait-on qu'une commission internationale œuvre à la parution d'un *Dictionnaire international du vin* qui réglementerait l'usage des mots?!

Qu'en pense Joseph Veyne, « l'oncle Jo », longtemps président des jurys de la Foire aux vins d'Orange, qui, d'après Pierre Bérard, serait l'inventeur d'expressions comme : « Il a de la fesse et du téton », ou encore : « Il a un nez de hanneton »!?

Par bonheur, ce comité Théodule se heurte à tant de difficultés que son entreprise stagne. Qu'elle périclite donc!

Comment trouver les critères qui permettraient de comparer les *Gourdjaani* et *Tsinandali* blancs de Géorgie (issus d'une fermentation du moût avec les rafles et les peaux dans des calebasses d'argile) et le *Lugana*, issu du *Trebbiano* lombard?

Quel rapport entre le *Ripley* hybride de New York et le Pinot noir, que les Allemands, eux, appellent *Spätburgunder*?

Peut-on raisonnablement affirmer que lorsqu'un Anglais dit « *free-run* » pour désigner la toute première coulée après que le moût a fermenté, il veut vraiment signifier *la même chose* que le Français quand il évoque un « vin de tête »?

Et d'ailleurs, quel Français? Bourguignon et Bordelais ne parlent pas la même langue, puisqu'ils ne font pas le même vin! Et le premier serait bien surpris s'il apprenait qu'en 1921 il y eut une « Crème de tête » de Château-d'Yquem, issue du premier pressurage. Et pourquoi notre « pipette » nationale est-elle appelée « voleur » (« *thief* ») en Grande-Bretagne?

Mérite-t-elle un procès-verbal de gendarme, l'identification abusive, mais si répandue, des vins de liqueur et des vins doux naturels, alors que l'addition d'alcool survient là avant, ici pendant la fermentation?

Quel casque bleu de l'Eau-Nue saurait s'interposer entre les divers sens de Muscat, qui dit une famille de raisins sucrés rouges ou blancs, le raisin de Californie (Muscat d'Alexandrie), ou encore les vins de liqueur de Beaumes-de-Venise, Frontignan, Lunel ou Saint-Jean-de-Minervois, mais qui, en Alsace, est au contraire très sec et fruité, sans oublier le Muscat de Samos, frère du *Mavrodaphni*, rescapés l'un et l'autre de la conquête de Constantinople (1453) par les Turcs, qui firent disparaître toute trace de vignes sur l'île? Et comment croire que le vigneron uruguayen qui cultive l'*Harriague* voudra user des mêmes mots que son homologue anatolien d'Ankara qui ne reconnaît que le *Kalecik karasi*?

Foin d'espéranto, qu'on permette aux mots de tanguer et à notre bateau d'être ivre!

Unifier le vocabulaire en la matière est non seulement impossible, mais criminel. Le grain des mots doit être aussi divers, imprévu, foisonnant, créatif, surprenant que celui de la vigne! Il faut réconcilier raisin et raison, syntagme et Saint-Estèphe, palinodies et Palomino, sémèmes et Sémillon, conversations de table et tables de conversion, lire et lie!

Peut-on croire à la coïncidence, quand nous est proposée par le viticulteur l'unité du vrai et du rationnel pour dire, en un superbe mot-valise, la « véraison », période cruciale où le raisin mûrit?

Près de Cognac, la *topette* est la *preuve* que discours et alcool savent, chacun à sa manière, faire claquer la langue.

Il faut en profiter, en user, en abuser : le vin est l'une des dernières zones franches de la langue, sans police des mots, interdit ni contrainte, Thélème verbal à l'état pur, où le plaisir est primeur, où l'analyse doit céder sa place au mélange, l'intellect accepter de se subordonner au goût. Michel Serres a su restituer, dans *Les Cinq Sens*, tout l'enjeu philosophique d'une dégustation de Château-d'Yquem.

Goûter un vin et ne rien en dire? Aussi absurde que d'imaginer une cure analytique orthodoxe avec un sourd-muet (du moins comme patient. Comme analyste, la chose a déjà dû se faire. Chez les lacaniens).

Oui, j'aurais tout accepté d'eux. Qu'ils le jugent astringent. Qu'ils fassent la fine bouche parce qu'il était trop cru. Ou, à l'inverse, parce qu'il avait le chapeau sur l'oreille. Qu'ils affirment contre l'évidence qu'il tombait en dentelles. Qu'ils louent sa queue de paon ou le trouvent mâché. S'exclament sur sa charpente, quitte à déplorer sa vénusté. L'accusent de tomber dans ses bottes...

Peu m'importait, à la vérité, pourvu qu'ils en parlassent!

Sitôt qu'Aurore m'avait rejoint dans la cuisine, je lui avais demandé, fébrile, ce qu'on en disait, à table.

« De quoi?

– Du vin, parbleu!

– Rien. »

« Rien. » Naïve franchise de la jeunesse! J'étais consterné, sans qu'Aurore comprît vraiment pourquoi. Ces bavards impénitents ne trouvaient rien à en dire! Ils avaient dû s'enfiler le Château-Grillet comme un vulgaire Sauvignon! Certains sans même se rendre compte qu'il s'agissait d'un blanc...

Quant à tenter de leur faire deviner (enfin un « Trivial-Poursuite » intelligent!) quel subtil dosage dans la variété des raisins avait su créer pareil nectar, il ne fallait pas y songer, d'autant que la question était un piège, le Château-Grillet, comme le Condrieu, ne relevant en principe que d'un seul et exclusif cépage, le Viognier!

Et auraient-ils été capables de réciter la liste des treize cépages d'un Châteauneuf-du-Pape, dont les noms sonnent haut et fier, comme une tirade d'Edmond Rostand?!

Avaient-ils jamais articulé Picpoul et Picardan! Rêvé de Vaccarese, Roussane ou Muscardin! Frissonné aux roulements de Syrah, Grenache, Terret-Noir ou Bourboulenc! Et Counoise! Clairette! Cinsault! Mourvèche! – noms glorieux du canal Reins-Rhône, pour ne pas chanter les charmes de l'Ugni blanc, du Carignan, de Camarèse ou de Calitor, chapelet qui, à l'inverse des victoires de Napoléon, mériterait, lui, d'être égrené et appris par cœur dans toutes les écoles de France?...

J'en doutais.

Mais je savais le pire à venir.

Le cauchemar allait se poursuivre, qui n'épargnerait pas les pâtes. Comme le dit le proverbe :

« Quand le vin n'a pas délié les langues,
Aucun son pour l'amidon. »

Tassé sur ma chaise, ne répondant à aucune des œillades inquiètes que me lançait Clara qui devinait que je n'étais pas, mais vraiment pas, *dans mon assiette*, je saisis machinalement la fourchette en main gauche et la cuiller en main droite, tel un vieux cow-boy blasé (John Wayne dans la séquence finale de *L'homme qui tua Liberty Valance*) armant ses deux colts pour un duel dont il ne tirera aucune gloire.

« Pourquoi des cuillers? m'avait évidemment demandé notre hôtesse quand nous dressions la table.

– *Sphaghetti* », m'étais-je contenté de sèchement lui répondre.

Mon air bourru l'avait dissuadée d'insister. Je constatai, une fois de plus, qu'elle s'obstinait à prendre la chose à la légère. Ce n'était pourtant pas faute de nous être querellés plusieurs fois sur ce point, capital, de doctrine.

Sans doute, si j'avais été crédule et militant, j'aurais rêvé encore au menu du dîner du Grand Soir, ouvrant l'appétit pour un Avenir Radieux où chacun, au-delà des différences sociales ou culturelles, recevrait l'éducation collective apte à lui faire savoir comment on doit manger les *spaghetti*, à la seule fourchette, évidemment. Utopie où les écoles gastronomiques du peuple apprendraient à leurs élèves à savoir distinguer *penne a candela* et *penne piccole rigate*, à s'étonner, joyeux, de ce que *fettuccie* et *fettuccine* soient si semblables sans pour autant se confondre, et à savourer l'harmonie d'un temps nouveau où les *ditaloni* (appelés parfois *canolicchi*) n'auraient plus rien à craindre de la concurrence des *ditalini rigati*...

Si j'y avais cru encore, sans doute aurais-je alors disposé près des assiettes les seules fourchettes.

Mais j'étais revenu de tout. Le socialisme français, qui savait pourtant être si lourdement didactique, avait négligé ce terrain-là comme à peu près tous les autres, et renoncé à toute perspective de changement. « Socialisme de transition », affirmaient ses sympathisants. « Intestinale, oui », rétorquaient ses adversaires parmi lesquels, je l'avoue, j'avais fini par me ranger, excédé par l'impératif du consensus à tout prix qui obligeait un maître queux à longuement négocier avec tout le personnel de cuisine, le maître d'hôtel et les serveurs, les actionnaires du restaurant et la dame des vestiaires, pour bien s'assurer que le menu du jour n'ouvrirait à aucune contestation. La mode en avait été lancée lors d'un conflit où une telle méthode avait fait ses preuves : dans une île du Pacifique, une communauté avait trouvé un peu épicé le sort qu'on lui faisait subir, et des troubles avaient surgi. La méthode dite d' « étouffe-conflit » avait permis de renvoyer aux calendes la question de savoir à quelle sauce les habitants de l'île seraient mangés. Et, depuis, on l'appliquait partout, sans discernement.

Le temps passé à argumenter, discutailler et convaincre était autant de perdu pour la cuisson. Ce qu'on mangeait n'était ni bon ni mauvais : insipide. Personne ne protestait, en effet. Tout le monde avait fini par s'en foutre.

En fait, mon objectif était plus pragmatique : par leur seule présence, espérais-je, les cuillers dissuaderaient les imprudents ou les distraits de sombrer dans le blasphème suprême, version culinaire du sacrifice d'Abraham, en se saisissant de leur couteau.

Hélas, comme nous le verrons, le pire est toujours sûr. Sur la table.

Devant l'indifférence de l'assemblée, je me résignai donc (pour être franc, ce n'était pas pour me déplaire : « Je me parle à moi-même parce que je m'estime », comme dit Marcel Levesque dans *Le Crime de M. Lange*) à entretenir un dialogue silencieux avec moi-même.

Amical, sans doute, mais dénué de complaisance.

Nous examinerions ensemble le choix des pâtes et les modalités de leur cuisson. J'étais assez confiant sur les résultats de l'expertise qui, sauf coup de théâtre, devaient se révéler favorables à la défense. Mais l'essentiel, je le pressentais, allait m'opposer à moi sur la sauce. Sous le feu roulant de mes questions, il me faudrait justifier la préférence accordée à l'huile d'olive de Marcel Cantareil (surnommé « E.T. » dans son village, à cause d'une ressemblance assez frappante), me convaincre que l'ail avait été pilé, et non haché, dans les règles de l'art et avec un pilon en olivier massif, et examiner de près si, par une inadvertance proche du délit, je ne l'aurais pas fait revenir quelques secondes de trop; m'interroger et me répondre sur le rôle des piments, l'harmonie entre les rouges et les noirs (je retrouvais là l'un des enjeux de l'éphémère République espagnole), et réfléchir ensemble au rôle des pignons de pommes de pin. Enfin, l'échange le plus vif porterait, j'en étais déjà convaincu, sur l'innovation qui consistait à avoir mélangé parmesan et emmenthal râpés. Certes, je n'ignorais pas ce qu'un tel geste pouvait susciter de contestation, aussi bien m'y étais-je résolu non sans avoir longuement hésité. La sécheresse, certes relative, mais indéniable, du seul parmesan que je m'étais pourtant procuré à La Table d'Italie me paraissait devoir être reçue comme un argument de poids. Je m'entendais déjà, dans l'ironie cinglante du réquisitoire, dénoncer l'aberration d'un tel mélange. Mais, avec la force tranquille de la défense, je me rétorquerais que les *spaghetti* à l'ail et à l'huile d'olive n'appartiennent pas moins au patrimoine provençal qu'à la culture italienne, et que, chez nous, les habitants du Sud, à l'exception du comté niçois, mettent plus spontanément sur les pâtes de l'emmenthal râpé que du parmesan. Moi-même, mon client, avait donc tenté une synthèse dynamique de deux traditions que leur grande proximité séparait.

Après quelques ultimes effets de manche, je me retirerais alors en délibération et me ferais assez rapidement (plus vite en tout cas que dans *Douze Hommes en colère*, où la délibération est par moments un peu longuette – défaut qu'il n'est pas rare de trouver chez Lumet) bénéficier de larges circonstances atténuantes, pour m'acquitter sous mes applaudissements.

Le cri d'Angelo Lombardi changea brutalement le cours du procès.

CHAPITRE TROISIÈME

Où l'auteur décide d'une soudaine accélération dramatique du récit; de la figure d'Orson Welles, de la poitrine de Charlton Heston et du corps de Karine Gambier; où, pour la première fois dans l'histoire de la littérature, il sera fait usage d'un livre comme d'un magnétoscope; de la manière de manger les *spaghetti* (2); de la classification des vins italiens et du point G.; de l'édifiante histoire de *Est! Est!! Est!!!*; d'un bref dialogue entre le narrateur et un personnage, qui croyaient tous deux s'émanciper de la tutelle de l'auteur; de la cuisson des pâtes dans ses rapports avec le masochisme; pâtes et politique; d'une *canzone* napolitaine...

« ON NE COUPE PAS LES SPAGHETTI ! »

L'homme s'était levé brusquement, renversant son verre de Saint-Joseph sur la table. Le sang de la vigne, rouge sombre, épais, comme coagulé, se répandit aussitôt en petits ruisseaux qui semblaient animés d'une tête chercheuse, à la manière des missiles de *Platoon*, dessinant une géométrie projective aux arabesques meurtrières : l'un attaquait l'assiette de Bénédicte, se divisait en deux pour l'encercler, se réunifiait enfin dans une trajectoire qui visait la robe de Gabrielle. Un deuxième prit pour cible le pantalon de James Harford. Un troisième traversa la table sur toute sa longueur, en une avancée que rien ne paraissait pouvoir arrêter...

L'araignée carminée aux pattes imprévisibles formait une tache mobile, aléatoire et pourtant rigoureuse. Une telle composition, à condition que son auteur ait su lui donner un titre accrocheur (« Liberté et Nécessité », ou « Destin d'une goutte »), aurait valu une fortune et se serait arrachée à la FIAC.

Toute fascinante qu'elle fût, elle l'était moins que la statue de ce vieux Commandeur qui pointait une fourchette menaçante en direction de Jennifer, laquelle, tétanisée par le cri, gardait les deux bras en l'air, pesante composition d'une Pina Bausch qui, ayant lu Platon, aurait décidé de figurer le Temps comme « image mobile de l'éternité ». La beauté de cette sculpture vivante, d'autant moins contestable que la pose, échancrant le chemisier, laissait entrevoir une fort jolie, quoique menue, poitrine, n'en présentait pas moins les stigmates de l'imposture. Le bras droit relevé, légèrement plié, se terminait par une main (jusque-là, rien d'anormal). Mais la main elle-même tenait un instrument, illustrant ce passage de la motricité directe à la motricité indirecte dont Leroi-Gourhan a fait la marque distinctive de l'évolution humaine.

En bref, dans cette main droite, un couteau.

Orson Welles dans *Falstaff*. Pas d'autre évocation possible pour qui regardait Angelo Lombardi. Du Welles des années 60, il avait d'abord la corpulence : je n'avais pas mesuré, quand il était assis, à quel point il était gros. Une écharpe de flanelle grise unissait ses efforts avec une paire de bretelles brodées, comme les aiment Sardes ou Siciliens, pour faire tenir son pantalon. Il portait une chemise épaisse que son abondante transpiration parvenait à percer en deux auréoles humides sous les bras.

Mais le plus étonnant – Welles, là encore –, c'est que la graisse qui boursouflait son visage et faisait trembler le menton à chaque respiration n'entamait en rien la vivacité des traits. Le front dégarni offrait une cartographie de rides aussi minutieusement dressée que certains tatouages orientaux. Les yeux clairs, dont on sentait qu'ils pouvaient passer soudainement de la plus indulgente tendresse à une férocité toute métallique, ces yeux témoignaient d'une intelligence hors du commun, bijoux de valeur scintillant au cœur d'un écrin d'axonge.

Il devait être plus vieux qu'il n'en avait l'air. M'en persuadaient sa barbe blanche, mal peignée, embroussaillée, et sa voix, surtout, sa voix puissante et si rauque qu'elle semblait avoir capté toutes les poussières du siècle. Moins caverneuse que celle du commentaire *off* de *La Splendeur des Amberson*, elle partageait avec elle sécheresse et autoritarisme.

Son regard me fixa avec dureté. Cet homme était monstrueux. Admirable.

Il se tourna à nouveau vers Jennifer, tel Neptune menaçant une sirène impudique d'un trident ménager. Si la jeune femme avait pu un seul instant imaginer que le vieil homme s'excuserait de son incartade, le ton qu'il adopta pour parler lui aurait enlevé toute illusion. Parler est d'ailleurs beaucoup dire, pour signifier ce mélange d'aboiement et de vocifération d'où émergèrent ces quelques phonèmes :

« Moi vivant, je n'accepterai pas de voir couper des *spaghetti* ! C'est bien entendu ? »

L'ami du DUP eut un sursaut dostoïevskien : suicidaire, ce Raskolnikov de la tambouille eut la volonté saugrenue de s'interposer :

« C'est qu'il n'est pas très facile de les manger si...

– Toi, la grande folle, ta gueule ! Tu ferais mieux d'aller te rajuster : ta jarretelle droite a sauté et tes résilles se font la malle. Occupe-toi de tes bas, ça t'évitera de parler haut ! »

L'ami du DUP rougit derechef et piqua du nez, moins par contrition que pour suivre des yeux le parcours de sa main sur la cuisse, histoire de vérifier si, d'aventure... Quel diable était cet homme, qui savait voir sous les jeans et les apparences?

Autour de la table ovale, chacun baissait la tête en silence, le regard fuyant. Atmosphère aussi détendue que dans *747 en péril*, film (vraiment) catastrophe de Jack Smight où Charlton Heston, loin d'exhiber ses superbes tétons comme il le faisait si fièrement dans *Ben Hur*, les dissimule sous l'uniforme d'un commandant de bord qui doit sauver la belle Karen Black (dont la carrière s'est abîmée en mer) et délivrer son gros jet (prononcer « djet ») des calculs sournois d'un avion privé, au moins d'aménité.

C'est un fait : le Commandeur nous avait pris en otages, nous tenant en respect sous la menace de sa fourchette et détournant résolument le repas de son cap initial.

Clara se leva. Un instant, je crus qu'elle allait, l'inconsciente, se livrer à un acte de bravoure aussi dangereux qu'inutile – autrement *hard* et hardi que celui auquel se livre une quinzaine de fois en une heure dix, malgré l'exiguïté d'une caravelle, la plantureuse Karine Gambier dans *Les Hôtesses du sexe*. Elle fit lentement le tour de la table, se plaça derrière le terroriste et, d'un geste très doux, lui posa la paume des mains sur ses épaules pour qu'il se rasseye. Il obtempéra avec une docilité déconcertante. Clara resta debout derrière lui, caressant son front en sueur pendant qu'elle lui murmurait :

« Angelo, calme-toi. Jennifer ne pensait pas à mal... Pardonne-leur, ils ne savent pas ce qu'ils font. »

Tel un dragon terrassé, le géant gémit :

« D'accord, Clara, d'accord. *Mais on ne peut quand même pas toujours tout accepter...* »

> ARRÊT SUR IMAGE. La scène étant d'une rare intensité dramatique, il me faut ici suggérer au lecteur, que je ne saurais soupçonner avoir moins de ressources que le pre-

mier magnétoscope venu, d'opérer un *retour en arrière* et de la relire *au ralenti*. Je voudrais en effet raconter ce à quoi je pensais pendant qu'elle se déroulait : les contraintes de l'écriture linéaire voudraient m'interdire simultanéité et synchronisation, qu'exige pourtant la stylistique. Transgressons-les donc!

RETOUR EN ARRIÈRE

« *...retpecca tuot sruojuot sap emêm dnauq tuep en no siaM* .
drocca'd ,aralC ,drocca'D » : timég tnaég el ,éssarret nogard nu leT
« .tnof sli'uq ec sap tnevas en sli ,reul-ennodraP... lam à sap tiasnep
en refinneJ .iot-emlac ,olegnA » : tiarumrum iul elle'uq tnadnep
rueus ne tonrf nos tnasserac ,iul erèirred tuobed atser aralC .etnatrec
-nocéd étilicod enu ceva arépemtbo lI. eyessar es li'uq ruop seluapé
ses rus sniam sed emuap al asop iul ,xuod sèrt etseg nu'd ,te etsirorret
el erèirred açalp es ,elbat al ed ruot el tnemetnel tif ellE *.exes ud ses*
-setôH seL snad reibmaG eniraK esuerutnalp al ,ellevarac enu'd téïu-
gixe'l érglam, xid erueh enu ne siof ed eniazniuq enu ervil es leuqua
iulec euq idrah te *drah* tnemertua – elituni'uq xueregnad issua eruov
-arb ed etca nu à rervil es ,etneicsnocni'l ,tialla elle'uq surc ej ,tnatsni
nU . avel es aralC

SCÈNE AU RALENTI

C l a r a   s e   l e v a .
U n   i n s t a n t ,   j e
c r u s   q u ' e l l e
a l l a i t ,
l ' i n c o n s c i e n t e ,
s e   l i v r e r   à   u n   a c t e
d e   b r a v o u r e   a u s s i
d a n g e r e u x
q u ' i n u t i l e   –
a u t r e m e n t   *h a r d*
e t   h a r d i   q u e   c e l u i
a u q u e l   s e   l i v r e
u n e   q u i n z a i n e   d e
f o i s   e n   u n e   h e u r e
d i x ,   m a l g r é

CE À QUOI JE PENSAIS

J'ai frimé, page 69, en laissant entendre que je savais depuis longtemps comment il convenait de manger les *spaghetti*. En fait, je ne l'ai appris que dans la nuit du 7 au 8 mai 1981, grâce à Zerlina, espiègle étudiante italienne venue de Padoue à Paris pour assister à la victoire de François Mitterrand aux présidentielles, dont elle se disait assurée. Elle ne voulait « pas rater ça ».

Cette nuit m'avait beaucoup appris. Improvisant un repas

l'exiguïté d'une caravelle, la plantureuse Karine Gambier dans *Les Hôtesses du sexe*. Elle fit lentement le tour de la table, se plaça derrière le terroriste et, d'un geste très doux, lui posa la paume des mains sur ses épaules pour qu'il se rasseye. Il obtempéra avec une docilité déconcertante. Clara resta debout derrière lui, caressant son front en sueur pendant qu'elle lui murmurait :

– Angelo, calme-toi. Jennifer ne pensait pas à mal... Pardonne-leur, ils ne savent pas ce qu'ils font.

Tel un dragon terrassé, le géant gémit :

– D'accord, Clara, d'accord. *Mais on ne peut quand même pas toujours tout accepter...*

simple entre deux folles étreintes, j'avais

1. su que les *spaghetti* se mangeaient à la seule fourchette, et que la cuiller n'était pas moins proscrite que le couteau (trente ans de certitudes s'écroulèrent quand l'eau bouillait encore);

2. laissé ma jeune compagne me persuader de voter Mitterrand et non Coluche, dont je m'obstinais à ne pas vouloir savoir qu'il avait renoncé à se présenter.

Ce n'était pas la première fois que les *spaghetti* croisaient mon destin politique.

En 1964, l'Union des étudiants communistes causait bien des soucis à la direction du parti, qui avait envoyé Roland Leroy y remettre de l'ordre et surveiller ceux qu'on appelait « les Italiens », rénovateurs d'alors, et les pro-Chinois.

Quand il croisait l'un d'eux, si Leroy lui disait en souriant : « Alors, camarade, tu manges tes *spaghetti* avec des baguettes? », le ci-devant était assuré d'être exclu dans l'heure qui suivait.

Je m'y étais essayé, dans un petit restaurant chinois du quartier Latin. Un désastre! Je me résignai à être incapable d'être « italien », encore moins « chinois ».

Je devins donc trotskiste : si partout on mangeait mal les *spaghetti*, la faute en incombait assurément à Staline...

Le vieil homme me fixait avec insistance. Le duel oculaire s'éternisa quelques minutes. Lombardi céda.

Il repoussa sa chaise, prit ses aises, défit d'un cran sa ceinture et, persifleur :

« C'est à vous, paraît-il, que nous devons ce repas ? »

Audacieux mais pas téméraire, je crus raisonnable de m'abriter derrière notre sainte Blandine pour ne pas réveiller la colère du lion :

« Sur une idée de Clara, j'en ai, en effet, assuré la réalisation.

– Je peux vous poser quelques questions ? »

Clignotants d'alerte. Sous la douceur mielleuse, la voix reprenait toute son assurance. Il était aussi franc du collier que l'inspecteur Jouvet dans *Quai des Orfèvres*. Mais je ne pouvais me défiler. Tant qu'à faire, qu'il s'en prenne à moi. Et à moi seul. Je servirais de paratonnerre. L'incident des bas pouvait déjà avoir coûté sa carrière à Clara. Le DUP avait l'air furibard. Il était de mon devoir d'empêcher une catastrophe, si la chose était encore possible.

« Je me mets à votre entière disposition...

– Passons, si vous le voulez bien, sur la regrettable faute de goût que constitue votre hors-d'œuvre... »

Clara blêmit. « N'aie crainte, ô ma douce, nous expierons ensemble notre commune infamie, lui criais-je silencieusement. Jamais je ne te trahirai », surenchéris-je.

Et l'autre, sadique :

« Des melons en février, cela se passe de tout commentaire...

– En effet. Je plaide coupable, monsieur. »

Un bruissement incrédule accueillit mon aveu. Renonçais-je avant d'avoir combattu ? Lui-même marqua sa surprise. Magnanime, il eut un ample mouvement du bras :

« Oublions une question qui n'est décidément pas de saison. Savez-vous que l'alliance du melon et du San Daniele ne me paraît pas très pertinente ? Même en été ? »

Là, il m'intriguait. Où voulait-il en venir ? Je cachai mon trouble et lui lançai, badin :

« Vous auriez peut-être préféré du Parme ?... »

L'insolence de la question le fit rugir. Il postillonna :

« Prenez-le sur un autre ton, jeune homme ! Quand on se pique de cuisine italienne, on ne s'offre pas le ridicule d'ignorer que la meilleure compagne d'une fine tranche de San Danièle, c'est la figue, tout simplement ! »

La figue ! J'en eus le souffle coupé. La figue, nom de Dieu... Comme un candidat malchanceux à l'ultime épreuve de *La Roue de la fortune* qui voit s'envoler le pactole, je me répétais : « Pourtant, je le savais. » Il y a quelques années, mon ami Enrico, Toscan s'il en fut, m'avait révélé ce modeste et si précieux secret. Pourquoi, mais pourquoi l'avoir ainsi oublié ?!

L'épais visage s'éclaira d'un sourire carnassier. L'inspecteur venait enfin, après une nuit d'interrogatoire, de voir s'écrouler l'alibi du principal suspect.

« Passons au point suivant, avant d'en venir à l'essentiel. J'ai apprécié vos vins jusqu'ici et espère ne pas être déçu par celui que vous aurez choisi pour les fromages. Mais... Méprisez-vous le vin italien ? Un *Chianti classico* avec les *spaghetti olio e aglio*, ça ne vous serait pas venu à l'idée ? C'est contraire à votre religion ? »

Je repris courage. Étais-je là devant sa première erreur ou (je le croyais plus volontiers) me tendait-il un piège, pour me tester ? Je me redressai, prêt à l'assaut. Je voulus voir une lueur de sympathie admirative dans les yeux d'Aurore.

« Monsieur, ne vous méprenez pas. J'ai la plus grande admiration pour l'Italie, dont nul n'ignore qu'elle est le premier producteur et exportateur de vin du monde, avec une production moyenne de près de 70 millions d'hectolitres, dont près de

15 millions pour l'exportation, et une augmentation continuelle du nombre des importations, de l'ordre de 300 000 hectolitres de vin par an.

« Permettez-moi un bref détour par la philosophie, que je crois indispensable à mon argumentation. S'il est quelque chose que Lénine n'a absolument pas compris quand il déchiffrait péniblement, dans une bibliothèque helvétique, la *Wissenschaft der Logik* de Hegel, c'est assurément le rapport du qualitatif et du quantitatif : " Des sauts ! des sauts ! " s'exclame-t-il comme un cabri quand il aborde le problème – ses *Carnets sur la dialectique* en apportent le consternant témoignage. Friedrich Engels, avant lui, avait déjà écrit les pires sottises là-dessus.

« La question qui se pose à nous n'est pas différente. Il est des vins italiens au-dessus de tout soupçon. Pour la Toscane, j'en prendrai pour exemples le *Brunello de Montalcino* (connaissez-vous l'étiquette du *Castelgiocondo*, avec son château fort, au loin, et un preux chevalier en costume de guerre s'éloignant des remparts pour rejoindre la bataille ?), ou encore le *Nobile de Montepulciano*, que je ne saurais trop prendre garde d'oublier. Et tout autant le *Baralo* et le *Babaresco* dans le Piémont, non moins que l'*Albana* de Romagne...

– Pour s'en tenir aux rouges », enchaîna mon inquisiteur, qui semblait soudain se radoucir.

Ma méfiance s'endormait. L'aurais-je déjà séduit ? Mais ce n'était que ruse cruelle. Son sourire découvrit des canines jaunies par le tabac :

« Peut-être tiendrez-vous à étonner l'assistance – Mangez quand c'est encore chaud ! tonna-t-il, et tous obtempérèrent – en lui racontant la légende de ce blanc de Montefiascone...

– *Est ! Est ! ! Est ! ! !* »

Clara crut que je disjonctais. Aurore elle-même prit peur. Mais le gros rire d'Angelo Lombardi (pourtant lourd de menaces à mes oreilles) les rassura.

« A la bonne heure, mon garçon ! Nous vous écoutons...

– L'histoire remonte à 1111. Soit quinze ans après les premiers massacres des Juifs d'Europe centrale – de Spire, Worms, Mayence, Cologne... – par les croisés. Juste un an après que la flotte norvégienne, conduite par le souverain Sigurd, eut rejoint les navires de Gênes et de Pise sur les rivages de la Palestine. Et sept ans avant que Hugues de Payns, de Champagne, Geoffroy de Saint-Omer, de Flandre, et sept autres croisés ne fondent à Jérusalem l'ordre des " Pauvres Chevaliers du Temple ".

« Un évêque, nommé Fugger, devait faire le voyage d'Allemagne à Rome – anticipant par là un voyage du même genre, bien des siècles plus tard, qui servit de cadre à Ettore Scola pour *Une journée particulière*. Aimant la bonne chère, il n'était pas moins compétent que notre ami (et je désignai démagogiquement Lombardi) sur le chapitre des vins, et d'une humeur somme toute comparable à la sienne. Aussi bien chargea-t-il son factotum de baliser la route avant lui. Sa mission n'avait rien d'anodin : il devait goûter les vins de chaque auberge qu'il trouverait sur le chemin, et marquer à la craie sur la porte des tavernes : " Est " si le vin était bon et digne de son maître, " Non est " dans le cas contraire.

« Je m'autorise une nouvelle digression, pour faire remarquer à ceux qui n'y auraient pas songé que l'anthropologie structurale reconnaîtrait aisément ici un invariant mythique universel : les maisons marquées par les sbires d'Hésiode, aussi bien que celles de la légende d'Aladin... Mais passons.

« Parvenant dans le Latium, à Montefiascone, on fit boire au bougre le vin local. A la première goulée, il se précipita dehors et inscrivit sur la porte de l'auberge : *Est! Est!! Est!!!* Il s'en revint dans la salle, demanda qu'on l'installât au fond de la cave où le prélat le rejoignit. L'histoire veut qu'ils n'en bougèrent plus et y burent heureux jusqu'à leur mort.

« La morale de ce conte impose donc de toujours exiger un vin dont l'étiquette témoigne de l'exacte gradation des points d'exclamation. »

N'eussent-ils été empêtrés en tentant désespérément de manger les *spaghetti* avec leur seule fourchette – sous la vigilance sourcilleuse du vieux maniaque –, les convives m'eussent applaudi.

Je vis même poindre un léger soupçon de sympathie sur le masque sévère de Citizen Pâtes.

« Très bien, très bien, marmonna-t-il en insatiable examinateur. Mais j'ai interrompu votre démonstration. Restons-en aux rouges, vous avez raison, c'est plus sage...

– Il est donc d'excellents *Chianti*, je n'en disconviens pas. Mais le drame de l'Italie est la faiblesse de sa classification. Rapport entre qualité et quantité, vous dis-je. Le *Brunello di Montalcino* que j'évoquais à l'instant, est le premier vin à avoir reçu une appellation DOCG, " *denominazione di origine controllata e garantita* ".

« Accordez-moi cette audace : en ce domaine comme en un autre, le point G. est l'essentiel ! G., comme " *garantita* ". Les seules appellations DOC ont couvert tant de turpitudes que nul ne peut plus, désormais, leur accorder la moindre confiance. Voilà pourquoi je n'ai pas choisi de *Chianti* : même dans la zone " *classico* ", le meilleur voisine avec le pire.

« Au fond, il manque à l'Italie la figure légendaire du baron Le Roy de Boiseaumarié, né à Châteauneuf-du-Pape d'une vieille famille d'officiers de cavalerie.

« Il prit fait et cause pour la vigne. Ne le vit-on pas participer, tout noble qu'il fût, aux combats des viticulteurs de 1907 qu'immortalisa Montéhus dans son *117e de ligne ?* »

« Salut, braves piou pious
Chacun vous admire et vous aime !
Vous auriez, en tirant sur nous,
Assassiné la République ! »

Jennifer et Dan, qui avaient entamé l'air en duo, l'actualisant sur un rythme de rock, attendirent en vain des applaudissements. Un coup d'œil de Lombardi m'intima de poursuivre.

« Eh bien! Cet homme, propriétaire du château Fortia, pilote de guerre, héros de la Grande Guerre, gravement blessé en Moselle, consacra des années de sa vie à la création du Comité national des appellations! L'AOC, c'est lui! Pour honorer le grand homme, on érigea une statue à Sainte-Cécile-les-Vignes, et le baron fut déclaré " Premier vigneron de France ". L'Italie aurait le plus grand besoin d'un tel baron! »

Angelo Lombardi me dévisagea et secoua la tête d'un air satisfait :

« Vous avez du talent, jeune homme. Mais vos fiches ne sont pas à jour. C'est un défaut courant dans les écoles françaises. Vous êtes universitaire?

– Heu... Universitaire un peu raté...

– Donc journaliste? Apprenez que, depuis 1924, les huit cents producteurs de *Chianti classico* sont regroupés sous l'emblème du *Gallo Nero*, *" conzortizio du Coq Noir "*, afin d'établir des critères de qualité plus sévères que ceux qui ont cours officiellement. En 1984, ce *conzortizio* remportait une éclatante victoire : il pouvait accéder au point G. ! »

Un murmure d'admiration accueillit cette révélation. Lombardi, en vieux cabotin sûr de ses effets, fit semblant de n'avoir rien entendu, et poursuivit :

« Même votre bible vespérale, *Le Monde*, y a consacré un article de son correspondant en Italie. C'était... attendez... (il fronça ses sourcils foisonnants)... dans son numéro du 30 juillet 1988, où l'indispensable La Reynière indiquait aux Parisiens et aux touristes avisés les bons restaurants ouverts au mois d'août dans votre capitale. »

Le producteur de *Avoue ta vie, va* risqua un compliment :

« Vous avez une mémoire prodigieuse au service d'une érudition sans faille. Accepteriez-vous d'animer un jeu sur la gastronomie? Il y a longtemps que j'y pense, et je me disais...

– N'utilisez pas le mot " penser "! rugit l'autre. Dans votre bouche, il est obscène. Un jeu gastronomique!... Comment pouvez-vous croire que ces questions sont pour moi un jeu?! Un incessant tourment, oui... »

Son visage, d'abord rougi par la colère, était devenu si pâle que le regard bleu en paraissait agrandi. Un vrai silence s'instaura, comme si la mince confession qui venait d'être formulée engageait avec elle des drames insoupçonnés. Aurore était bouleversée. En savait-elle plus que moi sur le compte d'Angelo Lombardi ?

Ce dernier se ressaisit. Sa voix redevint cassante et il pointa vers moi un index accusateur :

« Je vous avais promis d'en venir à l'essentiel. Nous y sommes rendus. Parlons pâtes... »

Dan poussa un soupir d'exaspération :

« Vous n'allez pas recommencer...

– Si, si ! s'exclama la femme du producteur. C'est follement distrayant. J'ai déjà appris une foule de choses ! Continuez, *caro*, je vous en prie...

– Madame, votre confiance m'honore, fit Angelo Lombardi en inclinant la tête avec autant de noblesse, croyait-il, que Burt Lancaster inaugurant le grand bal du *Guépard.* »

Je vis le moment où il allait se lever et lui faire un baisemain. Onctueux, il roucoula :

« Je m'en voudrais d'accaparer indûment l'attention...

– Faites. Faites donc... C'est un tel plaisir pour nous ! »

Pour elle, peut-être, mais pas pour moi qui commençais à trouver la plaisanterie saumâtre. Quel engrenage s'était donc déclenché pour que je me retrouve la victime expiatoire d'une soirée mondaine ? Je songeai à une phrase de *Des choses cachées depuis la fondation du monde* (en toute simplicité !) : « Les victimes sont toujours là et ce sont toujours des armes que chacun aiguise contre le voisin... » – à croire que René Girard dînait souvent en ville et y avait rencontré Angelo Lombardi. Je décidai de me rebiffer : ce n'est pas moi qui donnerais jamais raison aux contestables et trop commodes théories du bouc émissaire.

D'un même mouvement je vidai mon verre et mon sac : « Écoutez, monsieur. Je suis disposé à vous répondre encore, mais à la condition que ce " happening " ne nous mette pas tous deux seuls en scène. Je crains en effet qu'une forme exclusivement dialoguée ne lasse le lecteur. Nous n'en sommes, je vous prie de le noter, qu'au chapitre troisième. Mon éditeur risque de me reprocher, avec une certaine pertinence, d'avoir délaissé les autres personnages, de ne les avoir utilisés que comme de simples " silhouettes ". Puis-je compter sur vous?

– Assurément. Puisque vous avez eu l'amabilité de me faire lire votre manuscrit et que je sais la place éminente que vous m'y réservez dans la deuxième partie, j'accepte volontiers de me laisser ravir la vedette pour les pages qui suivent. Je continue néanmoins à conduire l'interrogatoire?

– J'allais vous en prier. Nous continuons ainsi sur une ou deux pages et rectifierons le tir si nécessaire. »

Angelo Lombardi regagna avec bonne grâce le paragraphe d'où il n'aurait jamais dû sortir.

(Une désolante coutume veut que l'auteur n'intervienne pas dans un livre qui est pourtant le sien et où, sans vouloir offenser le lecteur, il a tous les droits. Habitude plus contraignante encore lorsqu'il crée l'illusion de parler par la bouche d'un narrateur. Encore faudrait-il que ce dernier ne succombe pas à la magie de l'apparence – ce que mon narrateur vient manifestement de faire, oubliant seulement qu'il est, lui aussi, l'un de mes personnages. Sa désinvolture à disposer ainsi de mon texte méritait un rappel à l'ordre : chacun à sa place.

Je n'ignore pas que, ce faisant, je tombe sous la sévère critique que Sartre adressait à François Mauriac et qui fait les délices des professeurs de lettres : « M. Mauriac s'est préféré. Il a choisi la toute-connaissance et la toute-puissance divines. » Eh bien, soit : « Je me préfère » (sinon, pourquoi écrire?). Sartre aussi, d'ailleurs, « se préférait » – au moins à Mauriac!

Mais l'époque bruit de tant de fadaises sur la question, « je regarde mes personnages évoluer », « leurs réactions me surprennent », « ce livre est écrit à la première personne, mais je ne saurais me confondre avec le narrateur »... Assez! Il est temps de mettre le holà à tant de niaiseries : comme dirait Greimas, n'est pas « actant » qui veut, nom de Dieu!

Je décide donc de rendre la parole à Lombardi).

« Je crois avoir reconnu vos *spaghetti* comme étant les numéros 2 de la marque Agnesi. C'est un choix estimable. Je peux même aller jusqu'à vous complimenter : vous savez faire cuire les *spaghetti*, chose rarissime chez un Français...

– Parce que vous les avez trouvés cuits? persifla Dan, décidément résolu à en découdre avec le vieil homme.

– Pas vous, peut-être?! rétorqua l'autre avec une pointe d'ironie.

– Eh bien, non! Je suis désolé de te le dire, poursuivit l'impudent en se tournant vers moi. Et, de grâce, épargnez-nous l'un et l'autre le couplet sur la cuisson *al dente*! On le connaît, votre alibi! Il date de 1674, quand LSR, dans *L'Art de bien traiter*, recommandait : " Souvenez-vous qu'il faut que l'asperge croque sous la dent, & quelle aye tout son verd, à moins de quoi ce n'est que filasse... " »

Curieusement, la morgue érudite du clipeur laissa Lombardi de marbre, cas rare s'il en fut. Il alla jusqu'à esquisser un sourire :

« Un mien ami, musicologue averti, formule souvent cette maxime à propos du jugement esthétique : chacun peut préférer Louis Moreau Gottschalk à Mozart. Mais celui qui m'affirme que Gottschalk est un plus grand compositeur que Mozart, celui-là ne m'apprend rien sur Mozart, non plus que sur Gottschalk. En revanche, sur sa connerie, je sais tout d'un coup! »

Et il partit d'un tonitruant éclat de rire, qui se termina en une violente quinte de toux. Clara, restée debout à ses côtés, lui tapota le dos. Mais l'homme continuait à tousser. Il sortit avec précipitation un mouchoir de sa poche. Pas assez vite, cependant : j'avais aperçu un mince filet de sang à la commissure des lèvres.

Angelo Lombardi était gravement malade, c'était l'évidence.

Dan, l'air préoccupé, cherchait en vain le rapport entre Gottschalk, dont il venait d'apprendre l'existence, et son audacieuse intervention. Par bonheur, il ne le trouva pas, ce qui lui permit de demeurer silencieux.

Sans doute pour mettre du liant, le jeune amant de Bénédicte demanda respectueusement à Lombardi, qui avait retrouvé son calme :

« Est-il vrai, maître, qu'un des plus sûrs moyens d'éviter que les pâtes ne collent durant la cuisson consiste à ajouter à l'eau qu'on fait bouillir une larme d'huile?

– Je l'ai entendu dire également », enchaîna aussitôt Bénédicte, comme pour servir de bouclier à son protégé contre un probable accès de fureur de l'irascible vieillard.

Ce dernier surprit mon sourire méprisant.

« La moindre des choses serait de s'adresser à notre cuisinier qui semble connaître la réponse. »

Je m'éclaircis la voix :

« Pour ce qui me concerne, je n'ai jamais eu recours à cette pratique. Bien plus, je la considère comme inutile et, pour tout dire, infamante. C'est d'ailleurs une habitude typiquement américaine...

– Le voilà qui renoue avec les *sixties* et la dénonciation de l'impérialisme US! s'exclama Clara dans un rire qu'elle communiqua à l'assistance. Je les entends d'ici, les slogans de ta manif qui défilerait de l'ambassade d'Italie à celle des États-Unis :

“ L'amidon
A Saigon
Et les pâtes
Au chaudron! ”

Ou encore :

“ Hier Vanzetti !
Aujourd’hui les *spaghetti* !
A bas ! A bas !
La cuisine électrique ! ”

– Ironise autant que tu veux, répliquai-je sèchement. Le fait est là. Les Américains sont un véritable fléau pour les pâtes. Ils utilisent du blé à pain, lourdement chargé d’amidon. Mettre de la matière grasse dans l’eau de cuisson, c’est signer son forfait de deux mots d’abjection : “ blé tendre ” ! A condition de mettre suffisamment d’eau, disons 1 litre pour 100 grammes de pâtes, et de tourner régulièrement, jamais les pâtes à la semoule de blé dur ne colleront. Vous entendez, jamais ?! »

L’exaltation fiévreuse qui m’avait saisi laissa mon joli monde interdit. Seul Angelo Lombardi trouvait parfaitement normal qu’on s’excitât sur le sujet.

C’est donc cet instant de silence, d’un silence lourd d’interrogations, que choisit l’ami américain de Jennifer pour émettre un son, lui qu’on n’avait pas entendu de la soirée.

« J’aime les pâtes trop cuites », cria le masochiste.

Il y avait quelque chose d’admirable dans la nudité crue de ce cri, au demeurant en parfaite cohérence avec une éthique sexuelle librement assumée.

Savait-il seulement, cet éphèbe au visage émacié, qu’il illustrait les propos de Michel Foucault, écrivant que « l’aveu a été, et demeure encore aujourd’hui, la matrice générale qui régit la production du discours vrai sur le sexe » ? Sans doute : on étudiait beaucoup Foucault dans les universités de la côte Ouest... Profession de foi d’un masochisme culinaire qu’il lui avait fallu hurler, tant devait être forte l’évocation du plaisir de la douleur d’un plat de pâtes trop cuites.

Moi qui goûte volontiers, comme tout un chacun, les pratiques sadomasochistes, à condition qu'elles restent gentillettes (une petite claque par-ci par-là, un coup de ceinture pour pimenter, d'accord – on s'attache volontiers, désormais, le samedi soir dans les foyers français devant le porno de Canal Plus... Mais « le rayon quincaillerie du BHV », comme l'appelait l'ami Jean-Louis Bory, chaînes, cadenas et pinces en tous genres, séchoirs électriques, aiguilles, scies sauteuses et crics, je craque! Je crois sincèrement que j'aurais aimé être masochiste. A condition que ça ne fasse pas mal), je peux affirmer que rares sont les mots ayant jamais su éveiller une souffrance aussi aiguë et immédiate que celle suscitée par l'image de ce paquet de nouilles molles cimentées d'une bouillie laiteuse.

Le jeune Américain devait payer très cher la candeur de sa confession, à en juger par l'impassible rictus qui déformait le minois de Jennifer. J'imaginais sans peine, sous la table, la pointe acérée d'un talon aiguille s'enfonçant dans la chair déjà tuméfiée du jeune homme, y tournant et retournant avec une patiente délectation. Il était d'ailleurs devenu blanc comme linge et se mordait les lèvres pour ne pas crier.

Les naïfs n'y virent qu'un signe de timidité bien naturelle après un accès d'audace intempestif.

Angelo Lombardi poussa un gros soupir

« Il est décidément impossible d'évoquer des choses sérieuses dans ce genre de dîner. Je vous propose de remettre cette discussion à plus tard... Un mot, cependant, avant de clore. Vous arrive-t-il de faire vous-même vos pâtes?

– Le plus souvent.

– Nous vous écoutons.

– Ma réponse prendra la forme d'une comptine napolitaine qu'on apprenait jadis aux petites filles et dont la traduction donnerait à peu près ceci

“ Sur un plan de travail
Il n’y a que ça qui vaille
Répands de la farine
Et forme une colline

En son dedans
Creuse un volcan
Et au milieu
Casse quatre œufs
Un verre d’eau
Mais pas un seau
Tu sales un peu
Ce sera mieux
De tes deux mains
Mélange bien
Pétris la pâte
Sinon elle gâte
Malaxe fort
Encore, encore

Laisse-la là
Repose-toi
Mais couvre-la
D’un linge froid
Ou d’un papier
Un peu huilé

L’heure a sonné
Il faut y aller
Tu l’étendras
L’amincirás
L’aplatiras
Ingrat boulot
De ton rouleau
Et le couteau

Torturera
Découpera
Les beaux rubans
Fines dentelles
Tagliatelles
De ta maman
Fermes à la dent
Après cuisson
Dont le secret
Tient tout entier
Dans ma chanson. " »

Les larmes aux yeux, Lombardi confia qu'il avait souvent entendu fredonner cette *canzone* quand il était enfant. Leur grand-mère l'avait apprise à sa sœur aînée lorsque, toute petite, elle la rejoignait dans la cuisine où se préparaient, le dimanche à midi, les plats de fête, *tortellini* ou *ravioli* dans lesquels on mettait en une seule fois tout ce qu'on ne mangeait pas habituellement dans la semaine : viandes de bœuf et de porc, herbes fines, fromages, parfois même muscade...

Il dit qu'il n'y avait pas deux Italiennes qui fissent les *ravioli* de la même façon, et qu'un vieux proverbe recommandait de regarder les mains d'une jeune fille à marier. Si elles ne révélaient pas de petits cors au pouce, témoignage incontestable des heures qu'elle avait dû passer à fabriquer des *gnocchi*, alors, la conclusion s'imposait : ce n'était pas un bon parti!

Une telle humiliation, sa propre mère l'avait connue avec la famille de son premier prétendant. Non qu'elle ne sût pas faire les *gnocchi*, loin de là : ils étaient excellents, assez légers pour fondre à la bouche sans pour autant s'éparpiller dans l'eau de cuisson. Elle *pistait* le basilic au pilon d'olivier, attentive à choisir les pommes de terre, comme la bintje, dont la chair ne boit pas l'eau. Et la forme de coquille cannelée qu'elle donnait à ses *gnocchi* était d'une rare élégance. Elle avait si tôt été habituée à pétrir la farine, travailler la pâte, battre le linge à la roche des lavoirs, et aussi à rapiécer, coudre et tisser, griffonner la vigne, en extraire avec soin ses grappes les plus mûres, écarter les feuilles du cerisier pour prélever ses fruits, que ses mains nacrées refusaient obstinément d'en garder la mémoire. Par la finesse de leurs attaches, leurs doigts graciles aux ongles toujours propres et entretenus, ces mains auraient pu être celles d'une jeune fille de la ville. L'examen eut lieu un dimanche à midi, au sortir de la messe. Elle ne put épouser le bel Antonio Scarsese aux yeux de braise, garde champêtre de son état, qu'elle aimait pourtant autant que lui l'aimait.

Le vieux colosse avait la voix brisée. Aurore le couvait du regard, comme son père une fille amoureuse.

La chose était si belle, l'instant si fragile, l'émotion si vraie que l'assistance s'en désintéressa aussitôt.

La diversion était toute trouvée : pendant la comptine étaient arrivés Consuela, chevelure en désordre et port altier de la femme argentine, accent soigneusement entretenu pour monnayer les larmes de l'exil, et son mari Denis qui, il nous l'apprit avant même de nous dire bonjour, sortait d'une « réudecab » – entendez une réunion de cabinet ministériel.

Il avait cette naïveté infantile qu'ont les hommes, plus souvent que les femmes, d'ailleurs, dès qu'ils approchent des allées du pouvoir. Petits chiots sentant la niche, ils tirent sur leur laisse sans que rien ne puisse les retenir. Et, comme un gamin qui vous montre son train électrique, ils veulent vous faire découvrir, émerveillés de ce qu'ils imaginent être leur destin, le téléphone interministériel dont ils disposent; ils insistent pour que vous preniez place dans la voiture de fonction; et ne vous invitent à un petit déjeuner *in situ* que pour le plaisir de presser du pied la sonnette qui, sous la table, permet d'appeler le maître d'hôtel. De ce pouvoir-joujou, à la différence des enfants, ils ne se lassent pas.

Très vite, Denis fut pressé de questions. Quels étaient les derniers potins ? Remaniement ou non ? Et les rapports du Premier ministre et du président ?

Lombardi s'endormit aussitôt sur sa chaise – sa forte respiration offrant un contrepoint pittoresque, peut-être un commentaire, aux propos qui s'échangeaient.

Quant à moi, j'allai faire la vaisselle.

CHAPITRE QUATRIÈME

Où il appert que tous les lendemains ne chantent pas; où seront montrés les usages et mésusages du téléphone dans des milieux se réclamant pourtant de la « communication »; où plane l'ombre inquiétante de Pascale Wilder; où James Harford se souviendra d'un déjeuner avec sa mère, d'une page de Marguerite Yourcenar et d'une sieste; où figure une note autoréférentielle du traducteur; où seront examinés les rapports entre rhétorique et cuisine d'une part, ponctuation et condiments de l'autre; où le narrateur voudrait être Cary Grant et brûle de donner (son) corps aux soupçons jaloux de Gilles; où le lecteur, après voir fait les frais de la première grève de narrateur dans un roman et lu un hommage conjoint rendu à Rouletabille et à Maurice Blanchot, conviendra avec l'auteur qu'il est temps de sortir du Premier Cercle de ce récit.

La relation scrupuleuse d'un dîner en ville devrait ne jamais s'interrompre au moment où les convives prennent congé en félicitant une dernière fois la maîtresse de maison « pour l'excellente soirée » qu'ils ont passée. Il faut au contraire s'efforcer de suivre chacun, hôtes et invités, rendre compte des appréciations, éloges ou remarques désobligeantes, jugements péremptoires et autres silences accusateurs...

Un dîner n'est rien d'autre, pour reprendre le mot du premier sémiologue auteur de best-seller (que nous retrouverons plus loin), qu'une « œuvre ouverte » : les commentaires qu'il aura su susciter lui appartiennent en propre, font partie de sa définition, l'éclairent comme un indispensable prolongement.

Finit-il, que tout commence ! Le « méta-repas » est *encore* le repas...

Gabrielle et Laurent de Caseneuve avaient téléphoné de chez Clara pour appeler un taxi. Caroline s'était alors imposée avec un sans-gêne certain, que Clara n'hésita pas à juger vulgaire : puisqu'elle habitait « presque » sur leur trajet, un « léger » détour suffirait à la déposer devant sa porte. C'est qu'elle redoutait de marcher seule dans les rues, la nuit... Gabrielle avait aussitôt accepté : on pouvait lire dans cet empressement une vraie gentillesse, un soupçon de solidarité féminine et une opportunité adroitement saisie pour couper court aux tentatives de son producteur de mari, qui s'évertuait à persuader Jennifer que, du quartier Latin où ils étaient, Belleville, où elle habitait, était « à peu près » sur le chemin de Neuilly. Devant l'incrédulité générale, il se rattrapa : en tout état de cause, un « crochet » était envisageable. Est-ce l'évocation de ce terme « crochet » qui empourpra les pommettes de la jeune dominatrice, ou l'ultime et insistant regard du producteur sur ses jambes gainées de soie ? Toujours est-il que l'intervention de Gabrielle en faveur de Caroline, presque simultanée à une sèche déclaration de Dan affirmant qu'ils préféraient « rentrer à pied » avec leur ami américain, mit un terme aux espoirs caseneuviens.

Nonobstant les oukases de la Critique, qui interdit de sombrer dans le roman psychologique et nous oblige à cacher un livre de Pierre Benoit sous une reliure préalablement découpée des Éditions de Minuit (comme il vaut toujours mieux se munir d'un numéro des *Cahiers du cinéma* quand on sort d'un film de Gérard Oury, pour le cas où on ferait « une mauvaise rencontre »...), nous risquerons l'hypothèse d'un rapport entre l'ultime échec de Laurent de Caseneuve et la mine renfrognée qu'il arbora durant tout le trajet en taxi. Il ne répondit que par grognements, bâillements et onomatopées aux tentatives de Caroline qui aurait bien voulu savoir si, dans l'hypothèse du remplacement de *Avoue ta vie, va* par *Vis ta vie, vite*, elle resterait ou non attachée de presse de l'émission. A toutes fins utiles, elle prit soin de dire tout le bien qu'elle pensait de Pascale Wilder. Devait-elle vraiment remplacer Clara?

Elle dut s'endormir sans aucune réponse à ses questions. Ou plutôt : n'ayant pas de réponse à ses questions, elle dut se relever prendre un Mogadon pour pouvoir s'endormir.

« C'était une bonne soirée, non? risqua Gabrielle à l'endroit de son mari, et pourtant dans l'ascenseur.

– Originale, originale, grommela le producteur. S'il était moins vieux et imbibé, le gros Italien ferait un excellent animateur de notre jeu *Savez-vous que, savez-vous qui?*

– Et Clara? Votre décision est-elle prise?

– Moins que jamais. D'un côté, elle est charmante, au milieu de ses amis... »

La silhouette de Jennifer fouetta aussitôt son imagination.

« D'un autre côté... des *spaghetti* à l'ail pour un dîner de ce genre, vous conviendrez tout de même...

– Je ne peux vous donner tort, laissa tomber Gabrielle en ouvrant la porte de leur appartement. Il est vrai que le " Gâteau de lavaret au ragoût de queues d'écrevisses d'après Curnonsky " que nous avons mangé avant-hier chez Pascale Wilder était plus fin... Mais l'ambiance était moins " épicée " que ce soir...

– Sans doute, sans doute... J'imagine que James me passera un coup de fil demain. Quelle que soit sa décision, j'abonderai dans son sens : diverses rumeurs parlent de lui comme d'un probable directeur de chaîne, et sa place sera toute chaude à l'unité de programmation. Ma chère, vous pouvez compter sur moi pour lui coller au train... »

Gabrielle soupira : comment un amateur si raffiné du mysticisme hindou pouvait-il être aussi grossier?

Contre toute attente, le directeur de l'unité de programmes était enchanté de sa soirée. Il avait raccompagné son ami sans qu'à aucun moment l'un ou l'autre risquât la moindre allusion à l'incident du porte-jarretelles. Mais, durant tout le trajet, l'ami du DUP n'avait cessé de fulminer, contre les Italiens en général et Angelo Lombardi en particulier, les « sadomasos mondains », les clips et les écrivains ratés... Clara était la seule qu'il n'avait pas vouée aux gémonies. James Harford, avec une tendresse toute paternelle, laissait son jeune amant exhaler sa rancœur. Comment aurait-il pu lui avouer, sans l'attrister davantage, qu'il trouvait parfaitement normal, et pour tout dire attentionné, qu'on fît remarquer à qui portait des bas que sa jarretelle avait sauté? Il n'y avait pas là matière au moindre drame. Aux yeux de James Harford, rien ne faisait plus négligé – il aurait dit *débraillé* – qu'une jarretelle ballante.

Laissant le jeune homme donner libre cours à son ressentiment, il songeait qu'il n'avait plus mangé de *spaghetti* à l'huile et à l'ail depuis un merveilleux voyage en Italie avec sa mère, cinq ans auparavant. Il gardait l'émouvant souvenir de la terrasse d'une *trattoria*, non loin de la villa d'Hadrien, où ils s'étaient tous deux régalés de ce plat, dont sa mère avait dit qu'il était « fruste, mais généreux ».

Après le *sabayon* au Marsala, il avait regagné sa chambre et vite sombré, bercé par le chant métronome des cigales, dans une sieste profonde, provoquée par l'alliance assassine du soleil et du petit rosé qui avait accompagné les pâtes avec, comme coup de grâce, une malheureuse tentative de lire « en situation » quelques pages de Marguerite Yourcenar.

Le repas de ce soir avait été succulent, bien arrosé, vivant et plein d'imprévus – contrairement à cette assommante et interminable soirée chez Pascale Wilder, l'avant-veille, où l'ennui de la conversation n'avait d'égal que la prétention des plats : après le ridicule « gâteau » d'un poisson dont leurs hôtes avaient cru devoir préciser qu'on ne le trouvait que dans les eaux du lac du Bourget (eaux dormantes entre toutes : s'il goûtait Gérard de Nerval, James Harford détestait Lamartine. Durant ce repas, le temps avait, ô combien, suspendu son vol), les « Noisettes de pré-salé de la baie du Mont-Saint-Michel à la mère Poulard » lui avaient paru relever du snobisme le plus sommaire.

La litanie vengeresse de son compagnon ne l'empêcha pas de récapituler : Clara savait mieux recevoir que la Wilder, et il était bien décidé à obtenir de Caseneuve qu'il laissât son émission à Clara. D'ailleurs, si les bruits de couloir disaient vrai, Caseneuve n'en avait plus pour longtemps sur la chaîne. Clara serait tout à fait apte à le remplacer.

(Le narrateur se doit ici d'intervenir pour souligner la fragilité d'une carrière médiatique. En effet, quelques semaines auparavant, la maman de James Harford avait demandé à son fils de lui offrir un week-end au mont Saint-Michel. A son grand désespoir, le DUP ne pouvait s'absenter de la capitale, alors que le Tout-Paris bruissait des rumeurs de changements importants dans l'audiovisuel. Sa mère, d'ailleurs, l'avait fort bien compris. Imaginons un instant que le DUP et sa mère y soient allés, aient dîné chez la Mère Poulard, et qu'ils y aient choisi le « Menu prestige » où, après la légendaire omelette, sont servies des « Noisettes de pré-salé de la baie »... Le jugement porté sur les mérites respectifs de Clara et de Pascale Wilder n'en aurait-il pas été tout bonnement inversé?!)

Absorbé par ses pensées, Harford n'entendit même pas que son ami avait cessé de se plaindre : en homme si peu habitué à avoir des idées qu'il s'émerveillait d'en avoir une et la protégeait frileusement comme un père inquiet son nouveau-né, il trouvait de plus en plus « génial » et « performant » de confier à Angelo Lombardi un jeu sur la gastronomie (les *sponsors* ne seraient pas difficiles à trouver) dont il tenait déjà le titre : *Vins à vau-l'eau.*

Consuela et Denis avaient dû attendre longtemps la voiture de fonction que se partageaient cinq membres de trois cabinets de sous-secrétaires d'État. Ils tombaient de sommeil mais, pour rien au monde, ne se seraient résignés à appeler un taxi.

« C'est une question de principe, argumentait Denis (ses " engagements " avaient toujours été " question de principe " et, s'ils pouvaient surprendre par leur diversité – militant chrétien organisateur du pèlerinage de Chartres, maoïste établi en usine non loin d'Hagondange, converti au culte marial après un bref passage dans une école talmudique pendant qu'il préparait l'ENA –,c'est qu'il y a bon nombre de principes). Si nous abandonnons, une seule fois, ce véhicule au " cab " de l'Artisanat, nous pouvons le considérer comme perdu pour le " cab " de la Formation professionnelle. Il n'est pas question de laisser se créer le moindre précédent en la matière. Je vais rappeler le Ministère. »

Consuela, jamais en reste quand il s'agissait de prendre sa part des combats difficiles et risqués, n'hésitait pas à déborder son mari sur la gauche en jouant la surenchère :

« C'est déjà *dingue* d'avoir à se partager une voiture officielle, non ? On croirait vraiment le socialisme ! »

Allongée sur le canapé, Aurore s'était endormie, la tête sur les genoux de Gilles, qui s'efforçait de ne pas bouger, pour ne pas risquer de la réveiller. A intervalles réguliers, sa respiration soulevait sa poitrine. L'abandon, la confiance, le bien-être se lisaient sur son visage aux traits réguliers, au front légèrement bombé, sur le dessin des lèvres entrouvertes, juste éclairées par l'ébauche d'un sourire.

Mais une part d'elle-même résistait à toute description, échappait à l'apparence – ce n'était pas son moindre point commun avec la Gene Tierney du *Retour de Frank James.* Le mouvement du bras, replié au-dessus du visage, avait posé sa main sur ses cheveux, comme si elle les caressait en dormant. Les jambes, légèrement repliées, imprimaient à ce corps en repos l'esquisse d'une ondulation, chaste et sensuelle.

Mon regard se détourna, croisant celui de Clara : c'est dans cette même position qu'elle s'était endormie, la dernière nuit passée chez moi.

Je ne voulus lire aucun reproche dans ses yeux. Juste un voile de peine...

Après le départ du trio de *Flag'elle*, qui « espérait beaucoup de cette rencontre avec des gens importants », ce dont il remerciait Clara, elle avait eu le plus grand mal à coucher Angelo Lombardi, dont le ronflement avait scandé toute la cérémonie des adieux. Clara n'avait pas jugé opportun de ne le réveiller que pour les banalités d'usage. Elle craignait surtout que son petit somme l'eût requinqué et qu'il fût en pleine forme pour attendre le matin. Ce fut pour moi l'occasion de glaner le premier renseignement sur lui : il avait été apprenti boulanger quand il était gamin et en avait gardé le goût de dormir la journée et de veiller la nuit. Il fallait mettre au compte de mes prestigieux Côtes-du-Rhône l'exception de ce soir.

Elle prépara son lit, et nous ne fûmes pas trop de quatre – Aurore s'étant éveillée dans l'intervalle – pour le guider, somnolent et grognon, jusqu'à la chambre d'amis.

Comme il se déshabillait, à la manière d'un automate, il ouvrit un œil et, m'apercevant, m'interpella de ce timbre monocorde et rauque de l'ivrogne :

« Toi, l'ami des pâtes et des vins, je suis sûr que tu ne connais pas l'histoire du rossignol!... »

Je ne répondis pas, espérant que mon silence le ferait aussitôt se rendormir. Mais il poursuivit, détachant les syllabes comme s'il était sous hypnose :

« C'est une histoire italienne. Mais *vos* Provençaux nous l'ont volée. Le rossignol chante la nuit pour protéger la couvaison de sa femelle, les nuits de printemps, quand pousse la vigne. Eh bien, crois-le si tu veux, mon vieux, mais le rossignol, autrefois, c'est le jour qu'il vivait et la nuit qu'il dormait, comme tous les imbéciles ! Un soir, au lieu de regagner son lit..., non, son nid, il s'est endormi au milieu d'un champ de vignes. Quand il s'est réveillé, le matin, il a cru ne plus pouvoir en sortir ! Les vrilles avaient poussée durant la nuit ! Prisonnier de la vigne, comme moi ! Voilà pourquoi, mon vieux, le rossignol chante la nuit. Pour s'obliger à ne pas dormir. Comme moi... »

Un hoquet interrompit le soliloque.

« Il paraît que tu aimes les pâtes ? Les *lasagne* ? Tu sais celles que je préfère ?... Les *lasagne* Verdi ! »

Et, d'une voix de baryton à l'exceptionnelle puissance, il entonna :

« Libiamo ne' lieti calici
Che la belleza infiora;
E la fuggevol ora
S'inebrii a voluttà... »

Et la masse verdienne s'écroula sur le lit.

Je retournai dans la salle à manger, bien décidé à mitrailler Clara de questions sur son étrange convive. Las ! Je la retrouvai dans la position qu'elle affectionnait lorsque tout allait mal : assise en tailleur sur le fauteuil, les bras autour des jambes, tête penchée, paupières closes.

« Toi, peut-être te croira-t-elle, me lança Aurore avec vivacité. Dis-lui que sa soirée n'a pas été un four. Elle nous commence la grande scène du Trois... »

Je tentai de m'en sortir en faisant diversion :

« On ne parle pas en ces termes de sa sœur aînée, mon enfant... »

La sœur aînée se leva d'un bond. De sa harangue, on pouvait retenir qu'il fallait que j'arrête mon cinéma ; si elle perdait sa place à la radio, il ne serait pas difficile de savoir à qui elle le devrait et vraiment, elle me remerciait du fond du cœur pour tout ce gâchis ; elle m'en considérait comme l'unique et exclusif responsable, et si je voulais bien en mesurer les conséquences, ces dernières m'apparaîtraient dans leur aveuglante clarté dès lors que je saurais ce qu'elle avait appris l'après-midi même – savoir que Pascale Wilder avait organisé un dîner l'avant-veille au soir, et pendant qu'elle, Clara, rangeait la maison et préparait la table, Caseneuve s'était répandu en éloges dans les couloirs de la radio sur le raffinement et la qualité de ce repas, au point qu'une amie bien intentionnée avait tenu à la prévenir aussitôt du redoutable *challenge* que constituait désormais notre *spaghetti-partie.*

Je tentai aussitôt de la rassurer.

J'étais déjà allé dîner chez Pascale Wilder. Sous prétexte qu'elle avait parmi ses amants un inspecteur du *Gault et Millau*, elle s'essoufflait à suivre les foucades, inextricables méandres, contorsions et autres concessions à la mode du moment de la sinistre paire de gastronomes de sous-préfecture.

C'était au cœur de la tourmente « nouvelle cuisine » dont ces Castor et Pollux de la poêle s'étaient proclamés les chantres, avant de la conchier, fortune faite.

Comme c'était aussi l'époque du gauchisme finissant dont elle s'était longtemps crue l'égérie, Pascale Wilder nous avait gratifiés de « Pavés de biche au fumet de chocolat », d'après une recette d'Alain Dutournier du Trou Gascon. De la Gascogne ne restait que le trou ! Ces pavés n'auraient pas fait la moindre égratignure à un apprenti CRS, gros qu'ils étaient comme les cailloux du Petit Poucet. Et comme le plat avait été précédé de « *La* pointe d'asperge dans son tourbillon de coulis de tomates », nous nous étions tous retrouvés après le repas, sans nous être donné le mot, pour dévorer, affamés, un saucisson-beurre au tabac du coin...

Comme dirait Guy Bedos, une cuisine de riches comme chez les pauvres : grande assiette, petites portions !

« Sais-tu ce qu'ils ont mangé, chez Pascale Wilder ? »

Clara hésita :

« Je ne me souviens plus très bien. Des poissons de baie et du gigot du Bourget, je crois... »

Je fronçai les sourcils et composai une moue dubitative :

« Alors, nous ne risquons rien. »

Ma calme assurance détendit Clara. Mais j'étais plus inquiet que je ne le laissais paraître. Cette histoire de gigot du Bourget me laissait songeur. De quoi pouvait-il bien s'agir ? J'optai pour la fiche-cuisine fantaisiste d'un magazine féminin. Ou une erreur de Clara, dont le répit n'avait été que de courte durée.

« Le dîner a été émaillé de tant d'incidents...

– Si tu n'invitais pas le premier homme de Cro-Magnon venu dans tes dîners d'affaires, fis-je en pointant un index accusateur en direction de la chambre. Il est civilisé comme le héros de *La Guerre du feu*. Avant qu'il trouve le feu...

– Mais pourquoi l'avoir ainsi constamment provoqué ?

– Moi ?!

– Mais oui ! sans arrêt. Pour un oui, pour un non. Et je veux montrer que j'en sais plus que lui sur les vins, sur les pâtes... Mais, mon chéri, *il* est italien, lui ! Tu n'avais aucune chance. Tu n'as été qu'un matador maladroit, tout juste bon à exciter la bête. D'ailleurs, j'aurais mieux fait de m'en tenir à la paella... »

Une telle ingratitude me révolta. Malgré les efforts d'Aurore pour rattraper la situation, m'affirmant qu'elle avait rarement goûté d'aussi bons *spaghetti*, je prétextai un violent mal de tête et pris congé. Assez sèchement.

Le lendemain matin – et l'on peut considérer que le dîner chez Clara trouvera là, enfin, son véritable épilogue –, le réseau téléphonique parisien fut soudainement surchargé de communications entre le quartier Latin, Neuilly et Belleville. Elles avaient toutes la particularité d'être relativement brèves et, surtout, de se croiser.

(Aussi bien, moins que les descriptions proustiennes de plans de table, rendus fort périlleux par l'incertitude qui préside désormais à l'identité sexuelle des convives et qui empêche qu'on se satisfasse de la traditionnelle, vieillotte et surtout trop naïve alternance autour de la table des hommes et des femmes – comme si pareil partage avait encore le moindre sens, ne risquait de conduire ceux des hôtes qui se contenteraient de la simple apparence à commettre les pires impairs et interdisait à jamais d'inviter à dîner un travesti –, la cartographie précise des circuits de communications téléphoniques au lendemain d'un dîner en ville se révèle un indicateur plus fiable, d'une inestimable valeur, pour savoir, dans l'après-coup, ce qui s'est réellement passé la veille entre les invités.)

Gabrielle de Caseneuve appela Clara pour la remercier, en son nom et celui de son mari, suivie de peu par James Harford qui se montra particulièrement chaleureux. A peine eut-il raccroché qu'il fit appeler Caseneuve par sa secrétaire pour lui dicter ses consignes concernant la grille. Dans l'intervalle, Jennifer (Dan avait l'écouteur) s'évertuait à joindre Laurent de Caseneuve, dont le lecteur sait que la ligne est occupée, en espérant qu'il donnerait suite à sa promesse d'un rendez-vous rapide. Devant la morne répétition de la tonalité discontinue, Jennifer passa le combiné à Dan pour qu'il appelle Clara, dont la ligne n'était pas libre non plus : Bénédicte lui disait tout le plaisir qu'elle avait eu à être des leurs la veille, fit une plaisanterie douteuse sur les effluves d'ail que dégageait son studio ce matin, lui demanda le nom de son hôtel à La Plagne et, incidemment, juste avant de raccrocher, l'interrogea pour savoir si elle avait de « nouveaux échos » sur le sort de l'émission. Cette dernière question inquiéta Clara, qui ne pouvait la croire innocente. Elle y vit une allusion lourde de menaces. Elle hésita et composa le numéro de l'ami du DUP avec qui elle avait toujours entretenu d'excellents rapports, pour tenter d'en savoir davantage. Personne ne répondit. Elle se souvint alors qu'il avait coutume de débrancher son téléphone quand il voulait dormir tard dans la matinée. Curieusement, James Harford, le premier informé de cette habitude, avait aussi essayé de le joindre et s'inquiéta de son silence. Il l'avait laissé si déprimé cette nuit qu'il envisagea le pire. Il demanda à sa secrétaire d'annuler tous ses rendez-vous de la journée et se précipita chez son ami. Afin de ne pas ménager un *suspense* artificiel, que le lecteur sache que le jeune homme sortira sain et sauf de cet épisode. Pourtant, son téléphone n'avait pas été débranché. Comment comprendre? Élucider cette énigme? Une anodine distraction était à l'origine de cette série de quiproquos : ayant oublié d'apporter, comme il le faisait régulièrement, sa dernière facture à James Harford pour qu'il la règle en même temps que la quittance du loyer de sa garçonnière, sa ligne avait été coupée. Quand il s'en était aperçu, il était descendu jusqu'au taxiphone public, avait d'abord tenté de joindre Harford, puis Clara, en vain, et était remonté chez lui prendre un bain. Mais la fougueuse initiative amoureuse du DUP explique pourquoi Laurent de Caseneuve, échaudé par le ton peu amène qu'avait eu Harford lors de leur entretien téléphonique et rongé par un doute sur l'interprétation à donner aux intentions du DUP (qui était toujours moins clair qu'il ne le croyait, surtout au téléphone), passa toute sa matinée à tenter de le rappeler. Il n'accorda aucun crédit aux propos de sa secrétaire qui lui affirmait qu'Harford était sorti, et se crut en disgrâce soudaine. Ses rappels compulsifs chaque quart d'heure empêchèrent tout mécaniquement Jennifer, qui avait repris l'appareil des mains de Dan et dont Caseneuve attendait avec impatience le coup de téléphone avant de complètement l'oublier, tout à sa récente mise au placard, de le joindre. Clara, elle, était sur le point d'appeler Gabrielle de Caseneuve, mais ne composa que les trois premiers chiffres de son numéro : la démarche était trop osée. Alors, le téléphone sonna : c'était Dan qui essayait depuis un moment de la joindre pour la remercier de cette soirée qui, d'après Jennifer, « allait peut-être tout débloquer pour eux ». Elle raccrocha. Si Clara avait achevé de composer le numéro de Gabrielle, il aurait sonné occupé *. En effet, Mme de Caseneuve, sans se soucier de ce qu'en penserait son mari, avait pris sur elle d'appeler Pascale Wilder pour lui dire, avec toutes les réserves d'usage, que sa cause semblait sérieusement avancer. Sitôt que son mari aurait convaincu Harford, *Vis ta vie, vite,* remplacerait avantageusement, pouvait-elle lui affirmer, *Avoue ta vie, va.* Pascale Wilder s'empressa d'appeler Caroline pour lui faire partager son espoir et lui confirmer qu'elle comptait sur elle comme attachée de presse de la nouvelle émission. La jubilation de Caroline ne fut que de courte durée : à peine avait-elle raccroché qu'elle fut la proie d'un remords inattendu. Sans doute préférait-elle travailler avec Pascale Wilder, mais trois ans de collaboration avec Clara, ce n'était pas rien... Pourquoi ne pas la prévenir du danger qui la menaçait ? Rien ne serait changé « quant au fond », mais la démarche ne manquerait pas d'une certaine élégance. Pouvait-on savoir ce que l'avenir réserverait aux uns et aux autres ? Elle appela donc Clara. Mais c'était occupé : Aurore avait tout de même le droit d'appeler sa sœur, depuis plus d'une heure qu'elle s'y essayait !

« Qu'est-ce qu'ils ont, tous ces guignols, à s'agiter de si bonne heure ? grommela Angelo Lombardi en trempant une large tartine de pain beurré dans son café au lait.

– Il est presque 11 heures, répondit Clara. D'ailleurs, il faut

* On remarquera que l'auteur tient ici à manifester son « omnipotence » et met malicieusement en pratique ce dont il énonçait le principe théorique à la page 86 – cette page qui gagnera donc à être considérée comme l'esquisse d'un authentique manifeste esthétique. Nous nous permettons de renvoyer le lecteur à notre étude, « L'homme aux pâtes : la rencontre de Roquentin et de Thérèse Desqueyroux », *Le Cri critique,* nº 2. (Note du Traducteur).

que j'aille à la radio... Mais tu sais, Angelo, dans notre milieu, il n'est jamais trop tôt pour commencer à travailler... »

Moi, personne ne m'avait téléphoné. Sauf Clara : je m'endormais à peine, la bouche pâteuse et plein d'un morne ressentiment à l'égard de l'ingratitude des femmes. Elle s'en voulait, me dit-elle, et me priait de mettre ses propos intempestifs sur le compte de l'alcool, de la fatigue et de l'anxiété professionnelle. Elle manœuvra si bien que je me retrouvai, luttant contre le sommeil, à la consoler et à la rassurer sur les intentions de Caseneuve – dont j'ignorais tout. Je tentai de lui poser quelques questions au sujet d'Angelo Lombardi, mais elle se montra évasive : « un ami de longue date de mes parents », « certes un peu original, mais attachant »... Je n'en tirai rien de plus.

Aussi bien, le lendemain matin, je me décidai à appeler Aurore. Je tombai sur Gilles, visiblement agacé de mon coup de téléphone. Était-ce à cause d'Aurore, ou pressentait-il le germe d'un nouveau livre? Il ne fut pas loin de se montrer désagréable.

Je n'obtins guère plus d'Aurore que de sa sœur : elle connaissait Angelo « depuis toujours ». Il avait pris de grands risques pendant la guerre, notamment en hébergeant leur père, responsable FTP, « ce qui ne l'avait pas empêché d'avoir quelques ennuis à la Libération avec le comité d'épuration »...

Je voulais plus. Devant mon insistance, Aurore m'avoua qu'elle-même n'en savait pas davantage et qu'elle partageait depuis longtemps ma curiosité.

Je sautai sur l'occasion :

« Crois-tu qu'il accepterait de nous recevoir? Dans une discussion à bâtons rompus, nous parviendrions peut-être à le faire parler de lui? »

Nous échafaudâmes un plan : Aurore se chargerait des manœuvres d'approche et, sitôt qu'elle le sentirait mordre à l'hameçon, me préviendrait toutes affaires cessantes.

Je tentai de travailler, mais eus le plus grand mal à me concentrer. Un confrère en critique – l'un des seuls à ne pas m'avoir assassiné lors de la, désormais lointaine, parution de mon dernier livre –, venait de commettre un essai. Je ne pouvais manquer de lui témoigner, fût-ce tardivement, ma reconnaissance. J'ouvris donc son ouvrage, décidé à l'apprécier. Je le fermai vite : si je voulais faire un article élogieux sur lui, mieux valait ne pas me laisser influencer. Je me contentai de la quatrième de couverture – ce petit texte d'autocélébration délirante qu'écrivent tous les auteurs, en s'en défaussant sur l'éditeur quand la limite du ridicule, constamment repoussée, est atteinte.

Je jetai sur le papier quelques banalités d'usage : « le plus grand essai depuis Julien Benda » (ce qui n'engage vraiment à rien...), « une partition originale dans un concert de médiocrité », le tout à l'avenant...

Mais sans cesse me revenait à la mémoire le cri d'Angelo Lombardi. Cet homme avait un secret. Tout en lui était énigmatique : ses rapports avec Clara, que j'avais rarement vue manifester une telle tendresse pour quiconque, sa passion des pâtes, sa toux sanglante, sa réplique à Caseneuve : « Comment pouvez-vous croire que ces questions sont pour moi un jeu! Un incessant tourment, oui... »

Qui était Angelo Lombardi?

Vers 18 heures, le téléphone. Aurore, la voix tremblante d'excitation. Elle avait eu le plus grand mal à joindre Lombardi, qui lui avait simplement dit qu'il attendait son appel. Sans doute était-elle en mission commandée : il ne doutait pas que je veuille le rencontrer au plus vite, sans oser moi-même établir le contact.

« Il est incroyable! s'exaltait Aurore. C'est comme si tu étais transparente devant lui, s'il lisait dans ta voix, dans tes silences... Peut-être connaît-il avant toi la fin de ton livre? »

Je priai Aurore de ne pas plaisanter sur un tel sujet. Imaginait-elle un instant l'effet désastreux de son propos sur un lecteur crédule?

« Il nous attend. Ce soir, chez lui, 22 heures précises. Tu sais, je ne connais même pas sa maison! Il t'a à la bonne... Tu passes me prendre? »

Quand elle m'ouvrit la porte, je dus avoir le même choc que Cary Grant, la seconde précédant son interminable baiser avec Ingrid Bergman dans *Notorious.* Je n'avais jamais vu Aurore qu'en jeans et pull-over, ce qui m'avait relativement aidé à ne pas oublier qu'elle était une jeune étudiante et la petite sœur de Clara. Ma mémoire fut soudain défaillante. Elle portait une jupe en daim assez courte, s'était peint les ongles et soigneusement maquillée, ce qui soulignait la vivacité de ses yeux en amande. Les cheveux tirés en arrière dégageaient son front, et des arabesques de dentelle, dont le motif se retrouvait sur la lisière d'un caraco que le chemisier laissait négligemment entrevoir, décoraient ses jambes. Et, comme pour porter mon trouble à son comble, son parfum était celui-là même que portait Clara.

Je m'efforçai de ne pas trop la regarder et, pour me donner une contenance, lui posai une question anodine sur l'état d'avancement de sa maîtrise.

J'aurais pourtant dû me rappeler qu'elle concernait « L'influence de Sade dans l'érotisme de Georges Bataille ». Je dois à la vérité d'avouer que, si je ne compris pas tout de ce qu'elle m'en dit, ses propos n'eurent sur moi aucun effet sédatif.

« Tu sais que Gilles me fait la gueule à cause de toi? »

Je m'éclaircis la voix – ce qui contrasta davantage encore avec le ton enjoué sur lequel elle m'annonçait une si bonne nouvelle.

« A cause de moi? fis-je en feignant la plus spontanée des surprises. Et pourquoi donc, grands dieux!!! m'exclamai-je avec toute la simplicité d'un acteur jouant du Henry Bernstein revisité par Alain Resnais (images de Charles Van Damme et décors de Jacques Saulnier).

– Il se dit persuadé que tu veux faire l'amour avec moi... »

Je n'eus d'autre ressource que de proférer la plus inepte réplique du livre – mais du moins y mis-je toute ma conviction :

« Ah, ah... »

J'avais pris un air entendu, mais ne m'attendais pas à ce qu'elle l'entendît, tendue, de manière si inattendue :

« L'hypothèse n'aurait rien d'extravagant?,.;/ :!-() », ajouta-t-elle.

J'affectai, en un gag cinématographique éculé, le détachement de celui qui, voulant faire croire à ses voisins qu'il n'épie pas leur conversation, est plongé dans la lecture du supplément du *Sunday Times Magazine* consacré à la gastronomie italienne région par région (« The Taste of Italy ») et qui tient le journal à l'envers.

En fait, comme le lecteur, sans doute, j'attendais du texte qu'il me précisât le *ton* sur lequel Aurore avait parlé. Or, par une ruse d'autant plus grossière qu'elle abusait des ressources offertes par la machine à écrire, où la plupart des signes de ponctuation sont regroupés en bas à droite du clavier, on se sera rendu compte que l'auteur a ponctué cette phrase de manière rigoureusement, et volontairement, *indécidable*.

Sans doute me serait-il aisé, ici, de ponctuer le récit d'une digression sur la ponctuation. Ponter ces veines des pages, pointer ces accortes artères de l'art et pontifier sur l'oxygène qu'elles apportent à nos lignes, toujours menacées d'infarctus, d'infraction à l'hygiène syntaxique.

A-t-on assez remarqué combien « figures du discours » et tropes ont des noms qui fleurent bon la pharmacopée?

En dresser l'ordonnance serait raconter un beau conte d'apothicaire : anacoluthe et conglobation, enthymème ou éthopée, métalepse, polyptote, syllepse ou prosopopée...

Métabolisme de la langue ou métabole?

Cuisine et rhétorique, les deux plaisirs de langue! Est-il meilleure définition de l'art de se sustenter que la sustantation, dont Fontanier nous dit qu'elle « consiste à tenir longtemps le lecteur ou l'auditeur en suspens, et à le surprendre ensuite par quelque chose qu'il était loin d'attendre » : un plat? Un mot?

Les signes de ponctuation sont à portée de main, petites fioles folles des condiments de langue, herbes de l'écriture, aromates du style, épices de la lecture.

Si le cuistot des mots flâne aux étals du dictionnaire pour y faire son marché, doit les tâter, les soupeser, les renifler, les deviner onctueux ou blets, avec en privilège de n'avoir pas à se soucier de leur fraîcheur – il en est d'avariés, qui sont les plus goûteux! –, il lui faudra ponctuer pour savoir leur saveur : une pincée de points, un zeste de virgules, apostrophes en apostille, parenthèses papillotées, guillemets guillerets, s'ils font ripaille, sont pour nous safran, piment, estragon, cerfeuil, ciboulette, menthe du « mentir-vrai », moutarde, cannelle, laurier de l'éphémère, persil, ail, oignon, cumin, curry, gingembre, sarriette, thym, serpolet, basilic, sauge, vanille, clous de girofle, muscade...

Voilà qui ouvre l'appétit, met la langue en bouche et attise la gourmandise de piquer quelque coup de sang à l'heure du coup de feu.

Se délecter à croiser le fer devant nos fourneaux avec tel écrivain, talentueux au demeurant qui, à peine entré dans la carrière, proclamait sa phobie du point-virgule. Grands dieux, le signe insigne par excellence! Pourquoi ne pas choisir ses lettres dans l'alphabet, interdire le *mi* de gamme, frapper le bleu d'ostracisme sur la toile, se priver de poivre en cuisine, tant qu'on y est?!

Goûter l'acidité d'un Jean-Paul Brès, détracteur du romantisme, interpellant son contemporain Hugo sur sa verve ponctuelle, sa jouissance exclamative, son *punctum ininterruptum* :

« On a vu maint auteur (quel effort de génie!!!)
Armer de trente points un vers de comédie;
Et sous leurs traits puissants qui savent tout dompter
Foudroyer le lecteur qui ne peut les compter!!!!!!!! »

Peiner l'auteur de *Femmes* en lui apprenant qu'il ne suffit pas d'emprunter ses points de suspension à Céline pour lui piquer son style, et plaindre Guyotat, lequel ne ponctue pas.

Retrouver Fontanier, déambuler entre les paremboles et flâner avec lui de parenthèses de réflexion en autres, de sentiment.

Réfléchir, après Frege et Russell, sur l'usage logique des guillemets.

Conchier Claudel, c'est toujours un plaisir, affirmant que virgules et points ne font « qu'une articulation de la phrase grossière et purement logique ».

Ou encore, c'est un plus grand plaisir, justifier la rigueur de l'emploi des *expressions en italiques* dont raffole Rouletabille, et montrer qu'elles sont le strict équivalent, dans le roman d'aventures, de la « pensée aveugle » dans la philosophie de Leibniz. Indices de la présence/absence de la raison, cette raison qu'il faut « prendre *par le bon bout* » : n'est-il pas évident qu'il y a chez Gaston Leroux un optimisme postcartésien quand la chaîne des raisons se déchaîne et qu'on y peut lire : « Ce n'est pas une *raison* parce qu'on découpe une femme en morceaux et qu'on la met dans son poêle, pour qu'on l'ait tuée », à l'opposé de la méthode du grand rival, Sherlock Holmes, marquée d'un scrupuleux empirisme tout droit issu de Hume, et dont Conan Doyle a su montrer qu'elle ouvrait volontiers sur le scepticisme exacerbé d'un Watson?..

Je pourrais donc, mais ne le ferai pas.

On y sentirait trop le procédé. D'autant que semblable digression serait bien en peine de masquer longtemps l'essentiel : je ne savais quoi répondre à Aurore, dont le lecteur me sera gré de lui rappeler le propos littéral :

« L'hypothèse n'aurait rien d'extravagant »?,.;/ :!()'" », ajouta-t-elle.

S'agissait-il d'un constat? D'une avance déguisée? Tentait-elle de se persuader? Prêchait-elle le faux pour savoir le vrai? Ou l'inverse? Que fallait-il croire? Qu'elle croyait que j'aie pu croire cette hypothèse extravagante? Ou l'inverse?

L'auteur ayant voulu si résolument me mettre dans le plus grand embarras, à un moment de l'intrigue et sur un sujet que chacun s'accordera avec moi à considérer comme particulièrement sensibles, je décidai d'adopter une attitude lourde de conséquences.

Je choisis de me taire – entamant par là la première grève de narrateur dans l'histoire, pourtant agitée, de la littérature.

(Si elle était une occasion de rendre un trop rapide hommage à Maurice Blanchot, mon attitude procédait surtout d'un souci tactique : « Qu'un narrateur vous manque, l'auteur est désœuvré. »

Sans doute y avait-il, dans ce roman comme ailleurs, des individus sans scrupule qui, par appât du gain, ou motivés par la seule vanité de jouer un rôle plus important que celui qui leur était dévolu à l'origine, étaient susceptibles de jouer les « jaunes » et de me remplacer, au pied de la lettre levé.

J'en avais mesuré le risque, et savais qui soupçonner.

Mais l'auteur se condamnait alors à une véritable épreuve de force sans savoir si certains personnages, par solidarité, ne se joindraient pas à moi. De plus, changer son narrateur d'épaule au milieu d'un livre soulève de sérieuses difficultés techniques que je crois celui-ci, soit dit sans l'offenser, incapable de surmonter, d'autant que la « modification du point de vue » par alternance narrative est devenue, depuis les années 60, d'une affligeante banalité.

Mais mon « joker » était ailleurs : nous étions seuls, Aurore et moi, quand avait éclaté l'incident. Je voyais mal la jeune fille profiter d'une situation dont elle était, après tout, en partie responsable. Le temps que l'auteur prévienne Lombardi, Clara (pas elle!), Caseneuve ou même Pascale Wilder, et qu'il parvienne à convaincre l'infâme [« l'Homme n'est pas naturellement méchant »], il aurait perdu bon nombre de pages – et cela, aucun éditeur ne pouvait l'admettre.

Je le mettais donc en demeure de reprendre, tôt ou tard, l'initiative textuelle.)

« De toute façon, ajouta Aurore après un long silence (*que vous disais-je?*), lorsque Gilles se montre jaloux, j'ai toujours envie de lui donner raison... »

Attendri par cette émouvante marque d'amour, je décidai de tout faire pour aider Aurore à ne pas laisser son fiancé se déjuger.

Une discussion assez délicate aurait pu s'ensuivre. Elle tourna court et nous à droite : nous arrivions.

DEUXIÈME CERCLE

UNE VIE

« Un désir tirant son origine de la raison ne peut avoir d'excès. »

Spinoza

CHAPITRE CINQUIÈME

Où une jeune fille de vingt ans confie quelque chose d'important au narrateur, qui n'est sans doute pas en mesure de l'entendre; où la demeure d'Angelo Lombardi réserve bien des surprises à nos deux héros; d'une fistule de Louis XIV qui changea le destin des Côtes de Nuits; d'un post-scriptum aux pages de Roland Barthes sur le repas japonais à propos de l'usage d'une louche; où une singulière bibliothèque trahit sa définition en faisant tomber le narrateur sans connaissance; d'un incident vraiment très regrettable.

Je m'apprêtais à descendre de voiture, quand Aurore me retint par le bras. Serrant le poing, elle le blottit au creux de ma paume. Geste complice, brusquerie d'une timidité vaincue qui, pourtant, se refuserait au moindre abandon. Je refermai les doigts sur sa main.

« C'est un peu dommage, dit-elle d'une voix grave, qu'il y ait toujours du désir entre un homme et une femme, tu ne trouves pas?

– Pourquoi, dommage? »

Elle regardait obstinément devant elle, comme si la réponse avait dû surgir au bout de la ruelle.

« Je ne sais pas... C'est comme un préalable obligé, un laissez-passer qu'on demanderait toujours, sans s'inquiéter de savoir si c'est utile ou non. Il est pourtant bien des voyages, ou même des promenades, qui ne l'exigeraient pas...

« Quand je vous regarde, Clara et toi, j'ai l'impression qu'il a d'abord fallu du désir, peut-être de l'amour, pour parvenir à l'intimité qui vous lie aujourd'hui. L'itinéraire me plaît, pas forcément l'ordre des étapes. Je voudrais battre les mêmes cartes, mais les distribuer autrement.

– Tu ne dédaignes pas en jouer, de ce désir?

– On n'a pas toujours envie de jouer. C'est encombrant, souvent, le désir. »

Elle se tourna vers moi, dégagea sa main et m'offrit une furtive caresse du visage. Je n'avais pas imaginé que le sien pût être aussi soucieux.

« J'ai peur d'aller chez Angelo, je crois. Est-ce si important d'apprendre ce que les gens préfèrent cacher?

– Il ne nous dira que ce qu'il voudra bien. Il n'est pas homme à se laisser entraîner ailleurs que là où il a décidé d'aller... »

Elle eut un léger rire de gorge :

« Peut-être allons-nous y découvrir des horreurs?!

– Il n'y a jamais rien d'horrible dans une passion, quelle qu'elle soit, où qu'elle puisse mener. Ce qui est terrifiant, c'est d'être incapable d'en vivre une. Une, au moins, sur toute une vie. »

Son rire se fit plus spontané :

« Nous voilà bien sérieux! On se croirait dans un roman de Kundera! Mieux vaut y aller, non?! »

La maison qu'habitait Angelo Lombardi présentait quelques particularités notables.

Elle était au bout du monde, dans un de ces quartiers de Paris où on ne va ni qu'on traverse jamais. Un coin perdu du XIXe arrondissement, près de l'ancien hôpital Herold, dont la récente fermeture n'ajoutait rien à la gaieté du site.

Malgré le plan, nous avions failli nous perdre dans les HLM

de la porte Brunet – quartier tombé dans une déshérence qu'accentuait la dénégation du nom des rues : rue de la Solidarité, de la Prévoyance, de la Liberté...

Aurore avait habité deux ans une ville nouvelle des Yvelines qui offrait, me dit-elle, le cynique panorama de l'antiphrase : bornées par le béton, toutes les rues d'un même quartier avaient le nom de fleurs; murées dans le silence, le nom de musiciens; sans perspective aucune, le nom de peintres – il y avait même une « rue des Droits-de-l'Homme ». En impasse... Et, devenu « quartier » parmi d'autres aux dénominations artificielles, le « village », qu'on n'avait pas osé débaptiser : quelques vieilles maisons frileusement regroupées autour d'une église et d'une rue principale – épine du souvenir plantée au cœur de l'innommable.

Mais, sitôt franchie la place Rhin-et-Danube – là où, le 1er octobre 1878, avait été inauguré le marché aux Chevaux et aux Fourrages de la Villette –, la barrière des immeubles laissait place à de petites voies encore pavées, dédale de cours, de jardins, de ruelles fleuries, petites maisons à la coquetterie provinciale.

C'est dans ce décor à la Trauner que vivait notre homme.

Est-ce un effet de l'attraction qu'il exerçait sur moi, ou parce qu'on ne perçoit jamais que par le prisme de la pensée? Dès que j'identifiai le numéro du pavillon, l'endroit, pourtant calme et paisible, me parut baigner dans un halo de mystère, m'évoquant la maison d'angle battue par la pluie et comme assiégée par la limousine noire de *The Big Sleep.*

Toutes les fenêtres étaient fermées et condamnées par des volets de fer. Sauf une, la seule à être éclairée, un œil-de-bœuf qui trouait la mansarde.

La lumière crue d'une simple ampoule pendue au plafond laissait se découper, cible immobile en faction, sentinelle insolite, l'imposante silhouette de Lombardi. Peut-être guettait-il notre arrivée? Mais rien ne bougea de la masse d'ombre au grincement que fit le portail en s'ouvrant.

Nos pas crissaient sur le gravier. Après avoir gravi les marches du perron, Aurore sursauta et poussa un cri : trois chats, gros vieux bâtards blottis contre la porte, s'étaient simultanément mis à miauler. Leur concert criard avait quelque chose de menaçant. Ils s'enfuirent entre nos jambes.

« L'accueil est aussi chaleureux que dans la demeure de *La Nuit des morts vivants !* »

Ma plaisanterie tomba à plat. Aurore sonna. Rien. Elle insista, longuement. Personne ne répondit.

« Regarde, la porte est entrouverte... »

Comme si elle m'avait demandé la permission d'entrer, je lui fis un signe de tête. Elle s'engagea la première dans le sombre corridor.

La maison sentait le rance, l'humidité moisie d'une bâtisse qui n'a pas été aérée depuis longtemps. Nous marchions avec précaution. Nous n'avions pas trouvé de commutateur, et certaines lattes du vieux parquet craquant étaient enfoncées, d'autres manquaient. Ce sol irrégulier obligeait à s'assurer de chaque enjambée. Aurore perdit l'équilibre et se rattrapa à moi. C'était la première fois qu'elle était dans mes bras. Son souffle caressait mon cou, je respirais son parfum, muscade juste épicée, et effleurai sa nuque, mes doigts parcourant sans se lasser la plus troublante des limites, entre cheveux et peau. Quand je l'attirai vers moi, elle se laissa faire, en se blottissant contre mon épaule. Nous restâmes ainsi, sans bouger, un long moment. Je cherchai sa bouche.

« Non, chuchota-t-elle. Pas ici. Et puis, c'est beaucoup trop tôt... »

Notre seul guide était un trait lumineux, au fond, légèrement sur la gauche : ce devait être une porte fermée qui laissait filtrer l'éclairage d'une pièce. J'y arrivai d'abord, en cherchai un moment la poignée et l'ouvris doucement.

Au fond d'une cuisine étroite et longue comme un couloir, qui baignait dans un désordre indescriptible, portes des placards ouvertes, ustensiles entassés en équilibre instable sur un tabouret, table crasseuse, pleine de miettes et de pelures d'oignons, nous apparut un Angelo Lombardi affairé.

Et entièrement nu.

Son ventre énorme reposait contre l'évier comme s'il avait voulu s'y laver le nombril, avec des bourrelets de graisse si larges et si réguliers qu'ont eût cru trois pneus lisses empilés, surplombant et entourant une demi-sphère poilue qui ne pouvait être que son fessier, sans qu'il se distingue vraiment de l'amas général.

L'ensemble était si démesuré que le sexe flasque, pourtant d'appréciable dimension, n'y paraissait qu'un petit piton piteux.

Ce qui rendait le tableau obscène n'était pas la nudité de ce corps, si déformé, si monstrueux, qu'il évoquait moins une quelconque forme que le bloc de glaise avant l'intervention du sculpteur, mais le fascinant trémoussement dont était animée cette masse à la pesante élasticité.

Car, pour parfaire le tableau, Angelo Lombardi était casqué d'une énorme paire d'écouteurs, reliés à un walkman posé sur l'étagère, entre éponges et abrasifs, d'où hurlaient – à notre place, nous les entendions distinctement – les martiales mesures de la Marche des bohémiens du *Trouvère*. Et, les accompagnant d'oscillations rythmées, frappant le sol en suivant la cadence, il apportait une contribution qu'on ne pouvait pas vraiment dire aérienne à la légendaire légèreté des grands chœurs de Verdi.

Le spectacle avait quelque chose d'hallucinant, que n'aurait pas renié Federico Fellini dans ses plus sublimes délires.

Si Lombardi ne nous avait pas entendus, Verdi n'en était pas seul responsable : non content d'escorter les gitans par sa danse de l'ours, il les encourageait en gueulant à tue-tête :

« All'opra ! All'opra ! Dàgli, martella.
Chi del gitano i giorni abella ?
La zingarella !
Versami un tratto : lena e coraggio
Il corpo e l'anima traggon dal bere *. »

Mais, surtout, il paraissait prodigieusement concentré sur ses gestes.

Prosaïque, j'avais d'abord cru qu'il faisait la vaisselle. Pour compréhensible qu'elle fût, vu la posture du personnage, l'erreur était de taille. L'eau ne coulait pas du robinet, on n'entendait rien du cliquetis habituel des assiettes et des couverts, et, si une grosse soupière était en effet posée dans l'évier, elle était pleine.

Angelo Lombardi, une louche à la main, dînait. Tout simplement.

Je regardais Aurore dont les yeux, écarquillés, incrédules, étaient embués de larmes. Ce n'était pas le pleur d'un fou rire contenu. La scène était grandiose, son grotesque pathétique et sublime. Pas une seconde Lombardi n'apparaissait ridicule. Chacun de ses gestes était empreint d'une solennité majestueuse, aruspice enchaînant les rites d'une liturgie païenne. Sur le walkman, poignard sacrificiel, un opinel usagé. Il se penchait en avant, puis se redressait, altier, comme le prêtre à l'instant de l'Élévation, qui précède la communion sous les deux espèces. Il fallait bien admettre que, dans cet appareil, il gardait un je-ne-sais-quoi de souverain.

Son abjection avait de l'allure.

Je fis un pas sur le côté pour que le massif lombardien ne

* « Au travail ! Au travail ! Courage, frappe ! / Qui embellit les jours du gitan ? / La jeune gitane ! / Verse-moi à boire ; ardeur et courage / le corps et l'âme puisent dans la boisson », *Il Trovatore*, II, I. *(N.d.T.)*

dérobe pas plus longtemps à ma vue la composition de son menu.

Et là, à nouveau, je dus m'incliner : Angelo Lombardi savait se recevoir et s'honorer comme hôte.

Les pâtes – il y en avait assurément plus d'une livre – étaient des rubans plats, dentelés sur la longueur. J'essayai aussitôt de les identifier : leur forme permettait de les situer entre les *mafaldine*, plus fins, et les *lasagne rigate*, incomparablement plus larges.

Il ne les avait assaisonnées que d'un léger filet d'huile d'olive (la bouteille, à peine entamée, autorisait la déduction), et je compris vite pourquoi. La colline de pâtes était parsemée, comme autant de roches rares, d'une multitude de taches noires à la géométrie variée, certaines découpées en rondelles, d'autres en lamelles, d'autres encore en cubes plus ou moins réguliers – mais toutes aussi grosses que des gailletins de charbon.

L'ami se régalait de *ricciarelle aux truffes*, rien de moins.

A portée de son bras droit, posé sur la plate-forme d'un petit escabeau, maculé de traces de peinture, que recouvrait un torchon douteux, un magnum de Richebourg 70, dont il ne restait presque rien.

Et pour cause ! Ce grand climat de la Côte de Nuits – seul le vignoble de la Romanée Saint-Vivant, qui lui fait face sur le coteau, le dépassait en superficie – avait vu sa renommée reconnue par Paris en 1680, à l'occasion saugrenue d'une « Royale Fistule » de Louis XIV : les Côtes de Nuits s'y étaient révélés d'une incomparable efficacité... Il faut fêter la fabuleuse fistule, car c'en était fait de l'ancestrale domination de la Côte de Dijon : Nuits et Beaune entamaient leur victorieuse reconquête !

Et le velouté engendré par l'inclination du Pinot noir pour l'argile du sous-sol, la marne des terres, exalté par l'exposition de la vigne au sud-est, s'accordait magnifiquement au goût âpre et râpeux de ce pur joyau que Brillat-Savarin lui-même n'hésitait pas à désigner comme le « diamant de la cuisine ».

Pour un lendemain de cuite, il n'y avait rien à redire.

Lombardi se servait de la louche comme d'un outil dont la multiplicité fonctionnelle était jusqu'alors restée méconnue, ignorant sans doute qu'il illustrait et validait les belles analyses qu'un autre grand ami des pâtes, le cher Armand Bianchéri, avait consacrées à la double dimension expressive et opératoire du schéma corporel humain sitôt qu'il est prolongé par l'usage d'un instrument.

Loin de moi l'idée sacrilège de plagier les pages que Roland Barthes consacra au repas nippon dans *l'Empire des signes*, mais je ne pouvais qu'être sensible à une lointaine évocation.

Si le Japonais relativise l'aspect strictement utilitaire de la baguette au profit de ses fonctions expressives et, tel le graphiste devant ses godets de couleur, compose son menu comme une estampe – la baguette, en un singulier ballet, s'attarde et finit par désigner les aliments choisis, s'en approche en restant un moment à distance, les saisit sans les meurtrir, les sépare sans les couper – en élaborant ce qu'il est légitime d'appeler un « espace-temps sémiologique », Angelo Lombardi, sans doute d'une manière rendue plus sommaire par la féculence du mets et le syntagme figé que constitue le plat unique, n'était pas loin de s'engager sur une voie similaire.

La louche était d'abord excavateur, plongeant dans le plat empli de serpents luisants d'huile et de tubercules d'ébène; elle devenait pelleteuse débordante qui s'élevait dans les airs en une rotation mécanique : certaines *ricciarelle*, dont le destin était d'échapper ce coup-ci à la bouche qui les engloutirait toutes, retombaient en ondulations reptiliennes dans leur terrier de faïence; dérisoire sursis car, déjà, la louche s'enfonçait à nouveau, traçant dans son sillon l'inéluctable marque de la mort par digestion. Mais, durant la brève déglutition, elle se métamorphosait en baguette de chef d'orchestre imposant son tempo aux musiciens invisibles, pour être soudain accessoire de scène, au moment du « *Dàgli, martella* », alors que l'évier déjà ébréché était censé représenter la plaque de cuivre que frappe le gitan avec son marteau.

En moins de cinq minutes, la soupière était vide. Lombardi recula d'un pas, s'appuya de tout son poids contre l'évier et, se courbant, fit retentir un rot choisi, à l'instant même où le chœur des bohémiens se taisait pour entendre les premières notes de l'invocation d'Azucena, « *Stride la vampa* »...

Alors seulement, il se retourna.

Son visage demeura si impassible, ses traits manifestèrent si peu d'étonnement, encore moins de gêne, qu'il était probable que Lombardi savait depuis longtemps que nous l'avions supris.

« Vous êtes là, les enfants?! Venez, venez... »

Impériale, Sa Nudité passa devant nous et notre cortège, au rythme du balancement de ses fesses, s'achemina vers le séjour.

Lombardi, plus *deus ex machina* que jamais, actionna l'interrupteur, allumant des ampoules multicolores au plafond. Elles étaient disposées sur tout son périmètre, alignées le long de ces rampes qui encadrent souvent les miroirs d'artistes. Le rouge dominait et tamisait la pièce, mais jaune et bleu découpaient, çà et là, des zones où rivalisaient ombre et clarté.

Le mobilier était dépareillé : un splendide fauteuil crapaud revêtu de velours vert voisinait avec le siège éventré d'une cabine de camion; la banquette arrière du premier modèle de la deux-chevaux Citroën faisait office de canapé, à côté d'un haut tabouret de bar où racolent celles qu'on appelait jadis du beau nom d' « échassières ».

« Asseyez-vous, ordonna notre hôte d'un ton qui ne souffrait pas la réplique. Je vais me faire présentable et nous chercher à boire. »

Je souriais à Aurore, autant pour la réconforter que pour me donner du courage. J'avais enclenché un mécanisme dont je sentais qu'il ne s'arrêterait plus avant de m'avoir broyé.

La jeune fille ne vit pas ce sourire. La banquette au dossier affaissé où elle s'était laissée tomber dans un grincement de ressorts l'obligeait à une pose impudique : renversée en arrière, seins saillants, ses jambes étaient légèrement relevées et entrouvertes, permettant au regard de s'enfoncer jusqu'au petit triangle de dentelle blanche. En d'autres circonstances ou dans un autre livre, cette image m'aurait comblé et, pour rien au monde, je n'aurais voulu en détacher mes yeux.

Ce que je fis, pourtant. La pose d'Aurore n'était pas abandonnée ou aguicheuse. Les prunelles écarquillées, elle fixait un point derrière moi qui semblait l'hypnotiser.

Je me retournai, et ce que je vis alors dépassait l'entendement.

Le mur du fond était couvert de bibliothèques. En bois sombre, elles montaient jusqu'aux rails des ampoules. Les étagères, soigneusement disposées, offraient une symétrie parfaite de leurs écartements.

Elles étaient pleines. Mais pas de livres.

Ce n'est pas une bibliothèque qu'Angelo Lombardi s'était constituée, mais une imposante *pâtothèque*.

Je m'approchai. Il y avait plusieurs centaines, plus d'un millier peut-être, de paquets de pâtes, classés dans un ordre impeccable. Par collection, d'abord : j'y reconnus les plus grandes marques italiennes, que leur situation, sur les étagères du centre, mettait habilement en valeur – comme savent le faire les bibliophiles des prestigieuses reliures rayées : Agnesi, Barilla, De Cecco, pléïade des pâtes, tiercé magique, mais aussi Spirelli, Gramma, Campioni et tant d'autres, que je ne connaissais pas – comme Voiello, *nec plus ultra* de la pâte napolitaine.

Mes yeux suivaient l'alignement des paquets, certains transparents, d'autres cartonnés. En bas, sur la droite, je reconnus les emballages familiers de Lustucru, avec leurs damiers bleus et blancs, ceux de Panzani et de Buitoni. Sans être vraiment cachés, on les sentait délaissés, à la manière de ces livres de poche qui, sans doute, peuvent être utiles, mais qu'on n'a pas grand plaisir à exhiber – moins, en tout cas, que les « Beaux Paquets ».

Les rayonnages de pâtes d'art contemporain présentaient les dernières recherches en design : *Quartella* et *Mandala, Farbella* et *Papelloni*, aux formes extravagantes et non figuratives, dessinées par de jeunes artistes, un Philippe Starck ou le Groupe Nemo, qui avaient eu l'insigne honneur d'être exposées à Beaubourg.

En suivant les étagères, j'allais de pays en pays, franchissais les océans, enjambais les continents. Je m'attardai sur les austères paquets des pays de l'Est, qui paraissaient moins remplis que les autres, souris devant les décorations baroques et vivement colorées des emballages brésiliens et péruviens, tentai en vain de déchiffrer les signes cabalistiques des paquets israéliens – pas si différents, au fond, des inscriptions arabes émaillant les cartons venus de Jordanie ou d'Égypte.

Si l'Italie se payait évidemment la part du lion, c'est que sa production offrait une variété inouïe de formes et de dessins. Le souci du rangement de Lombardi m'apparut alors comme une pathologie maniaque. Chaque famille présentait ses rejetons, dans un ordre de croissante épaisseur.

Ainsi, avant d'en arriver à la quinzaine de *spaghetti* différents, il fallait cheminer par les *capellini*, les *fedelini*, jusqu'aux plus proches cousins, les *spaghettini*.

Il en allait de même pour les longues pâtes creuses : les *maccheroni alla chitarra* précédaient les *bucatini*, suivis par les *perciatellini* et leurs grands frères les *percialettoni*. La largeur du trou augmentant, apparaissaient alors les différents *mezzani*, l'infinie variété des *ziti*, puis les *ziti tagliati*, et enfin plusieurs formes de *zitoni*, les plus imposants.

Et la folle farandole reprenait pour les courtes pâtes creuses, domaine où l'imagination de l'homme semble s'être affranchie de toute limite.

La tête commençait à me tourner, *mezzani tagliati, pennette, lisce* ou *rigate, penne, penne grandi, penne a candela, pennoni lisce, pennoni rigati.* De paquet en paquet, les pâtes grossissaient à vue d'œil, comme les insectes d'un film d'épouvante, et l'implacable litanie forçait mes lèvres à articuler : *mezzi tufoli, tortiglioni, rigati, elicoidali, rigatoni, millerighe.*

Espérant calmer mon vertige, je me réfugiai vers les petites pâtes, celles que les connaisseurs n'apprécient que modérément, si ce n'est dans les soupes.

La sarabande reprit de plus belle, accélérant son rythme : étoiles et petites roues, coquilles et papillons, *conchigliette* et *tripolini, cappelletti* et *farfalle, acini di pepe, puntalette...* Plus elles rapetissaient et devenaient minuscules, plus leurs noms et leur nombre augmentaient, dans une inflation d'épithètes, de précisions et d'imperceptibles distinctions dont rien ne semblait plus pouvoir arrêter la ronde infernale.

Je suais à grosses gouttes. Les pâtes en nid, elles, seraient forcément moins nombreuses. Je les cherchai, fébrile, parmi les paquets les plus volumineux, sur les planches du bas, pour mieux lester les étagères. Elles étaient là.

TOUTES !

Pappardelle et *fettucce, fettuccine piccole, fettuccine, fettuccine con spinaci, tagliolini fini, tagliolini fini a nido, fettuc...*

Mon regard se brouilla.

Quand je rouvris les yeux, ce fut pour voir le visage attentif d'Aurore qui, penchée sur moi, passait un linge humide sur mon front. Ils m'avaient transporté sur le fauteuil, d'où je me redressai avec difficulté.

Lombardi me dévisageait, ou me toisait, plutôt, debout dans un peignoir maculé qui ne se fermait pas sur sa panse. Il me gratifia d'un sourire où je discernais mal la sympathie et l'ironie. Il ricana :

« C'est la première fois que j'entends quelqu'un tomber dans les pommes en murmurant “ et les *lasagne*? ”... Mais, tout compte fait, je porte cette émotion à votre actif! Buvez un peu, mon cher, cet élixir ne pourra que vous remettre d'aplomb. »

Je pris machinalement le verre qu'il me tendait et, sans même le regarder, le vidai d'une seule traite.

Mon palais explosa sous l'orage des mille et une saveurs de fruits rouges, mûres et groseilles, fraises des bois et framboises, dont le goût insista, un instant qui me parut devoir durer l'éternité et, comme aurait dit Kierkegaard, assurer le salut de mon âme si je l'avais choisi pour enfin croire à Dieu.

Désemparé, je regardais mon verre vide. Ce que je venais de commettre était pire qu'une profanation et m'horrifiait. A quoi bon prétexter l'inconscience? Loin d'être une excuse, elle était une circonstance aggravante.

Il n'était qu'un seul vin, sur la terre comme au ciel, Le Vin, la pointe ultime de la patience, de l'ingéniosité et du savoir humains pour...

« Romanée-Conti 75, fit gaiement Lombardi, comme s'il préférait n'avoir rien vu de mon blasphème. Mais je me dois amicalement de vous mettre en garde : je n'ai que trois bouteilles, et la nuit qui nous attend promet d'être longue! »

Il s'installa posément sur le haut tabouret et, sans que nous ayons rien eu à lui demander, se mit à nous raconter le récit de sa vie.

CHAPITRE SIXIÈME

Où Angelo Lombardi racontera sa vie; où le lecteur en apprendra de belles sur Archestrate, la mort de Socrate et le succès mondial du *Nom de la rose*; où sera soulevé un point de doctrine concernant la traduction d'une recette d'Apicius, d'un vers d'Horace et l'invention des *lasagne*; où sera mis fin à la légende qui voudrait faire de Marco Polo le premier importateur de pâtes en Europe; où seront comparées les saveurs de la Romanée-Conti et d'un baiser d'Aurore; où la Littérature Macaronique soulèvera autant de questions que le rôle de Catherine de Médicis dans l'histoire de la cuisine; où seront célébrés quelques grands cuistots de la Renaissance; où un hommage sera rendu à la gastronomie lyonnaise; où le lecteur se persuadera que les pâtes sont le moteur de l'histoire, en voyant défiler Louis Napoléon Bonaparte, Rossini, Mussolini; et où seront évoqués certains épisodes du Front populaire, de la guerre d'Espagne et de la Résistance, dans lesquels les pâtes ont joué un rôle décisif.

« Aussi loin que je scrute mon ascendance, je la rencontre dans une cuisine. Mon arbre généalogique plonge ses racines dans une marmite d'eau bouillante. Les plus fertiles de ses branches donnèrent boulangers ou pâtissiers renommés, coqs, rôtisseurs et maîtres queux prestigieux; ses mauvaises pousses gâte-sauce, gargotiers, tournebroches et autres marmitons.

« Mes premiers pas se risquèrent au milieu d'épluchures qui me faisaient glisser. C'est en imitant le sablier ou en préparant les couverts qu'on m'enseigna les nombres.

« Les passoires furent mes hochets, mon ami d'enfance un chinois, juliennes et maryses mes petites camarades de jeu. Pour toute règle d'hygiène, j'avais le bain-marie, cauchemardais au simple nom de " dents-de-loup ", et ne rien connaître à la musique ne m'empêchait pas de jouer des mandolines.

« J'appris à parler à l'étouffée.

« Les mots que répètent les enfants avant de les comprendre, je les disais aussi. Mais chacun avait le sens particulier qu'on lui donne à l'office ou au fond des souillardes, là où l'on ne clarifie que le bouillon.

« Ainsi, je m'exerçais à habiller le poisson, à l'écailler et à le vider avant de le parer. Si j'ai souvent crevé, c'est le riz rond que je faisais bouillir avant de le tremper dans le lait. Chanter, frémir ou frissonner n'évoquaient rien pour moi que le signal d'une prochaine ébullition. Comme tous les gosses, j'aimais les farces et fonçais volontiers, pour disposer le lard au fond d'une cocotte. Très vite, je sus tomber et relever, limoner et étuver. J'aimais chemiser, et plus encore historier. Je saisissais, bardais et chiquetais.

« Je singeais avant de mouiller et, la première fois que je troussai après l'avoir raidi, ce n'est pas une fille, mais un faisan, dont j'avais ouvert le flanc pour y caler la cuisse.

« Je dois le dire sans modestie, mais j'ai de qui tenir.

« Très tôt, ma famille a marqué l'histoire de la cuisine, jouant donc un rôle éminent dans l'Histoire tout court. D'ailleurs, toutes les fois qu'alimentation, manières de table, gastronomie ou enjeux culinaires ont interféré avec la politique, vous pouvez être assurés que ma famille était là ! Et la chose ne date pas d'hier. Loin de moi l'idée de m'en vanter, mais la Famille est à l'origine d'un fait divers qui a eu un certain retentissement, naguère... Le contrat, pour se débarrasser de Socrate... c'est nous ! »

Devant l'énormité d'un tel propos, je ne pus retenir une moue dubitative. Je connaissais le procès de Socrate, les chefs d'accusation pour impiété et corruption de la jeunesse, la ciguë...

Franchement, il n'y avait là aucune place pour une *vendetta* sicilienne!...

Lombardi me toisa, un rien méprisant :

« Évidemment, vous ne me croyez pas?!

– Pas vraiment, non. »

Ses traits se radoucirent quand il se tourna vers Aurore :

" C'est toi, ici, la philosophe. Aussi bien, j'accepte de parler sous ton contrôle et t'encourage à interrompre mon récit si tu as l'impression que je m'égare. Mais vous allez voir : mon dossier est solide comme un roc! Vous êtes prêts? »

Aurore fit signe que oui.

« Affirmerais-tu, ma douce, qu'il n'y a pas de zone d'ombre dans le procès de Socrate? »

La jeune femme secoua la tête :

« Il y a, en effet, des choses assez singulières et, aujourd'hui encore, on s'interroge... »

Lombardi, rose d'excitation, ne put s'empêcher d'aussitôt l'interrompre :

« Et pour cause, ma douce, et pour cause! Je vais vous raconter, moi, comment les choses se sont passées... »

Et, dans un souffle, il ajouta :

« Vous pouvez m'en croire. J'y étais. C'est une affaire de cuisine qui a perdu Socrate.

« L'un de mes plus lointains ancêtres n'est autre que Mithaicos. Le nom ne vous dit rien, à l'un comme à l'autre? Mithaicos est cet " auteur du traité de cuisine sicilienne " à qui s'en prend violemment Socrate dans sa joute oratoire avec Calliclès. Cette discussion, Platon l'a plus ou moins fidèlement retranscrite dans son *Gorgias* : Socrate y critique avec véhémence, comme il en a pris l'habitude, les excès de bonne chère, la gloutonnerie d'où naissent embonpoint et maladies. »

Il pouffa :

« Haineux, le vieux Socrate, comme souvent les maigres! Mais on se garde bien de vous le dire, dans vos universités! Tu vois, Aurore, c'est toujours ce qui m'a déplu dans la philosophie : ce constant éloge pincé de l'ascétisme. De Socrate à Kant – à la notable exception de Descartes, bon vivant, aventurier et grand baiseur devant l'Éternel – les grands philosophes sont secs, et le Concept anorexique...

« Non content d'attaquer mon oncle Mithaicos, Socrate s'est payé le luxe de dénoncer Thearion, le boulanger, et Sarambos, le marchand de vins * – allant jusqu'à appeler la population à se révolter contre eux, en les désignant comme responsables du cortège des troubles qu'entraîne la boulimie!

« Or, les trois hommes étaient cousins. Je dirai même plus : associés. Et laissez-moi vous dire que cette pique socratique a fait un tort considérable à la Famille. L'oncle Mithaicos avait beau interdire qu'on parlât " affaires " à table, devant les femmes et les enfants, j'appris tout de même que Socrate s'était placé imprudemment en travers de notre chemin. Car écrire des traités de cuisine sicilienne n'était pour mon oncle qu'une couverture commode. De fait, il contrôlait la plupart des négoces en Sicile et en Italie du Sud. Thearion avait la haute main sur ceux du pain, tout comme Sarambos sur les vins et alcools.

« Aucun commentaire ne s'est jamais risqué à le souligner, feignant de croire que Socrate avait mentionné ces trois noms au hasard. Alors que c'est aux trois principaux " parrains " de la Sicile qu'il ose nommément s'en prendre, dans le *Gorgias*!

« La Famille ne réagit pas aussitôt, ce qu'à mon avis elle aurait dû faire, mais j'étais trop jeune pour avoir voix au cha-

* Angelo Lombardi fait probablement allusion à *Gorgias*, 518b. (*N.d.T.*)

pitre. Le vieux récidiva, s'élevant pour un oui ou pour un non contre le luxe de nos tables, dont il voulait faire le signe de la corruption de la Cité... »

Aurore leva la main. Magnanime, Lombardi lui laissa la parole :

« Tu fais allusion à ce passage où Socrate regrette l'hygiène austère de l'État primitif, quand les hommes se nourrissaient seulement de galettes et de pain, avant la fâcheuse invention des plats cuisinés?

– Précisément! Une innovation qu'on devait à la Famille, et qui avait assuré sa fortune!

– Il décrit alors, je crois, poursuivit Aurore de plus en plus fébrile, au prix d'un effort de mémoire qui fronça ses sourcils, le menu type d'une Cité qui saurait dédaigner le superflu : sel, olives, fromages, oignons...

– Autant dire un *fast food*! grommela Lombardi, dédaigneux.

– ... Et, pour les desserts, figues, pois chiches et fèves. Il préconise même de faire griller sur la braise des baies de myrte et des glands, “ à croquer avec modération ”! Je le sais, j'ai étudié le texte à la fac! »

Je n'eus pas le temps de m'émerveiller de la science d'Aurore que, déjà, Lombardi s'emportait :

« Ce qu'on vous a sûrement caché, c'est qu'il s'agissait d'une déclaration de guerre contre la Famille, qui ne devait sa prospérité qu'aux nouvelles mœurs qu'elle avait su imposer! »

Le haussement d'épaules qui accueillit cette dernière rodomontade me valut un regard noir de Lombardi :

« Monsieur “ Je-sais-tout ”, vous connaissez le fameux Archestrate?

– Bien entendu, fis-je en me rengorgeant.

– Vous n'ignorez donc pas qu'il était sicilien, lui aussi? Natif de Gela, son père déjà travaillait pour la Famille... »

L'assurance du vieux bougre commençait à m'intriguer. L'autre s'en aperçut comme d'une aubaine :

« Alors demandez-vous pourquoi il met l'eau à la bouche du lecteur en lui proposant de savantes recettes ! Celles des aphies du golfe de Phalère ou de Rhodes ; celle du scare d'Éphèse, enduit de fromage et d'huile, mis au four avec sel broyé et cumin, " versant de la main comme si tu puisais à une fontaine où préside quelque divinité " ; ou encore, thons, thymnies et anguilles, de préférence celles de Reggio mais, à défaut, celles du lac Copaïs ou du Strymon...

– C'est un traité de cuisine, voilà tout ! C'était peut-être déjà, à l'époque, les seuls livres qui se vendaient ! »

Souverain, Lombardi croisa les mains sur sa bedaine et ricana :

« Quelle naïveté ! Ces recettes n'étaient qu'une commande, et Archestrate un de nos employés : la Famille détenait la totalité du commerce des poissons. »

J'encaissai le coup et jouai l'impatience :

« Ne nous égarons pas ! Alors, Socrate ?...

– Il ne désarmait pas, et ses dénonciations commençaient à effrayer nos intermédiaires. Aussi, Mithaicos, fait exceptionnel, décida de réunir le Conseil des cinq familles.

« C'était un après-midi d'été. Dehors, la chaleur était suffocante, la poussière miroitait au soleil, la terre semblait fumante. Les servantes m'avaient dit d'aller jouer, mais j'avais trompé leur surveillance pour me cacher derrière une toile de lin, juste à côté du foyer consacré à Hestia où se tenait la réunion. Oncle Mithaicos m'aurait peut-être tué s'il m'avait découvert.

« La Cité était silencieuse, hommes et bêtes trop soucieux de profiter d'un coin de fraîcheur. Seul le concert monotone des cigales accueillit le fracas des chars qui déposaient les invités au seuil de la maison.

« Je m'en souviens comme si c'était hier. Sarambos arriva le premier, avec une escorte imposante. Le cousin Merinos le suivit, seulement accompagné de trois hommes de main qui s'occupèrent à faire boire les chevaux. Puis Thearion, qui s'amusait à faire conduire son char par un jeune éphèbe – privauté que ne goûtait guère oncle Mithaicos. Enfin, l'un des deux frères Ajax, venu avec Raptos, une brute avinée et indisciplinée dont oncle Mithaicos se méfiait, affirmant que des membres de sa lignée avaient collaboré avec les Perses, lors de la dernière guerre.

« Tous firent cercle, et Mithaicos s'avança au milieu. Les reflets rougeoyants de l'âtre, sur ces visages burinés et volontaires, rendaient l'atmosphère étrange et inquiétante. Je craignais que les hommes entendissent ma respiration et la retenais autant que je le pouvais.

« Mon oncle prit alors la parole. Sa voix, pourtant sourde et éraillée, imposait un silence respectueux. Il articulait avec une lenteur extrême, comme si chaque mot était une blessure infligée au larynx : " Mes amis, je veux d'abord remercier ceux qui ne sont pas membres de ma Famille et me font l'honneur d'être ici présents. Qu'ils se considèrent comme mes hôtes et, plus encore, comme mes alliés. Maintenant, que chacun parle en toute liberté, pour savoir comment faire à Socrate *une proposition qui ne se refuse pas...* " »

Je bondis sur Lombardi en criant :

« Là, vous y allez un peu fort! C'est une réplique que Francis Ford Coppola fait répéter à Marlon Brando dans son *Parrain*! Vous ne nous contez que sornettes et galéjades! »

Comment décrire la commisération moqueuse que je pus lire alors dans les yeux d'Angelo Lombardi?

« Mon pauvre ami... Vous croyez m'en apprendre? Sachez que j'étais moi-même *consigliere* lors du tournage : ce film n'est que l'adaptation contemporaine, parfois bien approximative, hélas, de l'histoire de la Famille! »

Sa colère m'eût stimulé. Non seulement il avait réponse à tout, mais ce ton onctueux de chanoine eut raison de mes dernières velléités de résistance. Je me rassis. Vaincu.

Perfide, et toujours aussi mielleux, Lombardi me demanda si je l'autorisais à poursuivre son récit. C'est par une mimique résignée que je lui répondis.

« La discussion fut confuse et passionnée, chacun voulant parler plus haut que l'autre.

« Sarambos, qui avait fourni les vins lors du fameux *Banquet* et que Socrate n'avait toujours pas payé, était de loin le plus remonté. C'était un gros homme noiraud aux sourcils broussailleux. Il transpirait abondamment, ce qui ne l'empêchait pas de faire de larges gestes qui trempaient sa tunique. Il exigea la disparition immédiate du gêneur. Il roulait des yeux en passant la lame de sa main le long de sa gorge. Tapi dans ma cachette, tremblant, ce geste me terrorisa comme s'il devait être le présage de ce qui m'attendait si les hommes me dénichaient. Le cousin Merinos, un homme calme et un peu plaintif, d'ordinaire posé, entra dans une vive colère et s'éleva contre la proposition de Sarambos. Non qu'il éprouvât la moindre sympathie pour le vieux sage bavard, s'empressa-t-il d'expliquer pour dissiper toute équivoque; mais un lointain rapport de parenté l'unissait à Xanthippe, la propre femme de Socrate. Il n'est pas de coutume, déclara-t-il, de se débarrasser ainsi de quelqu'un qui, fût-ce par l'accident d'une alliance, appartenait tout de même à la Famille. Thearion déclama une longue tirade confuse, remplie de références et de citations d'Homère. Sa position n'était pas très claire, mais on le sentait piqué par la jalousie – car le nom du bel Alcibiade revint fréquemment dans son discours. Quant au frère Ajax, il préféra laisser parler Raptos. De toute évidence, ils s'étaient mis d'accord avant la réunion. Raptos ne proposa rien de moins que de brûler l'Académie, un jour où tous ses membres y seraient réunis.

« Oncle Mithaicos était demeuré impassible, son visage impénétrable. Attentif aux arguments de chacun, les yeux mi-clos, ses sentiments étaient aussi difficiles à deviner qu'une énigme du sphinx.

« Après que chacun eut parlé, il s'avança à nouveau au

centre du cercle que formaient les hommes : “ Mes amis, je vous ai écoutés, et entendus. Chacun a dit ce qu'il croyait être la meilleure solution. Il faut maintenant prendre une décision. Sarambos, mon cher cousin, il est trop tôt pour envisager un règlement, disons définitif. Pour des raisons techniques, d'abord : s'il arpente sans cesse les rues de la Cité, Socrate n'est jamais seul. Il s'entoure de jeunes gens, qui sont souvent les rejetons de familles illustres. L'obstacle pourrait évidemment être surmonté, mais la moindre bavure serait catastrophique. J'ai demandé à mes hommes de faire des repérages, durant la discussion du *Phèdre* : leur rapport est négatif. Trop de risques. ”

« Oncle Mithaicos avait l'habitude de marcher de long en large quand il réfléchissait. Ses déambulations le conduisirent devant la toile de lin qui me dissimulait. Je me recroquevillai, tel un enfant dans le ventre de sa mère. Dieux merci, il se retourna brusquement et rejoignit le cercle : “ L'essentiel est ailleurs. Pour l'instant, Socrate se contente de parler. Sans doute tient-il des propos blessants et injustes sur nos Familles et leurs activités. Je ne prends pas ses mots à la légère, mais ils ne sont que paroles. Si personne n'a l'idée saugrenue de les retranscrire – et je ne vois pas qui ces interminables dialogues pourraient intéresser –, tout le monde les oubliera vite. Il n'est donc pas nécessaire d'éliminer Socrate. Il convient juste de le discréditer et de ruiner sa réputation. ”

« Le Parrain s'adressa alors à Raptos : “ Tu es bien un neveu d'Aristide-le-Juste ? ”

« L'irascible contrebandier d'épices opina. “ Tu vas te débrouiller pour que la belle Myrtho, la fille de ton oncle, rencontre Socrate. Elle est folle de son corps et saura bien le séduire. Nous ferons alors courir le bruit que Socrate est bigame... ”

« Merinos tenta bien de protester : l'honneur de Xanthippe en serait éclaboussé, et sa propre lignée ridiculisée ! Mithaicos le calma d'un geste : “ Ce n'est que le premier aspect de mon plan, Merinos. Tu es impulsif et bouillant comme Achille ! Garde patience et écoute la suite : nous connaissons tous les penchants de Socrate pour les jeunes garçons et ses virées nocturnes. J'avais espéré le piéger avec le bel Alcibiade lors de son Banquet, ajouta-t-il en fixant froidement Thearion. Mais, malgré ses poses provocantes et ses manœuvres de séduction, Alcibiade n'a pas su faire céder le vieux, qui devait se douter de quelque chose. Nous allons lui envoyer Euthydème, qui travaille pour nous depuis son *Traité sur les légumes et les salaisons*. Moins pour le séduire, cette fois, que pour le convaincre de cesser ses attaques contre nos Familles... En cas d'échec, je réunirai à nouveau le Conseil des cinq familles, et nous envisagerons des mesures plus radicales. ”

« La réunion fut levée mais, déjà, peur et excitation mêlées, je m'étais endormi dans ma cachette. »

Aurore, attentive au récit de Lombardi, parut regretter qu'il s'interrompît. Notre hôte se leva et alla chercher, sur une étagère de la pâtothèque, un coffret à cigares. Nous choisîmes l'un et l'autre un numéro 2 de Davidoff, Aurore optant pour un long cigarillo. Lombardi fit durer comme à plaisir la cérémonie de l'allumage, n'omettant aucun des gestes rituels. Tel un Centaure, il expirait la fumée par ses naseaux, qui se répandait dans la pièce en épaisses volutes.

Aurore le pressa de reprendre :

« J'ai rencontré, dans mes études, l'hypothèse de la bigamie de Socrate...

– Et pour cause, ma douce ! L'insinuation eut un vif écho, car Socrate avait trois fils. L'aîné, Lamproclès...

– Celui qui vient se plaindre à Socrate, dans *Les Mémorables* de Xénophon, de l'humeur acariâtre de sa mère ?

– Celui-là même ! Mais sa mère... Est-ce de Xanthippe qu'il s'agit, dont les colères étaient légendaires ? C'est probable, mais nulle part elle n'est nommée. Il n'en fallait pas plus pour lancer la rumeur évoquant une seconde femme. D'autant que les deux autres fils de Socrate, Sophronisque et Ménexène, étaient beaucoup plus jeunes que leur aîné! Le dernier était même en bas âge au moment du procès – vous me suivez? Il n'y avait donc aucune difficulté à laisser entendre, au marché ou sur l'agora, que le troisième enfant de Socrate...

– ... lui venait de Myrtho! » s'exclama Aurore.

Dans un nuage de fumée, un méphistophélique éclat de rire accueillit la déduction de l'étudiante en philosophie. Lombardi jubilait en évoquant l'affaire :

« Le comble, c'est qu'Aristote lui-même s'est fait le complice involontaire du complot ourdi par oncle Mithaicos! En effet, tu dois te souvenir, Aurore, qu'au livre II de sa *Rhétorique*, il s'en prend aux descendants de Périclès et de Socrate, tout " de sottise et de lourdeur ".

– Non, avoua Aurore avec une probité intellectuelle devenue rare de nos jours, où chacun prétend toujours " relire " des ouvrages qu'il n'a jamais ouverts! Je ne me rappelle plus du passage...

– *Magister dixit*! enchaîna Lombardi *. Aussitôt, les " petits aristotéliciens ", appointés par la Famille et édités par elle, se ruèrent dans cette brèche : Aristoxène, Satyros le bien-nommé ou Démétrios de Phalère s'en donnèrent à cœur joie. La bigamie socratique était la première responsable de cette décrépitude familiale, l'intempérance en était à la fois la cause matérielle, la cause motrice, la cause formelle et la cause finale. »

Ne voulant pas que la discussion sombre dans une trop grande technicité qui m'aurait laissé sans voix, je coupai court aux probables développements sur la lecture thomiste de la théorie des Quatre Causes et, maussade :

« Le résultat des courses? »

Lombardi et Aurore échangèrent un regard désolé devant tant de trivialité. Il me répondit en soupirant :

* « Le Maître l'a dit » : formule employée par les scolastiques médiévaux comme argument d'autorité quand ils citaient Aristote. (*N.d.T.*)

« Les attaques furent menées avec tant de zèle qu'elles aboutirent à la pire des confusions. Ainsi, Diogène Laërce tient que Myrtho a été la première femme de Socrate, quand Diogène, lui, croit savoir qu'elle fut sa seconde épouse, alors qu'Aristoxène affirme que Socrate les eut ensemble! Peu importe, au fond : le mal était fait, et les érudits en disputent encore! »

L'infamie le faisait rigoler, Lombardi! Il ne parvenait pas à masquer l'allégresse que lui causait l'évocation des bonnes blagues de l'oncle Mithaicos. Aurore, elle, ne souriait plus. Et c'est avec une certaine sévérité qu'elle l'interrogea sur la deuxième phase du plan fatal.

« La rencontre avec Euthydème, reprit Lombardi, a été immortalisée par Platon. Sans doute notre homme se fit-il rouler dans la farine par le vieux philosophe...

– C'est le moins qu'on puisse en dire! renchérit-elle.

– Si tu l'avais vu, au sortir de l'entretien! Il nous tenait des propos sans queue ni tête, affirmant ne plus savoir s'il était le fils ou le père de son père. Oncle Mithaicos lui fit remarquer que cette incertitude pouvait avoir de très fâcheuses conséquences... surtout pour un Sicilien! Mais il avait pu remplir sa mission et glisser son message, lourd de menaces, en profitant d'un moment d'inattention de Platon.

– Ce qui expliquerait l'absence de cet épisode dans le dialogue?

– Peut-être, peut-être, fit Lombardi, songeur, en se grattant le menton. Pour ma part, j'ai toujours pensé que l'épisode se situait juste après que Clinias eut évoqué la manière dont " les chasseurs remettent leur prise aux éleveurs de cailles ".

– Qu'est-ce qui t'autorise à une telle interprétation? risqua Aurore, non sans une certaine vivacité. On ne doit pas faire dire n'importe quoi aux textes! »

Lombardi tira sur son cigare avant de la gratifier d'un sourire indulgent :

« Tu as raison, ma douce. Il ne faut pas plaisanter avec la

déontologie. Voici mes arguments : ce passage est une allusion à peine voilée à la Famille, qui monopolisait tout le commerce des cailles entre Athènes et ses comptoirs. D'autre part, Euthydème n'était pas venu seul, au cas où les choses auraient mal tourné. C'était une consigne impérative, fixée par Mithaicos lui-même. Ce qui t'explique pourquoi, dans un dialogue qui porte pourtant son nom, Euthydème a dû partager la vedette avec son complice Dionysodore, lequel était venu armé. »

Je goûtais peu, je dois le dire, l'intimité qui naissait de ces échanges entre Lombardi et Aurore. Mais j'avais beau fouiller dans ma mémoire, à part l'inévitable allégorie de la caverne qui avait constitué, comme pour tout un chacun, mon premier cours de philo au lycée, je ne savais rien de la doctrine platonicienne. Aucune réminiscence qui m'eût permis d'intervenir et, surtout, de capter un peu de l'attention d'Aurore que Lombardi polarisait. Il ne me restait plus qu'à poser des questions – ce qui n'est jamais mal vu d'un philosophe – pour ne pas me faire tout à fait oublier.

« A supposer que vous disiez vrai, la menace eut-elle de l'effet ? »

Lombardi tourna la tête vers moi, étonné de ma curiosité :

« Socrate cessa pour un temps toute allusion malveillante à la Famille et à la cuisine, préférant s'interroger sur les Hypothèses de Parménide, qui n'était pas pour nous un concurrent vraiment dangereux. Pas assez dynamique ! »

Angelo Lombardi se leva lourdement de son fauteuil et se mit à arpenter la pièce, tirant de grosses bouffées du cigare à moitié consumé.

« Pourquoi les choses n'en restèrent-elles pas là ? »

Feint ou pas, il y avait un vrai regret dans sa question. Un bout de cendre tomba sur le peignoir.

« A cette époque, pour rentabiliser le monopole que nous détenions sur la fabrication du pain et la distribution des viandes, oncle Mithaicos eut une idée géniale.

« Il décida que personne ne pourrait plus acheter de viandes ou de poissons, sans se procurer obligatoirement deux pâtes de pain étalées, bien minces, entre lesquelles il convenait désormais de les faire cuire.

« Ce dont les Romains hériteront sous le nom de *lagane*, nos actuelles *lasagne*, étaient nées!

« Il y eut bien quelques violents accrochages entre Familles, notamment avec les frères Machoukembos qui avaient la haute main sur la distribution des fromages de brebis et l'huile d'olive. Après quelques règlements de compte sanglants sur les quais du Pirée, Mithaicos, qui contrôlait les dockers, remporta la victoire. Et les *lasagne* quadruplèrent notre fortune, que mon oncle réinvestit pour une part dans des opérations immobilières qui font, aujourd'hui encore, la joie des touristes...

« Fut-ce le luxe insolent de nos tables? Socrate reprit ses attaques contre la cuisine, l'opposant à la médecine, la vilipendant comme sœur jumelle de la sophistique. En bref, si on l'écoutait, Athènes, soumise à la flatterie du sens des Rhéteurs, succombait aussi à la tentation des sens mijotée par les cuisiniers!

– Mais il n'y avait là rien de nouveau?... objecta Aurore.

– Une goutte d'eau fit déborder le vase. Ce qui décida oncle Mithaicos à en finir, ce fut une attaque ouverte de Platon contre notre terre natale si chérie, la Sicile.

« Vous comprenez, tant que la critique restait métaphorique – la Cité grossissant, se chargeant d'humeurs et ne suivant aucun bon régime –, ses propos étaient encore supportables. Mais lorsque Mithaicos eut vent du compte rendu de Platon sur son premier voyage en Sicile, il estima que le fondateur de l'Académie dépassait la limite et décida de frapper. »

Lombardi nous dévisagea comme par défi :

« N'attendez pas de moi que je donne tort à mon oncle sur ce point! aboya-t-il. Ce qu'il avait écrit était abominable!

– Laissez-nous-en juges, fis-je, souverain.

– Il y dépeint la répugnance que nous, Siciliens, lui inspirions, en nous “ goinfrant deux fois le jour ” et en “ ne dormant jamais seuls la nuit ”. Il y dénonce notre oisiveté, nos festins, et nos “ beuveries ”, “ sans compter, écrit-il, le sérieux avec lequel ils se donnent mille peines pour les plaisirs de l'amour ”! *

– Il faut être sicilien pour considérer de tels propos comme une injure! »

Aurore avait souri à ma repartie. Elle avait souri! Je m'apprêtais à redoubler d'ironie, quand Lombardi me coupa une nouvelle fois l'herbe sous le pied.

« Mon pauvre ami (cette formule condescendante m'exaspérait, elle semblait le ravir), vous n'y êtes pas. Mais alors, pas du tout! Vous ne comprenez donc pas?

« Non content de mettre en cause nos réseaux d'alimentation, le premier des disciples de Socrate osait ouvertement s'en prendre aux substantielles ressources que nous rapportaient l'amour tarifé et le commerce des femmes – déjà menacés par son ridicule projet de communisme communautaire...

« L'alerte était trop sérieuse. Nous ne pouvions plaisanter sur un sujet pareil, où sont en jeu plus que les affaires, plus que l'honneur : la réputation. L'odieux instigateur devait être éliminé. Sa mort fut acquise à l'unanimité moins une voix, Merinos ayant demandé à son oncle Mithaicos l'autorisation de ne pas prendre part au vote “ pour raison de famille ”. »

Aurore, qui ne pouvait avoir le moindre doute sur le funeste dénouement de cette sombre affaire, ne s'y résignait pas : elle tenta une ultime diversion, afin de retarder la fatale échéance :

« Mais comment s'y prirent-ils? »

Lombardi ricana :

« Comme toujours, les choses n'ont pas changé! Oncle Mithaicos tenait certains hommes politiques, dont il avait favorisé la carrière. Il convoqua Mélétos, Anytos et Lycon. En quel-

* Selon toute vraisemblance, c'est le passage 326 b de la *Lettre VII* qu'Angelo Lombardi incrimine ici. (*N.d.T.*)

ques heures, le dispositif était bouclé. Sur les cinq cent un juges que comptait le Tribunal, deux cent cinquante-deux seraient achetés, pas un de plus. Mon oncle n'aimait pas les dépenses inutiles. »

Lombardi leva les bras au ciel :

« Il faut toujours compter avec les impondérables ! Mélétos était un minable ! Il fit un réquisitoire si lamentable, auquel ce salaud de Socrate répliqua avec tant de conviction, que certains juges en furent ébranlés et s'apprêtaient à voter l'acquittement. Lycon dut obtenir une suspension d'audience pour en corrompre vingt-huit autres.

« Voilà pourquoi, au bout du compte, Socrate fut condamné par deux cent quatre-vingts voix, contre deux cent vingt et une pour l'acquittement. »

Un silence de mort suivit le verdict. Aurore était trop émue pour parler, et moi, je ne savais que dire.

« D'ailleurs, reprit Lombardi avec une gaieté déplacée, oncle Mithaicos se fit communiquer la liste nominale de ceux qui avaient voté l'acquittement – qu'il appelait " le Manifeste des deux cent vingt et un ". Dans les mois qui suivirent le procès, deux cent dix-sept périrent de mort violente, les quatre autres ayant disparu en mer dans des conditions suspectes et jamais élucidées.

« Oncle Mithaicos ne plaisantait jamais en affaires. »

Je m'éclaircis la voix, embrumée par l'âcreté du cigare qui m'avait donné vaguement mal au cœur :

« C'est votre... Famille qui procura le poison à Socrate ?

– Bien sûr, quelle question ! Mais, malgré les pressions exercées, il ne put être liquidé aussitôt après la sentence. Nous étions en période de commémoration du combat de Thésée contre le Minotaure et, durant le pèlerinage à Délos, aucune peine capitale ne pouvait être exécutée. Ce sursis donna d'ailleurs au vieux l'occasion d'un ultime défi à la Famille...

– Ah oui ? Et lequel ? »

Lombardi grimaça. Il aurait visiblement préféré faire l'économie du détail de l'épisode.

« A en croire le *Phédon*, répondit-il de mauvaise grâce, les derniers mots de Socrate furent pour s'adresser à Criton, en lui faisant promettre d'honorer une dette envers la divinité qui rétablit la santé.

– " Criton, dit-il, nous devons un coq à Asclépios ", récita Aurore comme en prière.

– L'apostrophe est fameuse autant qu'énigmatique et, après le commentaire de Nietzsche, elle a suffisamment intrigué Georges Dumézil pour qu'il y consacre une étude. Un moment, nous avons craint qu'il ne découvre le pot aux roses. Mais il est passé à côté de l'essentiel.

– Quelle en est donc la clef? interrogea Aurore.

– Des négoces alimentaires qui étaient entre nos mains, seul le commerce des coqs échappait encore à l'emprise de la Famille.

« Par cette formule, Socrate dénonçait à la postérité les commanditaires de son meurtre. Mais personne ne comprit jamais le sens de ce message codé. Ceux qui s'en approchèrent furent tour à tour éliminés. »

Socrate, victime de la maffia!

La révélation nous laissait abasourdis. Aurore rompit timidement le silence :

« Je comprends mieux, maintenant, l'insistance d'un de mes éminents professeurs, André S., qui nous répétait souvent d'un air entendu : " Méditez sur le fait que les Siciliens ont à la fois inventé les lois du discours et la loi du silence "... Ce qui expliquerait le développement ultérieur de la philosophie, s'éloignant de Sicile pour aller vers Alexandrie... »

Angelo Lombardi approuva de la tête.

« Mais alors, poursuivit Aurore, y aurait-il un rapport entre la mort de Socrate et l'incendie de la Grande Bibliothèque? »

Lombardi, toujours muet, ponctuait d'un signe chaque étape de la déduction de la jeune femme.

« Ainsi donc, la thèse d'Umberto Eco dans *Le Nom de la rose* ne serait que poudre aux yeux?! L'attentat n'aurait pas pour origine le traité sur le rire du pseudo-Aristote, mais la découverte du " contrat " sur Socrate?! »

Elle s'enflammait, elle aussi. Lombardi jugea préférable de l'interrompre.

« Aurore, comprends que je ne puisse t'en dire plus. Admire seulement le savoir-faire de la Famille, capable d'inventer le " contrat " plus de vingt siècles avant les philosophes politiques.

« Et dis-toi, en ce qui concerne Umberto Eco... »

Sa phrase resta en suspens, cependant qu'il nous mimait le geste de l'*omerta*.

« Eco, il est italien, non? »

Je ne pouvais croire un seul instant que l'ingénieux sémiologue ait prêté son étincelante érudition à un aussi vil dessein. Mais le poison instillé par Angelo Lombardi commençait déjà à faire sentir ses effets. Où le roman d'Umberto Eco avait-il en effet rencontré un succès aussi phénoménal qu'inattendu? En Italie, d'abord. Aux États-Unis, ensuite...

Pareille « coïncidence » ne pouvait qu'alimenter le pire des soupçons.

Lombardi prit conscience de l'effet désastreux de son récit. Déjà, le regard que posait Aurore sur sa lourde silhouette avait changé. Comme un être qu'on croit chérir inconditionnellement et qui, pour mettre votre amour à l'épreuve, se délivre du fardeau d'une infamie qu'il a commise jadis, je devinais la jeune femme aux prises avec un torturant tourment : comment pouvait-elle continuer à aimer l'héritier des meurtriers de Socrate, elle qui avait consacré ses plus belles années à l'austère étude de la philosophie? Sans craindre l'anachronisme, je trouvais ce conflit cornélien : c'était pis qu'être amoureuse de Rodrigue (« il est joli garçon, l'assassin de papa »). Malgré ses affirmations hautaines, la philosophie n'avait pas tant de martyrs que ça... Et parce que c'était elle, et parce que c'était lui – Aurore souffrait.

Je risquai une digression pour détendre l'atmosphère. En rugby, on eût dit que je bottais en touche :

« Vous nous avez dit que les Romains ont hérité des Grecs les *lasagne*? D'où tenez-vous la chose? »

Une lueur de soulagement reconnaissant brilla dans l'œil de Lombardi. Il se leva prestement, avec une agilité surprenante, bomba le torse, écarta ses bras avec la simplicité spontanée d'un Luciano Pavarotti entamant le « *Lunge da lei* » qui ouvre l'acte II de *La Traviata*, et se mit à déclamer :

« *" Frustra suminis cocti, pulpas piscium, pulpas pulli, ficetulas uel pectora turdorum cocta et quaecumque optima fuerint, haec omnia concides diligenter praeter ficetulas. Oua uero cruda cum oleo dissoluis. Teres piper, ligusticum, suffundes liquamen, uinum, passum, et in caccabum mittis ut calefiat, et amulo obligas. Antea tamen pulpas concisas uniuersas illuc mittes, et sic bulliat. At, ubi coctum fuerit, leuabis cum iure suo et in patella alternis de trulla refundes cum piperis grana integra et nucleis pineis ita ut per singula coria substernas diploidem, dein* laganum *similiter. Quotquot* lagana *posueris, tot trullas impensae desuper adicies. Vnum uero* laganum *fistula percuties et super impones. Piper asparges. Ante tamen illas pulpas ouis confractis obligabis et sic in caccabum mittes cum impensam. Patellam aenam qualem debes habere infra ostenditur. "* »

(Je ne voudrais offenser personne, mais on me dit de toute part que l'état actuel de notre enseignement, tant secondaire que supérieur, rend improbable le succès public d'un livre qui offrirait en son sein une version latine à ses lecteurs, fût-ce en authentique latin de cuisine. On comprendra que je ne puisse, dans cet ouvrage moins qu'ailleurs, rester insensible à une préoccupation d'ordre alimentaire. Cédant donc à l'appétit de mon éditeur – qui, je tiens à le souligner pour dissiper toute équivoque et couper court à la rumeur, n'a eu, lui, aucun mal à déchiffrer ce texte dans sa langue originale –, je crois préférable de fournir au lectorat la précieuse traduction de M. Jacques André :

« Prenez de la tétine de truie cuite et coupée en morceaux, de la chair de poisson, de la chair de poulet, des becfigues ou des filets de grives cuits et tout ce que vous aurez de meilleur. Hachez le tout soigneusement, excepté les becfigues. Délayez des œufs crus avec de l'huile. Pilez du poivre et de la livèche, mouillez avec du garum, du vin et du vin paillé, mettez à chauffer dans une cocotte et liez avec de la fécule. Mais auparavant jetez-y tout votre hachis et laissez bouillir. Après la cuisson, enlevez du feu avec le jus et versez à la louche par couches dans un moule, avec du poivre en grains et des pignons, de façon que, pour chaque couche, vous placiez d'abord au fond une abaisse, puis de la même façon une *feuille de pâte*. Alternez les *feuilles de pâte* et les louches de farce. Placez au sommet une *feuille de pâte* percée d'un roseau creux. Saupoudrez de poivre. Mais auparavant liez les chairs en cassant des œufs et mettez ainsi dans la cocotte avec la farce. Voir ci-dessous quel moule de bronze on doit utiliser. »)

Quel étrange pouvoir de fascination ce monstre exerçait-il sur Aurore? Soucieuse et presque hostile une minute auparavant, elle souriait maintenant de ses deux fossettes à un Lombardi qui, théâtral, s'était plié en deux pour saluer l'assistance et attendre l'ovation. Ses yeux brillaient. Enchantée...

Je trouvais, quant à moi, un peu facile d'évacuer de la sorte les effluves de ciguë qui planaient encore dans la pièce. Je devais être jaloux, voilà tout. Il n'était plus question de dissimuler mon agacement. Pourquoi lui avoir tendu cette perche, qui lui avait permis de s'en sortir à si bon compte?

Je décidai de monter au créneau.

« Ah! Ah! fis-je entendre en modulant le trille. Pourrait-on savoir ce que vous tirez de ce charabia? »

Médusé, il me dévisagea. Étais-je devenu fou de m'opposer ainsi à lui?

« Là, vous me décevez, jeune homme! Un charabia! N'auriez-vous pas reconnu la recette dite de la " patina d'Apicius ", au livre IV du *De Re Coquinaria*? Ne me dites pas que vous ne connaissez pas M. Gavius Apicius qui, après avoir dépensé des sommes folles pour les plaisirs de la table, préféra s'empoisonner quand il ne lui resta plus que 10 millions de sesterces – somme qu'il trouvait dérisoire pour organiser comme il l'entendait ses festins?

– Empoisonné? Tiens donc, lui aussi?... »

Aurore me fusilla des yeux. Quant à Lombardi, il préféra ne pas relever mon persiflage :

« Cette recette, fit-il, conciliant, est sans doute la première trace écrite sur les *lasagne* que nous connaissions. »

Je poussai un soupir accablé :

« Vraiment? »

Mon ironie commençait à le troubler.

« Une objection? »

Sûr de mon effet, j'allumai tranquillement une cigarette, en tirai lentement deux bouffées, gratifiai Aurore d'un sourire glacial avant de me lever, face à Lombardi. Nous devions ressembler à deux gladiateurs s'observant avant le combat, dans une parodie à la Monty Python du *Spartacus* de Kubrick.

« Lombardi, vos continuelles insinuations d'inculture commencent à me lasser. Vous sous-estimez par trop vos interlocuteurs, et votre souci de m'humilier devant Aurore mérite une petite leçon. La voici : non seulement je connais l'œuvre d'Apicius pour en avoir essayé quelques recettes mais, figurez-vous, je me suis aussi intéressé à l'histoire de ses traductions. Je vous concède qu'une vieille tradition veut en effet voir dans le *laganum* latin l'ancêtre des *lasagne*. Mais la chose n'est rien moins qu'établie. Si vous étiez moins présomptueux, il vous arriverait de consulter le " Gaffiot " et de constater qu'on y traduit *laganum* par " crêpe " ou " beignet ".

« La recette d'Apicius que vous nous citez pourrait être celle d'un pâté en croûte, d'un feuilleté farci, que sais-je encore?... »

Je bombai le torse et dressai un index menaçant :

« La " feuille de pâte " ne suffit pas à définir les pâtes! Le critère essentiel doit être celui d'une cuisson en milieu humide! Autrement dit, nous devons rechercher qui, le premier, a eu l'idée de mettre une feuille de pâte dans de l'eau bouillante pour la faire cuire, Or, votre texte indique, au contraire, une cuisson sèche, four ou friture.

« Je conclurai avec Flaubert, Bouvard et Pécuchet : " Les faits de la sensibilité morale, au contraire, ne doivent rien au corps. Qu'y a-t-il de commun entre le plaisir d'Archimède trouvant les lois de la pesanteur et la volupté immonde d'Apicius dévorant une hure de sanglier? " »

Lombardi se balançait nerveusement d'une jambe sur l'autre, telle la statue d'un géant vacillant sur son socle.

« Vous n'avez pas l'ombre d'une preuve... »

Le suspense était à son comble. Quand il avait murmuré ces mots, comme si je venais procéder à son arrestation, Aurore s'était levée pour lui faire un rempart de son corps.

Aussi glacé que Marlowe arrêtant le coupable et, désabusé, reconnaissant comme sa complice la femme qu'il avait cru aimer, je laissai tomber d'un air las :

« Horace, *Première Satire*, VI. Écoutez-le raconter : après avoir flâné au forum, je cite,

" *inde domum me*
ad porri et ciceris refero **laganique** *catinum* ",
" et je rentre chez moi,
où m'attend un frugal souper composé d'un plat de poireaux,
de pois chiches et de **lagane** "!!

« Ces " **lagane** ", Amar, dans son édition de 1872 de la collection Panckouke, les traduit par " beignets ". Plus récemment, François Richard a proposé " gâteaux frits ".

« Peu importe, à la vérité : imaginez-vous seulement Horace, rentrant chez lui et évoquant un “ frugal souper ” pour parler des *lasagne*?!... Absurde, non?!

« Lombardi, je suis désolé et ravi d’avoir à vous infliger cette cruelle déception : contrairement à l’idée reçue, il est probable que les *lasagne* ne viennent pas du latin **laganum**. J’opte résolument pour une autre hypothèse : la filiation d’avec **lasanum**, mot qui, s’il signifie chez Pétrone le pot de chambre, désigne chez Horace le support à pieds d’une marmite. Marmite qui, plus tard, sera remplie d’eau (la cuisson humide!) pour qu’on puisse y faire cuire les pâtes! CQFD. »

Angelo Lombardi, avec une détermination menaçante, fit un pas vers moi. J’étais sur mes gardes. A ma grande honte, il me tendit la main et, dans un sourire qui ne semblait pas feint :

« Amis ou adversaires, j’aime qu’ils soient à la mesure de ma folie. Vous venez de marquer un point d’importance. Laissez-moi vous en féliciter sans arrière-pensée. »

Notre poignée de main dura comme si les flashes de la presse mondiale devaient l’immortaliser. Angelo Lombardi nous demanda de l’attendre un moment et disparut. Nous entendîmes son pas lourd gravir l’escalier qui, du couloir, devait mener aux chambres.

Dès qu’il eut disparu, Aurore s’approcha. Sans un mot, elle m’enlaça et, avec une jubilante indécence, frotta son ventre contre le mien, d’un mouvement dont la régularité n’enlevait rien à la précision. Elle m’embrassa avec une fougue dont je ne savais si elle récompensait le vainqueur provisoire du tournoi, ou si elle fêtait ma réconciliation avec Lombardi.

Les saveurs de ce baiser rendaient soudain bien fades les sensations, pourtant extraordinaires, que m’avait procurées la Romanée-Conti.

Comme elle, les lèvres d’Aurore avaient la fraîcheur acidulée de la fraise des bois et de la framboise sauvage, mais y mêlaient, en un somptueux camaïeu de goûts et de parfums, le piquant de la mûre, et l'arôme entêtant de la vanille, et le velouté de l'abricot, et sa peau avait une douceur de pêche, et sa langue audacieuse le vif de la groseille, et mes paumes se risquaient à caresser ses pommes de seins, et ses yeux effilés en amande se fermaient et s'ouvraient sur les prunelles noisette, vigiles incrédules, incertains de devoir protéger un fruit rare défendu, elle était liane, elle était lierre, elle était menthe, je la rêvais amante, et l'infernale torture que m'infligeait le rythme lent des hanches donnait à ce baiser le pouvoir démoniaque de me laisser un peu plus assoiffé quand j'aurais cru, naïf, boire du petit lait et pouvoir m'en désaltérer...

Elle se dégagea doucement quand retentit le pas de Lombardi. Il apparut dans l'embrasure de la porte, les pans du peignoir comme un rideau de scène s'ouvrant sur le décor du ventre. Ses deux bras supportaient un énorme volume relié à l'ancienne, encore gris de poussière. Il émit un gros rire :

« Je suis allé chercher mon gage ! Tenez, il est désormais vôtre. »

Je pris le volumineux cadeau, plus lourd que je ne pensais, et choisis de m'asseoir : ses dimensions étaient telles que je l'ouvrirais plus aisément en le posant sur mes genoux.

C'était une très vieille édition, ornée d'arabesques en cuir et de caractères d'or. La traduction française de 1606 (anonyme) de l'édition posthume, dite Vigasco Cocaio, datant de 1552, du *Baldus* de Teofilo Folengo.

« Je voudrais vous convaincre, ami, fit gaiement Lombardi, que ma famille ne compte pas en son sein que truands et hommes de main. Elle peut s'enorgueillir de quelques noms illustres. Il me paraissait difficile, explorant ce que mon arbre généalogique a porté de pâtes, de ne pas célébrer celui qu'on considère souvent comme “ le père ” de la Littérature Macaronique !

« Curieux homme, lui aussi, que ce lointain cousin... »

L'évocation de Folengo paraissait le ravir, son nez frémissait de jubilation. Il brûlait de nous en parler et n'attendait qu'un signe. Ce fut évidemment Aurore qui l'en pria, avec l'impatience d'une enfant réclamant un nouveau conte, quand elle m'avait laissé sur les lèvres un souvenir de femme.

Lombardi se carra avec délectation dans le siège de camionneur, vida son verre cul sec et se resservit généreusement. Il posa la bouteille à ses pieds, sans même songer à rabattre son peignoir pour nous cacher la grosse grappe qui pendait de son bas-ventre et qu'il exhibait avec indifférence.

Seule la prestigieuse étiquette du Bourgogne empêchait qu'on le prît pour un banal clochard.

« Le bougre naquit à Mantoue aux alentours de 1496. A vingt ans, il est déjà bénédictin. La chose a son importance : on dit souvent de mon aïeul qu'il a créé l'art macaronique. Mais l'amour de la famille ne saurait contredire à l'amour de la vérité. Tifi Odasi, par exemple, l'a précédé avec son *Macaronea.* Je pourrais aussi citer Fischart, car l'Allemagne n'était pas en reste.

« Toujours est-il que les bénédictins ont joué là un rôle éminent : parti de Padoue, riche en monastères, siège d'une prestigieuse université, le macaronisme a essaimé dans toute l'Italie. Mettant leur science de l'antique au service de canulars, de détournements de sens et d'étymologies fantaisistes, jouant sur les rapprochements entre latin savant, latin vulgaire, toscan, patois locaux, langues étrangères et langages techniques, les moines de saint Benoît vont inventer une langue improbable. Elle ne pouvait avoir que la *pasta* comme emblème, tant tout y devait être touillé !

« Mon cousin Teofilo n'a pas trente ans quand il jette son froc, et l'on dit qu'il parcourut dix ans durant l'Italie en tous sens, accompagné de la femme qu'il aimait et qu'il avait séduite quand il était en robe... et de sa mère ! Preuve de l'importance de la famille, dans la Famille !

« Sa vie fut si débridée qu'on lui connaît un nombre invraisemblable de pseudonymes : Merlino Coccajo, Limerno Pittoco, “ le gueux ”. Et? Et?... »

Aurore et moi hochâmes la tête : nous ne savions pas.

« Merlin Coccaie, enfin! Celui que cet hypocrite franciscain de Rabelais a complètement pillé! L’enfance de Pantagruel n’est, par bien des endroits, que le décalque de *L’Orlandino* de mon cousin Teofilo! Et comme par hasard, c’est dans le *Quart Livre* qu’on trouve la première attestation en français de l’expression “ vers macaronique ”! Ça ne vous dit rien, ça?! »

Nous le laissâmes digérer son indignation. Il reprit :

« Après bien des années de voyages, d’aventures et de misère, il fait soumission à Rome et réintègre le monastère. Mais l’esprit est frondeur, et il passera le reste de sa vie à parfaire son *Baldus.* L’ouvrage ne comptait que dix-sept livres quand il parut en 1517 : la dernière édition dont vous tenez la traduction en main n’en comprend pas moins de vingt-cinq!

« Voulez-vous, je vous prie, vous reporter aux pages indiquées par les signets? »

Je m’exécutai.

« Lisez! ordonna Lombardi. »

A cette page, il était question d’un banquet où des nymphes grattaient le fromage avec des râpes percées :

“ Les unes se travaillent à former des tendres goudiveaux ”...

– “ teneros gnoccos ”, dit le texte original! grommela Lombardi.

– “ ... Autres, maniant la paste, emplissent cinquante bassins de gras beignetz et crespes ”...

– “ Pompardis grassisque lasagnis ”...

– “ ... et les autres, voians la poisle boüillir par trop, s’occupent à tirer hors les tisons, et soufflent dedans...” »

Pensif, je refermai le livre. Si j’avais cru tout à l’heure piéger Angelo Lombardi sur les *lasagne*, j’en étais pour mes frais. Ce démon n’ignorait rien de l’histoire du mot, comme il avait déjà dû en expérimenter la totalité des recettes...

Il s'adressa à moi, sourire aux lèvres. Un vrai sourire, sans trace de revanche ou de la moindre hostilité.

« Allons, ne faites pas cette tête! Nous sommes trop peu nombreux à aimer, comme vous et moi, le monde fabuleux des pâtes, à tenter d'en percer les mille et une énigmes, à en déjouer les pièges, pour continuer à nous quereller comme des coqs devant Aurore.

« Unissons nos efforts : il y a tant de choses encore à découvrir en la matière!

– Je m'incline, Angelo, et accepte de bon cœur que nous fassions cause commune. Nous sommes désormais de la même pâte. Puisque nous partageons une même folie, mettons notre savoir en commun! »

Aurore applaudit et, à la manière du « Un pour tous, tous pour un » des *Trois Mousquetaires,* nos bras s'enlacèrent pour porter un toast qui célébrât la fin des hostilités et la fondation d'une « Nouvelle Alliance », à côté de laquelle celle de Stengers et Prigogine ne serait bientôt qu'un aimable bouillon de culture.

« Il n'est pas impossible que vous ayez raison, me dit Angelo, quant à l'étymologie de “ *lasagne* ”. Peut-être faudrait-il verser au dossier le mot **laganatura** qui, en dialecte napolitain, désigne le rouleau pour étendre les *lasagne*... Allez savoir! En l'état actuel de nos connaissances, on ne saurait trancher. En revanche, le texte que vous avez lu ne souffre aucune ambiguïté : mon cousin parle bel et bien de pâtes, mais le traducteur français, qui ne doit pas encore savoir de quoi il s'agit, ne peut qu'écrire “ crêpes ” ou “ beignets ”.

« Lisez pour finir, je vous prie, la seconde page signalée. Elle vous ôtera vos derniers doutes...

– “ ... Cet art poétique est nommé macaronique à partir des macaronis, lesquels sont un plat mélangé de farine, de fromage et de beurre, épais, grossier et rustique; pour cette raison, le macaronique ne doit contenir que du gras, de l'inculte et des mots vulgaires ”...

– CQFD! » reprit Lombardi en éclatant de rire.

Je me serais volontiers laissé aller à la convivialité nouvelle de notre hôte et, moi qui ne détestais rien tant que les conflits, je m'apprêtais à savourer notre entente, quand Aurore, scrupuleuse comme un clerc de notaire, me rappela aux dures exigences qu'entraîne la recherche de la vérité :

« Pour qu'ils soient solidement étayés et n'éclatent pas lors du premier différend, dit-elle, il faut que vos accords soient passés dans les formes. Angelo, as-tu, oui ou non, en ta possession quelques références incontestables sur la naissance de la pâte en Italie ? »

Elle lui aurait demandé s'il consentait à la prendre pour épouse que Lombardi, les yeux baissés, visiblement ému, n'aurait pas mis moins de solennité à répondre :

« Oui.

– Il est de toute nécessité, poursuivit-elle, que tu les rendes maintenant publiques.

– J'en connais trois, répondit Lombardi. Trois traces écrites, dont rien ne saurait altérer l'authenticité et qui constituent le certificat de baptême de la *pasta* sur le registre de l'Histoire. Mais je suis ici, comme tout historien, obligé de me satisfaire du document d'archives. Il va de soi que les pâtes existaient avant ces témoignages, mais comment le prouver ?... »

Aurore l'arrêta d'un geste impatient :

« Angelo, nous avons tous ici lu Paul Veyne ! Une fois soulevé le problème épistémologique et admise cette réserve méthodologique, quels sont ces textes ? »

Nous étions suspendus à ses lèvres et salivions à la perspective imminente de cueillir le fruit d'années, voire de décennies, de recherches fébriles dans les cuisines des mots comme dans les bibliothèques des mets...

Il eut une ultime hésitation, haussa les épaules et se mit à table.

« Ma première source a l'énorme avantage de disqualifier une fois pour toutes l'encombrante légende qui voudrait que les pâtes fussent d'origine chinoise et qu'elles aient été rapportées en Europe par Marco Polo. Ce document date en effet du 2 août 1244 – soit quinze ans avant le départ de Marco Polo! C'est l'ordonnance d'un médecin de Bergame à un malade de Gênes, souffrant d'une infirmité à la bouche. Il lui prescrit de ne manger ni viandes, ni fruits, ni chous, ni... *pasta* :

"... et non debes comedere aliquo frutamine neque de carne bovina nec de sicca neque de pasta lissa nec de caulis... ". »

La citation latine fut proférée dans le silence de notre recueillement. Nous nous étions levés, Aurore et moi, conscients de vivre un événement d'une importance extrême.

Lombardi, digne et pâle, continua d'officier :

« Le second document date de 1338 environ. Il est de Lorenziano Gaddano, dont on a retrouvé le manuscrit à la bibliothèque Lorenzia de Florence :

"A quibusdam vermicelli *ut Tucis, a quibusdam* orati *ut Bolognensibus, a quibusdam* minutelli *ut Venetis, a quibusdam* fermentini *ut Regiensibus, a quibusdam* pancardelle *ut Amantuines...".* »

Angelo Lombardi avait les yeux baignés de larmes. Il sanglota :

« Quel texte admirable! Quel joyau inappréciable. Non content de faire de la pâte son " lieu commun ", il en tente une identification régionale! Ainsi, le vermicelle viendrait de Toscane; les *oriati* de Bologne; les *minutelli,* ces pâtes si fines qu'elles cuisent à la minute, de Venise; les *fermentini* de la Reggio Emilia. Quant aux *pancardelle,* ancêtres des larges *pappardelle* dont raffolent les Toscans, elles seraient nées à Mantoue... Chez mon cousin Folengo, qui sait?!

– Et la troisième source? enchaîna Aurore, soucieuse de ne

pas laisser Angelo s'abandonner à une nouvelle digression familiale.

– Plus classique, reconnut-il comme à regret. Et de dix ans plus tardive : une nouvelle du *Décaméron* de Giovanni Boccaccio, qui met en scène des jeunes gens trônant sur un énorme pan de parmesan. Ils y fabriquent *ravioli* et *maccheroni,* et les jettent dans du bouillon de chapon. Ils doivent ensuite les rouler sur le massif de parmesan. Lorsqu'ils en tombent, comme pierres de la montagne, c'est à qui en mangera le plus !

« Écoutez le poète étendre d'un geste sûr la pâte fine des mots :

"... in un contrada chiamata Bengodi... ed eravi una montagna di formaggio parmigiano che far maccheroni *e* raviuoli, *e cuocergli in brodo di capponi..."* »

J'allais interroger plus avant Lombardi sur ses découvertes quand Aurore, le geste autoritaire, exigea notre attention :

« On peut donc en déduire que les pâtes au sens strict – " cuisson en milieu humide ! " lança-t-elle en imitant ma voix – sont attestées dès la moitié du XIIIe siècle dans le nord de l'Italie, et un siècle plus tard dans la littérature toscane. On peut donc inférer qu'elles sont un aliment courant dans le haut Moyen Age, au moins dans la péninsule... »

Elle fit quelques pas, soucieuse.

« Angelo, il nous manque un de tes cousins qui pourrait nous aider à résoudre une dernière énigme : quand sont-elles apparues en France ? »

Lombardi s'approcha d'elle, lui prit la main qu'il baisa cérémonieusement :

« Vos désirs sont des ordres, *mia cara,* et votre ironie me pique au vif. C'est en effet un de mes ancêtres qui apporta la *pastasciutta* en France : le grandissime Domenico Romolli, génial cuisinier à la cour de Catherine de Médicis ! »

Je regardais ma montre, discrètement pour ne pas froisser notre hôte. Il était près de deux heures du matin, et nous n'en étions qu'à la moitié du XVIe siècle!

La Saga des Pâtes exigeait un entracte. Je m'apprêtais à le réclamer, quand Aurore insista pour qu'Angelo nous resservît un verre avant de commencer son nouveau récit.

Il me fallait désormais prouver mes bonnes dispositions. Je fis écho à sa demande.

Nous nous installâmes tous deux sur la banquette, Aurore posant sa tête contre mon épaule – la pose préférée de Clara quand elle venait à la maison... Clara!

Fébrile, je chuchotai :

« Tu as dit à ta sœur que nous étions ici?

– Non, je t'expliquerai, murmura-t-elle furtivement. Je lui ai seulement dit que nous passions la nuit ensemble... »

« La nuit ensemble! » A Clara!! Sa sœur!!! Les conséquences d'une telle légèreté allaient ramener *Hiroshima mon amour* au rang d'une bluette entre une Nivernaise et un Japonais, comme le dit Jean Poiret dans *Les Durs à cuire*...

J'allais argumenter, questionner, tempêter, supplier – mais Lombardi ne m'en laissa pas le temps.

« Il faut que vous le sachiez, les enfants, dût votre amour-propre national en souffrir : l'incontestable renommée de la cuisine française lui vient tout entière de l'Italie. J'espère que vous commencez à vous en persuader. Jamais, vous m'entendez, jamais la France ne pourra honorer la dette qu'elle a contractée à l'égard de la grande Catherine de Médicis. Mais l'ingratitude des peuples n'a d'égale que l'aveuglement des clercs! Bien peu reconnaissants, vos compatriotes finiront par la surnommer « l'empoisonneuse » et, dans son *Festin en paroles*, Jean-François Revel n'hésite pas à titrer l'un de ses chapitres " Le fantôme des Médicis " et part en guerre contre le " dogme " d'une révolution culinaire due à l'irruption de la cuisine italienne en France.

« Avec votre concours, nous rétablirons la vérité!

« Celle que le pape Clément VII a pris pour habitude d'appeler sa " nièce ", alors qu'elle n'est que sa petite cousine, quitte Florence le 1er septembre 1553, pour Pistoia, Carrare et enfin La Spezia, où l'attend le fier duc d'Albany. Sa flotte ne compte pas moins de vingt-sept unités : six brigantins, trois navires et dix-huit galères. Dans la galère royale, où voyage Catherine et officie mon aïeul, c'est par des chaînes d'argent que les trois cents rameurs sont attachés au vaisseau.

« Il fallut attendre un mois à Villefranche l'arrivée de la fastueuse escorte du pape qui, lui, venait de Livourne, après avoir fêté saint Côme à Pise.

« Trois cents canons, cloches à la volée et Marseille en liesse accueillent Catherine, le samedi 11 octobre. Conformément aux exigences de l'étiquette, le pape fera son entrée solennelle le lendemain, dimanche. Et, deux semaines plus tard, le Saint-Père bénira le mariage de Catherine et du taciturne Henri d'Orléans.

« Vieille idée que cette alliance! François Ier y pense depuis que Catherine et Henri, nés tous deux la même année, ont cinq ans. Mais la défaite de Pavie a fait tout capoter : Henri et son frère sont retenus en otages dans une prison madrilène, cependant que Catherine n'échappe aux furieux soulèvements de Florence qu'en étant confiée, d'abord aux dominicaines de Santa Lucia puis, l'épidémie de peste dévastant la cité toscane, aux bénédictines des Murate.

« Durant ces années, laissez-moi vous dire que les prétendants n'ont pas manqué pour la *duchessina,* la " petite duchesse d'Urbin ". Ivan Cloulas, l'inépuisable biographe de Catherine et d'Henri, en a dressé une liste édifiante. Parmi les Italiens, Guidobaldo della Rovere, duc d'Urbin; Federigo Gonzaga, marquis de Mantoue, et l'inévitable Francesco Sforza, duc de Milan. Mais aussi celui-là même qui assiège Florence, Philibert de Chalon, prince d'Orange. Et Jacques V Stuart, roi d'Écosse. Et encore Henri de Richmond, fils naturel d'Henri VIII.

« Je vous laisse imaginer ce qui serait advenu de la face du monde si les raffinements de la cuisine italienne s'étaient échoués en Angleterre !

« Quant au roi de France, il tient si fort à ce mariage qu'il ira même jusqu'à proposer, alors que les deux autres sont emprisonnés, son troisième fils, Charles d'Angoulême ! Après de longues tractations, Clément opte pour Henri et réalise là, croit-il, un beau doublé. Génie de la duplicité, il vient en effet de réussir à marier son bâtard Alexandre avec la fille naturelle de Charles Quint, Marguerite d'Autriche. Dans la corbeille, le titre de duc : Alexandre pourra régner sur Florence.

« Offrir Catherine à la France, c'est la promesse d'une alliance avec François contre les dévorantes ambitions germaines. Mais c'est aussi le moyen d'éloigner de Florence la menace que fait planer la seule descendante légitime du nom prestigieux qui s'y attache, Médicis. Vous saisissez ?! »

Étonnante fut la délicatesse avec laquelle, interrompant son récit, Angelo Lombardi but une petite gorgée de Romanée-Conti, renversant légèrement la tête pour mieux la faire tourner en bouche. Mais, sitôt achevé le luxueux gargarisme, il fronça les sourcils, souleva sa masse du tabouret et vint vers nous, verre en main, pas lourd et menaçant. A son approche, Aurore serra sa main dans la mienne.

« A peine passés, nos accords seraient-ils caducs ? Je vois bien ce que vous pensez, à votre air ahuri ! rugit-il. Le vieux déraille, il dit n'importe quoi ! Il s'égare ! Les trois pages qui précèdent n'ont pas leur place dans un roman ! Condescendants, vous ruminez dans votre for intérieur que je vous raconte l'Histoire comme dans les livres de la Librairie académique Perrin ! Comme avant les Annales !!! Mais laissez-moi vous dire ceci : j'ai le plus grand respect pour vos “ historiens des pratiques culturelles ”, comme on les appelle. Seulement moi... »

Il approcha son visage aux mille rides. Ses yeux brûlaient du feu des Habités. Il roula des yeux en regardant autour de lui, comme Nikolaï Tcherkassov déjouant le complot dans *Ivan le Terrible,* et chuchota :

« ... Tout ce que je vais désormais vous confier, je le tiens de la bouche même de mes aïeux. Et, pour commencer, de mon cousin Domenico Romolli en personne. Pour une raison simple... »

Il se laissa le temps de savourer notre désarroi et, pris d'une subite inspiration flaubertienne, laissa tomber :

« Domenico Romolli, c'est moi. »

Il se redressa et s'éloigna pour arpenter furieusement la pièce. Je ne pouvais qu'éprouver de la gratitude pour sa cyclothymie : Aurore s'était blottie tout contre moi. Elle suivait le géant d'un regard fasciné, sans la moindre crainte apparente. Elle devait être habituée à ses sautes d'humeur.

Lombardi fit une brusque volte-face et pointa vers nous un index comminatoire :

« Je ne poursuivrai que si votre incrédulité ne m'interrompt plus ! »

Ce furent deux gamins réprimandés par un maître fantasque qui secouèrent piteusement la tête en signe d'allégeance.

« Toutes les cérémonies ont été préparées par l'efficace et redoutable Anne de Montmorency, grand maître de France, qui n'a pas pour habitude de lésiner. " Marseille à cette occasion, dit un chroniqueur, s'honora de la plus fastueuse assemblée jamais réunie en Europe, comprenant la cour entière de Rome et la cour entière de France ".

« Satins blancs et velours violets, hermines, ceinture d'or ornée de diamants et de huit rubis-balais... Le pape est un bon tonton : le joyau de sa dot somptueuse est un pendentif inestimable de sept perles rares. Catherine l'offrira quelques années plus tard à sa bru, Marie Stuart. Élisabeth fit main basse sur les bijoux, que l'autre ne pouvait plus, et pour cause, porter autour du cou, et le pendentif fait aujourd'hui bonne figure dans le trésor de sa Très Gracieuse Majesté.

« Entre nous soit dit, c'est un véritable scandale historique : la guerre des Malouines eut un prétexte plus futile, non?

« Si vous aviez vu Catherine, quand elle fit son entrée solennelle dans la cité phocéenne! Même Vasari qui l'adore et dont, espiègle, elle a barbouillé un portrait qu'il faisait d'elle pour y apparaître en " femme maure " n'aurait pu peindre tant de grâce et de majesté. Sur un cheval blanc caparaçonné d'or et de cramoisi, elle est précédée de six chars entourés de trente jeunes filles montant des palefrois luxueusement harnachés. Dans sa suite, on reconnaît ses cousines, Paola Ruccellai, et Catherine Cibo, la duchesse de Camerino. Et, surtout, sa tutrice que j'ai longtemps servie, Marie Salviati, escortée de ses douze dames d'honneur dans son carrosse tendu de velours noir.

« Ce carrosse est tiré par deux chevaux, dont chacun porte un page. Regardez bien celui de droite, tout jeune et pourtant si sérieux : c'est Luchino, mon neveu, le fils de ma sœur Adriana.

« Car Domenico Romolli, sachez-le, n'a pas pour habitude d'oublier la Famille. Moi non plus, je ne suis pas venu seul. Et, dans ma suite, notre famille ne compte pas moins d'un sommelier de paneterie, cinq écuyers de cuisine, deux hâteux, deux sommeliers d'échansonnerie, un saucier et trois gardes-vaisselle.

« Tous plus ou moins cousins.

« Et c'est dans les banquets, fêtes et festins préparés ou servis à Saint-Germain, Fontainebleau, Blois, Amboise ou Chenonceaux, que les Français découvriront trombones et violons pour accompagner les danses, luth à quatorze cordes et épinettes de Venise pour chanter les poèmes. La mode est à l'Italie!

« Ainsi, quand j'ai continué à servir le trône de France et le roi Henri II, il m'est arrivé de préparer un repas pour le grand Luigi Alamanni, l'auteur du chevaleresque *Gyrone il Cortese* et de la *Coltivazione*, poète pensionné de la cour!

« C'était une époque merveilleuse. Les armures étaient

commandées à Negroni-Missaglia, de Milan! Partout, on parlait, on chantait italien!

« Tenez, un riche et influent personnage m'avait pris sous sa protection, Jean Grolier, trésorier des guerres en Italie, fine gueule, bon vivant et grand mécène.

« Il m'avait " emprunté " quelques jours et soustrait de la cour – le roi ne lui refusait rien –, et m'avait chargé d'organiser un repas " particulièrement soigné " en son hôtel. Nous passons deux jours à le préparer, aidés par la marmaille de mes petits-neveux. Au dernier moment, pour donner plus de solennité à mon travail, je décide d'assurer le service. Et vous ne savez pas qui je vois, à table, que je m'apprête à servir? Deux vieux amis venus d'Italie, Alde Manuce et Francesco Griffo! »

J'échangeai avec Aurore un regard piteux : ces noms ne nous disaient rien.

« Ne me faites pas croire que vous ne connaissez pas Francesco Griffo et Alde Manuce?! »

Interloqué, Lombardi répétait, comme un animateur de jeu désolé de voir les candidats courir à l'échec :

« Francesco Griffo? Alde Manuce?! »

Aurore feignait d'avoir la réponse sur le bout de la langue. Quant à moi, j'étais bien persuadé de n'avoir jamais entendu parler ni d'Alde, ni de Francesco!

Lombardi dut se résigner mais, visiblement, nous lui avions fait de la peine :

« Ce sont deux amis très chers. Le premier est un graveur de poinçons génial, qui a su réaliser un alphabet grec d'une incroyable élégance, avec esprits et accents. Il a souvent collaboré avec le cher Alde et tous deux ont bouleversé l'édition du livre! Qui a renouvelé l'esthétique des caractères romains? Francesco et Alde! Inventé les *italiques*, en s'inspirant, il est vrai, de l'écriture de Niccolo Niccolini? Alde et Francesco! C'est grâce à eux que Jean Grolier, de retour du Milanais, a introduit en France la reliure dorée " à l'italienne "! Et si les livres se tiennent aujourd'hui dignement debout dans les bibliothèques, c'est à ces sages qu'ils le doivent!

« Crénom! Sans nous autres, Italiens, connaîtriez-vous seulement le jardin public, que Catherine inventa pour la France aux Tuileries? Pourriez-vous vous donner rendez-vous à la fontaine des Innocents, avant d'aller vous enfermer dans votre *Café Coste*?! Et le château de Saint-Germain? Et le mausolée de Saint-Denis?!... »

Si Lombardi nous récitait la liste de tout ce que nous devions à l'Italie, nous n'étions pas sortis de l'auberge! Je choisis donc tactiquement de l'interrompre par une question :

« Tous ces illustres personnages s'intéressaient à la cuisine?

– Pas qu'un peu, mon neveu! s'exclama-t-il en tombant dans le piège. Je peux même vous donner une date... »

Il réfléchit un court instant!

« C'était le 3 ou le 4, oui, le 4 novembre 1532. Philibert de l'Orme, l'architecte qui construisit les monuments que je viens de vous citer, me fit l'honneur de venir jusque dans mes cuisines, où se préparait un festin de chasse au chevreuil. Il partait à Rome. Que fallait-il y manger et y boire?

« Je lui dressai aussitôt quelques menus typiques.

« " *I Primi* ", des *spaghetti alla carrettiera*, garnis de jambon, de champignons et de tomates; ou le succulent *timballo di riso alla nonna, risotto* au poulet, en sauce de courgettes et d'aubergines.

« " *I Secondi* ", je lui recommandai le *pollo al peperone*, poulet revenu avec oignons, tomates et poivrons. Ou encore des fruits de mer, *ciumachelle* ou *lumache di San Giovanni*.

« Je ne résistai pas à lui vanter le plat que j'avais créé pour le pape quelques années auparavant et dont tout me disait qu'un beau destin lui était promis : les *saltimbocca alla romana*. Plutôt que d'épaisses et grossières tranches de jambonneau, j'avais opté pour couper finement le jambon et m'en servir pour farcir du veau, mouillé de vin blanc et de Marsala, que je faisais revenir dans des tomates et des échalotes.

« Enfin, “ *I Dolci* ”, je le pressai de trouver un cuisinier qui fût capable, comme je l'eusse été moi-même si je l'avais accompagné, de lui préparer des *crostata di ricotta*, petites tartes au fromage, raisins et noisettes.

« Quant au vin, qu'il délaisse le fade blanc de Gascogne dont raffolait la cour de France, et qu'il découvre le charme subtil du *Frascati* ou du *ColliAlbani*. Et qu'il se fasse porter de toute urgence le *Est! Est!! Est!!!* de Montefiascone dont vous connaissez déjà l'histoire. »

C'est avec le sérieux d'un médecin débitant une ordonnance que Lombardi avait fait se succéder devant nous ces noms de recettes qui mettaient l'eau à la bouche.

« Il a suivi tes prescriptions à la lettre? interrogea Aurore.

– Je ne sais pas. Philibert de l'Orme est resté à Rome jusqu'en 1536, mais je ne l'ai pas revu à son retour. En Italie, il avait pour protecteurs le cardinal du Bellay et, surtout, Marcello Cervini... »

Il n'allait pas nous refaire le coup de son « vieil ami Marcello »? Comme nous ne réagissions pas, il enchaîna :

« ... qui entreprit les fouilles de la villa d'Hadrien à Tivoli. Et deviendra le pape Marcel II! »

Je ne pus retenir un sifflement d'admiration devant pareil cursus, mais Lombardi n'y prêta aucune attention :

« Peut-on seulement imaginer Philibert, trois années durant à Rome, sans qu'il goûtât, ne fût-ce qu'une fois, ce dont tous les Romains raffolent, les grosses pâtes creuses rayées, les meilleures d'entre les meilleures, j'ai cité les *rigatoni*? L'hypothèse est absurde! »

Je sentis l'exaltation poindre à nouveau dans son discours :

« Parmi les richesses de la Renaissance que Catherine apporte avec elle, sans doute y a-t-il peinture, musique et poésie... Mais il y a surtout les merveilles de la cuisine italienne, les nouvelles manières de cuire les viandes, d'audacieuses créations dans la complicité des aliments et la conspiration des saveurs (et, sans vouloir me pousser de la fraise, je n'y suis pas pour rien!), denrées rares ou inconnues, mœurs de table. Et, surtout, des bibliothèques entières d'ouvrages culinaires, dont les plus anciens viennent des Grecs et des Romains, des cours pontificales, de toutes les régions d'Italie, que sais-je encore?

« En vérité, je vous le dis : vous *bouffiez* avant l'arrivée des " macaronis " sur votre sol! Et si la cuisine est devenue une culture, c'est aux Italiens que vous le devez!

« Il n'est pas impossible que les pâtes aient déjà été connues chez vous, au moins dans le Midi. Mais Catherine de Médicis, qui aura d'ailleurs un appétit d'ogresse à mesure qu'elle vieillira, les fit connaître au Nord. »

Il se redressa et, comme dans une incantation, sa voix se mit alors à tonner :

« J'en suis persuadé, malgré les ricanements d'Enzo Fertoli, qui a beau jeu de souligner depuis trente ans mon manque de preuve pour étayer cette affirmation! Mais cette preuve, je la trouverai! Toute ma vie, je l'ai cherchée! Je la trouverai!

« Oui, je vous le dis, aussi vrai que je m'appelle Angelo Lombardi : Catherine de Médicis a fait don de ses pâtes à la France! Et, s'il le faut, je remuerai ciel et terre pour l'établir et en apporter l'irréfutable témoignage aux sceptiques! Je confondrai Enzo Fertoli et, avec lui, toute la sinistre École de l'Histoire officielle des pâtes! »

Son visage s'était empourpré, et il manqua de s'étouffer. Une terrible quinte de toux grasse plia son corps en deux. Il tenait son ventre débordant du peignoir comme si la violence des spasmes avait dû le décrocher. Il se retourna, mais trop tard pour pouvoir nous dissimuler le mince filet de sang qui coulait de ses lèvres et qu'il se hâta d'essuyer d'un revers de manche.

Comme la veille au soir...

Aurore allait se lever, mais il lui fit signe de rester assise. Il nous rassura d'un geste, toussa une fois encore et reprit, d'un ton apaisé :

« Ce fut une révolution du goût à côté de laquelle, pardonnez-moi, mais votre “ nouvelle cuisine ” ne mérite pas même d'être citée. Je ne soutiendrais pas que la place éminente de la gastronomie française a été usurpée... Mais je ne suis pas loin de le penser. »

Rien ne m'est plus étranger que le délire chauvin qui, un soir de finale de la Coupe UEFA, ferait trembler en alternance les vitres de Paris et de Turin au misérable prétexte que la Juventus rencontrerait (ce n'est pas demain la veille!) le Racing. Et je craignais qu'une intervention intempestive ne ranimât, comme c'était prévisible, le courroux de notre hôte. Mais je ne pouvais décemment pas ne pas réagir à de tels propos, dont me choquaient moins la probable validité historiographique que les conséquences hardies et aventureuses que Lombardi estimait pouvoir en tirer.

Je pris la précaution liminaire de souscrire pour partie à sa chaleureuse réhabilitation de Catherine de Médicis. Mais je crus devoir lui faire remarquer qu'il était loin d'être un pionnier en la matière : Honoré de Balzac lui-même dans son conte *Les Deux Rêves* ne l'avait-il pas absoute des crimes que lui prêtait l'Histoire, jusqu'à faire de la Saint-Barthélemy l'une des plus charmantes soirées du siècle?

Je me lançai ensuite dans une Défense et Illustration de notre fleuron culinaire, Lyon et sa région, et, d'un ton haletant, fis défiler, tel une Saga des Temps modernes, les « Œufs à l'assassin » de Christian Bouvarel et la « Volaille demi-deuil » de la Mère Brazier (ajoutant finement que le nom de ces deux plats serait mon seul commentaire sur les manœuvres politiques de la redoutable Catherine), le « Sabodet bobosse » de René Besson, le « Tablier de sapeur » de Paul Bocuse, les « Bâtons de guignol frits » de Pierre Orsi, le « Cervelas truffé au chou cuit en croûte dorée » de Daniel Leron, le « Gras double » et le « Saucisson en ribote » de Jean-Paul Bourgeot, la « Poularde de Bresse en vessie » de Bernard Perrier, la « Canette de Bresse au citron vert » de chez Point...

Quand aux fromages et aux desserts, si j'évoquais la « Cervelle des canuts », la « Tarte des demoiselles Tatin » et les « bugnes lyonnaises », je concédais à Lombardi, avec une pincée de démagogie, je n'en disconviens pas, que ce n'est sans doute pas par hasard si Maurice et Jean-Jacques Bernachon avaient dû se résigner à appeler l'un de leurs plus somptueux desserts... le « Torino »!

Cette ultime et piètre concession laissa mon interlocuteur de marbre. Pendant ma litanie, Aurore s'était imperceptiblement éloignée de moi, comme pour me signifier son désaccord sur les modalités d'une riposte dont je sentais bien qu'elle la jugeait inopportune. Irait-elle jusqu'à prendre le parti de Lombardi contre moi? Je me rassurai vite : une maîtrise de philo sur Sade et Bataille ne devait pas l'avoir rendue particulièrement compétente en matière de bouchons.

Le vieil Italien me fixait, un peu colère, mais sans hostilité. Je compris vite pourquoi : c'est à Angelo Lombardi que mon discours s'adressait. C'est Domenico Romolli qui me répondit.

« Si Lyon doit en effet entrer dans la glorieuse histoire du goût, ce n'est pas pour les raisons que vous venez d'évoquer. Je venais d'entrer au service de Marie Salviati quand on me confia à un maître extraordinaire. Grand érudit, rompu par les bénédictins à toutes les finesses du raisonnement, lisant le grec et le latin, cet homme assura ma formation. Il écrivait, et son dialogue *Contre les fausses amours* avait été remarqué. Mais, depuis plus de dix ans, il se consacrait à une somme qu'il publia à Venise, en 1475. Cet homme auguste, ce génie, se nommait Bartolomeo De Sacchi, plus connu sous le nom de Battista Platina. Son traité, le *De Honesta voluptate ac valetudine...*, véritable bible pour les gourmets, eut un énorme retentissement.

Des marchands le rapportèrent à Lyon et se mirent en tête de le traduire.

« Apprenant la chose, le " Platyne ", homme au naturel doux et affable, entra dans une grande colère : il ne pouvait surveiller l'usage qui serait fait de son livre par les Français et en redoutait le pire. Son protecteur accepta de financer le voyage à Lyon de ses élèves qui, parlant français et ayant reçu les directives du maître, pourraient s'assurer que l'esprit du traité ne serait pas trahi.

« Et c'est ainsi qu'un matin, avec cinq jeunes cuisiniers, je partis pour mon premier voyage en pays français, sans deviner qu'il serait suivi de beaucoup d'autres.

« Nous y travaillâmes des années durant. En 1505, enfin, Lyon accueillit le traité de Bartolomeo De Sacchi, sous le titre : *Platine en français très utile pour le corps humain qui traite de l'honnête volupté et de toute viande profitable à l'homme...*

« Ma Mission accomplie, je rentrai en Italie où j'appris que mon maître était mort en espérant notre retour.

« Le traité eut un tel succès qu'on vit, partout, en fleurir des copies, des imitations, voire même des pastiches. Je songe à la parution en 1541, en Italie en même temps qu'à Lyon, d'un traité " à la manière de " au titre alléchant : *Caelii Apitii de Re Culinaria libri decem praeterea p. Platinae de trienda valetudine, natura rerum et pro scientia...*, où vous trouverez, si vous allez le consulter à la Bibliothèque nationale, des références aux pâtes...

« Cessez donc de nous rebattre les oreilles avec votre Lyon, " capitale mondiale de la gastronomie "! Capitale mondiale de la traduction, assurément!

« Même Fernand Braudel, *votre* maître en histoire, a dû en convenir : le parmesan, tout comme le marsolin de Florence qui se démoda vite, sont un butin des guerres d'Italie au retour de Charles VIII! Melons et tomates vous viennent de la péninsule (et sans doute le *pomodoro* fut-il à l'origine d'une spectaculaire explosion des recettes de pâtes)! Poivre et épices ne furent connus de l'Occident que grâce à Rome et à ses *horrea piperataria*! Ne dit-on pas que lorsque tomba la Ville éternelle, en 410, Alaric put y saisir 5 000 livres de poivre?!

« Admettez-le une bonne fois! C'est par Catherine que la cour du roi de France découvre, stupéfaite, l'usage de la serviette et de la fourchette! Bien avant l'Angleterre, qui n'en fera usage que vers 1660! D'ailleurs, il suffira que les Italiens tournent le dos pour que vous retombiez en barbarie : Anne d'Autriche plongeant ses mains dans les plats de viande n'en est que le plus funeste exemple! »

L'exaltation de Lombardi-Romolli était à son comble. Une question me taraudait : Angelo Lombardi était-il fou avant de se jeter compulsivement dans les pâtes, ou était-ce l'entrée dans cet univers qui avait altéré sa raison?

« La bonne chère avait pris une telle importance chez nous, reprit-il de plus belle, on y gaspillait des sommes si fabuleuses, que le sénat de Venise décida, en l'an 1460, d'interdire les banquets qui coûteraient plus d'un demi-ducat par convive! Vous connaissez les Vénitiens et leur goût des complots : parce qu'ils étaient interdits, les *banchetti* les plus somptueux redoublèrent de faste!

« Parmi les cuisiniers qu'on s'arrachait pour l'occasion, le plus prisé était sans doute Ortansio Landi, lui aussi élève du Platyne. Nous nous étions liés d'amitié, lors de notre séjour à Lyon. Il s'en était retourné à Venise et y fit fortune, en écrivant un superbe hymne à la variété de la cuisine italienne, qui connut un tel succès qu'on le réimprima à plusieurs reprises.

« Eh bien, moi-même, Domenico Romolli, ai collaboré à ce *Commentario delle più notabili e mostruose cose d'italia*! J'y ai rédigé pour mon ami, anonymement, l'éloge du *zambone*, ce jambonneau farci qui est une gloire de Modène; de la *lugana sottile*, la saucisse de Monza; des tourtes de Ferrare... Mais ce dont je suis le plus fier, c'est d'être le premier à avoir fait mention des succulents *gnocchi à l'ail*, spécialité de Plaisance!

« Et vous voudriez, m'ayant choisi entre tous comme son premier cuisinier, que Catherine de Médicis ne se fît pas l'ambassadrice de toutes les cuisines d'Italie?! Et d'abord, et surtout, de ses pâtes?! »

Il était là, devant nous, les yeux brillants, la pomme d'Adam montant et descendant à vive allure. Son sexe même bandait, *laganatura* violâtre, index du désir... Il était tout à sa passion. A quoi bon lui dire ce que les historiens avaient aujourd'hui établi? Le traité du Platina n'était qu'une compilation d'un recueil du Maestro Martino, cuisinier « del Reverendissimo Monsignor Camerlengo et Patriarca de Aquileia ». Martino, le vrai novateur, à qui l'on devait de moins épicer les mets pour en retrouver la saveur naturelle, d'avoir délaissé purées et bouillies au profit des bouillons et des marinades. Grâce à lui, encore, les plats se savouraient désormais l'un après l'autre, stricte ordonnance du syntagme, et non plus en un galimatias indistinct. Et c'est ce grand homme méconnu qui avait édicté la règle solennelle : les *maccheroni* devaient sécher au soleil après avoir été fabriqués au moment de la lune d'août...

Nombre des traités qui avaient suivi, le *De Honesta voluptate ac valetudine* du Platina, ou celui de Giovanni de Rosselli, par exemple, traduit en anglais dès 1548 sous le titre *Epulztio or the Italian Banquet*, s'étaient contentés de recopier les recettes du maître Martino, souvent sans daigner le citer.

A cet instant précis, si Lombardi avait croisé mon regard, je crois qu'il aurait tout compris. Pouvait-il se douter, le pauvre bougre, que s'il était Domenico Romolli, son air pontifiant et sa suffisance n'étaient vraiment pas de mise? Que croyait-il donc m'apprendre, ce besogneux praticien, suant sang et eau devant ses marmites pour tenter d'appliquer les recettes élaborées par d'autres?

Comment aurait-il réagi si je lui avais appris à qui il s'adressait?

Je l'avoue, j'en eus la tentation. Je lui aurais dit calmement : « Domenico Romolli, cessons de jouer. Tu sais bien qu'il faudra attendre le *Bianchetti* de Cristofaro di Messisburgo, édité en 1549, et, surtout, loin devant tous les autres par son audace et son originalité, l'*Opera* de Bartolomeo Scappi, publié en 1570, pour que soient enfin formulés des principes aussi révolutionnaires que la cuisson à feu doux pour ne plus brûler les viandes, ou l'ordre de laisser mijoter les ragoûts.

« Bartolomeo Scappi, le Galilée de la cuisine, tu n'ignores pas son nom, alors pourquoi le tais-tu?

« Tu sais aussi qu'il n'est pas n'importe qui, Bartolomeo Scappi! Il a écrit pour le pape Pie V *Il Cueco segretto*, " Le Cuisinier secret ". Et son Grand Œuvre est un trésor. Pourquoi ne dis-tu pas à tes amis que tu l'as consulté, passant de longues heures à recopier les illustrations des ustensiles qu'il a inventés : le couteau à pâte, la molette, le fer à macaroni, la roue dentelée pour les liserettes des *ravioli*?...

« N'aie pas honte de leur avouer que c'est dans ce traité, à la recette CLXXIIII, que tu as trouvé l'idée de la *minestra di maccaroni alla Romanesca*, dont tu régalas la cour de France, sans jamais citer la source de ton inspiration...

« Veux-tu, moi, que je leur explique pourquoi j'ai quelque raison de penser que Bartolomeo Scappi a joué le rôle discret de *consigliere* dans la naissance de corporations qui vont proliférer, sous le patronage de San Stefano, et qui sont exclusivement vouées aux pâtes : à Gênes, en 1574, où sont déposés les statuts de l'*Arte o Corporazione dei Fidelari di Genova;* en 1577, *I maestri fidelari di Savona* voit le jour. En 1579, à Naples, surgit l'art des *Vermicelli*! A Palerme, en 1605, est fondée la *Maestanza de Vermicella*. Rome la souveraine, qui n'a jamais rien su faire à moitié, n'hésite pas à fonder la première université des Pâtes, l'*Universita de Vermicellari*...

« Tu sembles perdre de ton assurance, Domenico Romolli! Où est donc passée ta superbe? Je te sens troublé, l'inquiétude commencerait-elle à te dévorer?

« Sans doute ne fais-tu qu'inaugurer la lignée des cuisiniers devenus célèbres par des recettes qu'ils ont pillées ailleurs. Comme eux, tu fus sûrement félicité pour les plats qu'avaient préparés tes aides, en ton absence. Est-ce toi le créateur de cette tradition d'imposture qui veut qu'on voie le chef partout, sauf à ses fourneaux ? Ne serais-tu pas le Bocuse du Boccaccio ?

« Tu frémis, tu trembles, tu es prêt à supplier pour savoir d'où vient ma science et comment il se fait que je te connaisse si bien, toi et tous les tiens...

« Lombardi-Romolli, trêve de plaisanterie. Bas les masques !

« Bartolomeo Scappi, c'est moi ! »

« Vous n'avez pas faim ? »

Je sursautai.

Un coup d'œil à ma montre : il était presque 6 heures du matin. Aurore s'était endormie dans mes bras au moment où Angelo Lombardi, qui était alors le cuisinier de Mazarin, nous racontait comment le parti huguenot avait tenté de l'impliquer dans l'invention des *strozzapreti*, littéralement « étouffe-prêtres », sortes de *spaghetti* creux, de *bucatini*, mais dont la confection empruntait aux *gnocchi* le mélange des farines de pomme de terre et de blé. D'après lui, cette spécialité de la région de Lucca avait failli rallumer les guerres de Religion et n'avait pas peu contribué aux désordres de la Fronde.

Il m'avait fallu lutter contre le sommeil, ne plus penser à la scène qu'allait me faire Clara... Mais, très vite, la verve de Lombardi m'avait entraîné loin de ces préoccupations mesquines.

A ses yeux, un spectre hantait l'Europe : l'histoire de la lutte des pâtes.

L'imbroglio entre Orléans, Valois et Bourbons, le règne du Roi-Soleil, les régences et les révolutions s'étaient succédé et, chaque fois, Lombardi en fournissait la clef : les pâtes étaient le moteur de l'Histoire, son principe rationnel d'intelligibilité, l'élément caché qui manquait pour compléter le puzzle.

Et, entre *panciuti* et *sedanini*, *maltagliati* et *ofelle*, *linguine* et *casonsei* se profilaient les silhouettes de Richelieu, Turgot, Mirabeau; avaient défilé Girondins et Montagnards, Thermidor et Bonaparte.

L'épopée napoléonienne, on s'en doute, avait été prétexte d'une surenchère déchaînée mêlant intrigues et modes de cuisson, stratégie militaire et choix des sauces, de Milan à Naples, des îles d'Elbe à Sainte-Hélène...

« A force d'en parler, reprit-il, ça m'a ouvert l'appétit. Je vais dans la grande cuisine. Pas celle que vous connaissez : la porte à droite. Quand ma douce sera réveillée, rejoignez-moi... »

Je caressai doucement la nuque d'Aurore. Elle ouvrit les yeux sur les trois cadavres de Romanée-Conti, les cendriers débordant de mégots. L'odeur âcre du tabac froid lui tira une grimace.

« Où est passé Angelo?

– Il est allé faire chauffer de l'eau... »

La jeune femme s'étira en bâillant :

« Bonne idée. Pour du café?

– Non. Il nous prépare quelques pâtes pour le petit déjeuner! »

Nous avions retrouvé Angelo pour assister à la cérémonie de l'ébullition.

La « grande cuisine » ne ressemblait en rien à la pièce où nous avions surpris l'ogre aux pâtes. Nous étions assis, Aurore me faisant face, sur d'étroits bancs de bois qui longeaient une énorme table en hêtre massif. Des traces de farine et de beurre, quelques coques d'œufs brisées témoignaient de l'infatigable labeur de Lombardi.

Curieusement, on ne voyait ni aliments, ni condiments dans cette cuisine qui, elle, était impeccablement rangée. Mais, à une extrémité de la table, six fichiers imposants. Je demandai à Lombardi l'autorisation de les compulser. Un peu gêné, il dut me la refuser :

« Comprenez, *amico* : il y a là plus de deux mille fiches qui recensent tout ce que je sais sur les pâtes : leur variété de formes, leur identité régionale, leurs modes de cuisson et, pour chacune, la sauce la plus appropriée. Sans parler de quelques petits secrets, transmis par la Famille... Je ne peux encore vous les dévoiler... Mais dès que notre coopération aura donné ses premiers fruits, je vous ouvrirai mes archives! »

J'étais un peu mortifié de ce manque de confiance, mais n'en laissai rien paraître.

Aurore, désormais bien réveillée, s'adressa à Lombardi d'un ton enjoué, presque câlin :

« C'est un véritable problème d'ontologie de la cuisine que tu soulèves, Angelo : tes bibliothèques sont remplies de paquets de pâtes et c'est ici que sont les traces écrites! Pourquoi une telle inversion?

– Ma douce, les choses vraiment importantes n'ont pas à être expliquées... »

Et, afin de couper court à toute réplique de la jeune femme, il s'exclama :

« Parce que je vous aime, je vais vous laisser me regarder faire la *pasta*. Vous êtes les premiers que je ne congédie pas pour travailler! Que diriez-vous de *ceriole à la carbonara*? »

Je dus avouer que j'ignorais tous des *ceriole*.

« Ce sont des *maccheroni* longs de la région d'Ombrie. Je les ai préparés avant votre arrivée. Une fois la pâte travaillée, il faut la découper en tranches assez longues, se fariner les mains et entortiller la feuille de pâte autour d'une grosse aiguille à tricoter. Les laisser sécher sur l'aiguille et choisir le moment opportum – " *kairos* ", disaient les Grecs? fit-il en adressant à Aurore un large sourire – pour retirer l'aiguille. A quelques secondes près, ils sont trop secs et se cassent si l'on tente de les arracher de leur support. »

Pendant qu'il nous parlait, Lombardi ne restait pas inactif. Tel un magicien, il avait fait surgir d'on ne sait où le plat où reposaient les *ceriole*. Ses gestes étaient précis et concis, comme si toute trace de superflu ou d'inutile relevait de la grossièreté. Les ayant découpés en petits dés, il faisait revenir des lardons et de l'épaule fumée. Il réserva des jaunes d'œufs qu'il versa dans la casserole où, à feu très doux, les attendait de la crème fraîche.

– Ah, les *carbonara*! Que de crimes on commet en leur nom, dans les gargotes et autres *pizzeria*! soupira-t-il. C'est une recette qu'a inventée mon grand-père, quand il complotait avec votre futur empereur...

– Napoléon?! s'exclama Aurore qui, cette fois, n'avait pu dissimuler son incrédulité.

– " Le petit ", oui. Louis Napoléon... Vous savez quand même qu'il fut emprisonné au fort de Ham et qu'il avait été *carbonariste*... »

Un lointain souvenir de khâgne me fit approuver le propos.

« En fait, il ne rejoint les *carbonari* que très tard, pour participer au soulèvement des Romagnes, pendant l'hiver 1830. Pas plus qu'à Modène avec Menotti et Misley, deux mois plus tard, ou à Bologne, l'insurrection ne triompha. Elle attendait un soutien français, après les Trois Glorieuses – mais Louis-Philippe s'y refusa.

« L'âge d'or du carbonarisme est antérieur : le harcèlement contre Murat à Naples, par exemple... C'était le bon temps!

« Le mouvement a d'abord été circonscrit au Mezzogiorno. Puis il a gagné le nord de l'Italie, où sa francophilie suscita bien des vocations...

– Pourquoi ce nom de " charbonniers "? »

Lombardi parut déçu de ma question :

« Au départ, les *carbonari* prirent comme couverture une association de compagnons, celle des producteurs de charbon de bois. Ils en gardèrent le nom. Le mouvement était très hiérarchisé, organisé en *ventes*, sections de base regroupant vingt membres, initiés par quelque symbolique détournée de la franc-maçonnerie. Ensuite venaient les " *ventes* mères ". Et, au sommet de la pyramide, un " Directoire suprême de la haute *vente* " qui, établi d'abord à Naples, fila à Gênes et, pour fuir la répression, se transporta à Paris. Là, Buonarroti et Carlo Bianco di Saint-Jorioz tentèrent la liaison avec les libéraux français... »

Tout en nous prodiguant son cours d'histoire, Lombardi remuait attentivement la sauce. Il imprimait à son bras un mouvement aussi régulier que celui de la trotteuse d'une montre. La cuiller en bois dont il faisait usage dessinait dans la mousse dorée des cercles parfaits. Il ne s'interrompit que pour jeter les *ceriole* dans l'eau bouillante.

« Trois minutes, dix-sept secondes..., murmura-t-il sur le ton inspiré de l'horloge parlante. Or, reprit-il en disposant les assiettes sur la table, mon grand-père appartenait à la même *vente* que Louis Bonaparte. La veille du déclenchement de l'insurrection, les conjurés bivouaquent. Décembre, dans les Romagnes, peut être rude : autour d'un feu, les hommes entonnent des chants de la Révolution française et des hymnes de libération mais, malgré la conviction et l'exaltation, ils ont froid. Pépé était un fin cuistot, comme vous vous en doutez. Il fallait donner force et vaillance aux combattants, surtout au commandement, qui ne pouvait plus douter de l'issue désastreuse de l'entreprise. Avec un petit groupe armé, il braqua les fermes alentour et fit main basse sur tout ce qu'il pouvait trouver. Jambon, lard fumé, beurre, crème et œufs... Il utilisa le tout pour improviser la sauce des *spaghetti*.

« Le soulèvement échoua lamentablement. Ceux qui ne périrent pas furent emprisonnés. Durant leur détention, ils évoquèrent avec tant d'enthousiasme et de superlatifs le plat qui avait précédé leur défaite que les autres détenus, sans doute par ironie, surnommèrent vite ce plat désormais mythique " *carbonara* " ! »

Un coup d'œil à la pendule murale et, d'un geste vif, Lombardi saisit la casserole et versa son contenu dans la passoire, en prenant garde d'y laisser quelques gouttes d'eau. Il répandit la sauce au fond d'un plat, y déposa précautionneusement les *ceriole* fumantes et demeura un instant immobile, silencieux, les yeux fixés sur sa composition.

« Elles devraient être succulentes... », chuchota-t-il dans un soupir d'extase.

Elles l'étaient, en effet. Nous les dégustâmes dans un silence religieux que rompait seulement le cliquetis des fourchettes contre la porcelaine. L'onctuosité des pâtes et celle de la sauce conspiraient sans vraiment se confondre, dégradé de satiné en bouche que relevait, çà et là, le goût plus âpre d'un lardon ou d'un dé de jambon tiède.

Lombardi avait généreusement saupoudré son assiette de parmesan rapé, qui recouvrait la colline de pâtes comme, jadis, la neige dans les Romagnes...

Il restait quelques pâtes que Lombardi s'appropria à même le plat, sans nous en proposer. Il se leva – « il fait sec, ici » – et s'en revint avec une bouteille embuée d'*Orvieto* qu'il se hâta de déboucher. Aurore refusa d'un geste. Je me laissai abondamment servir.

Je regardais le vieil homme et la jeune femme. Je ne parvenais pas à élucider le mystère du lien qui les unissait. Elle le protégeait par ses gestes et son regard d'une tendresse infinie. J'avais vu sa terreur, aussi, quand Lombardi avait craché du sang. Et pourquoi n'avait-elle pas voulu dire à Clara que nous étions chez lui, cette nuit, plutôt que de laisser sa sœur imaginer...

Elle s'était levée pour préparer le café. Son visage était encore fripé de sommeil, comme celui des enfants qui ont dormi si profondément qu'ils gardent les traces de l'oreiller, inoffensives marques sacrificielles, sur les joues. Elle se tourna vers Angelo :

« Je n'aurais jamais imaginé que les pâtes aient pu jouer un tel rôle dans la vie politique !

– Je vous ai gardé le meilleur pour la fin ! Fidèle à Louis Napoléon, qui avait fait depuis la charbonnerie le chemin que vous savez, mon grand-père fut récompensé et nommé cuisinier à la cour impériale. C'est de lui que je tiens cette histoire : l'impératrice Eugénie participait à une réception en l'honneur de l'ambassadeur du Piémont à Paris, Costantino Nigra.

« Dîner singulier, car l'impératrice avait donné à grand-père des consignes très strictes sur sa composition : chaque plat devait avoir une résonance politique sur la situation historique que connaissait l'Italie. Furieux, car il n'aimait pas la fantaisie en ce domaine, grand-père s'était vu contraint à servir *gorgonzola e stracchino*, qui évoquaient l'annexion de la Lombardie, dont le *stracchino*, fromage à pâte molle, est une spécialité. Il en allait de même pour le *parmigiano* et le duché de Parme, pour la *mortadella di Bologna* de l'Émilie, et enfin pour les oranges de Sicile. L'ambassadeur croyait le repas terminé, quand fut servi un plat fumant de *maccheroni*, devenu l'emblème du peuple napolitain. Mais, sur instruction de l'impératrice, le plat fut remporté : “ C'est assez pour aujourd'hui, gardez-les pour demain. ”

« Ulcéré et se croyant désavoué sur la cuisson des pâtes, grand-père présenta sa démission dès le lendemain et repartit pour l'Italie...

« Costantino Nigra rapporta l'incident à Cavour, qui comprit aussitôt le message. La France était prête à céder la Sicile, mais pas Naples. Dans un rire, Cavour lui dit : “ Les *maccheroni* ne sont pas encore cuits mais, quand le temps sera venu, nous sommes disposés à les manger ! ”

« Après l'épopée garibaldienne et la prise de Naples, Cavour envoya une lettre au consul de Sardaigne et du Piémont à Paris, afin qu'il informe l'impératrice que les *maccheroni* de Naples étaient cuits et que l'Italie nouvelle les mangerait de bon appétit !

– C'est la version originale de nos “ carottes sont cuites ” ! s'exclama Aurore.

– J'aurais toutefois scrupule à vous faire accroire que les pâtes n'ont d'importance qu'en politique! enchaîna aussitôt le pâtophile, de plus en plus excité. Elles ont aussi contribué à la création de plus d'un chef-d'œuvre, fit-il avec insistance, en espérant sans doute que ce clin d'œil complice au lecteur ne passerait pas tout à fait inaperçu.

« Tenez, presque à la même époque...

« Un compositeur prestigieux était devenu la coqueluche gastronomique de toutes les villes où il séjournait : j'ai cité Gioacchino Rossini! Au point que le polygraphe Charles Monselet, dans l'ensemble de pastiches et de parodies culinaires qu'il regroupa sous le titre *La Cuisinière poétique*, prête sa plume à l'enthousiasme de Joseph Méry qui raconte “ Un dîner chez Rossini ”. Voulez-vous en entendre un extrait?! »

A peine Aurore avait-elle répondu par l'affirmative que Lombardi, d'une poche de son peignoir, faisait surgir comme par enchantement un petit fascicule de vieux vélin. Il alla tout de suite à une page marquée :

« Écoutez cette ode au macaroni rossinien!

« “ Le mois dernier encore, je croyais connaître toutes les espèces de *macaroni* : quelle erreur! J'avais vu le macaroni pâle, fait de beurre et de gruyère et pompeusement servi à la fin des repas, pour graisser le rouage de l'appétit; j'avais côtoyé le macaroni du *facchino*, assez semblable à ce serpent *ananta*, dont parlent les Indiens, un reptile aux méandres infinis; j'avais mangé le macaroni de la reine de Naples, au palais Griffoni, un plat exquis, où les couches de la pâte italienne, humectées par un coulis savant, s'alternent avec le fromage de Parme et se rissolent à leur sommet, comme les crèmes roussies au tison; je croyais donc avoir pris tous mes grades en macaroni, et j'aurais étourdiment accepté une chaire de ce plat à la Sorbonne de la cuisine; l'orgueil humain n'a pas de bornes! ” »

Lombardi, qui ne mégotait pas sur l'emphase dans sa lecture, s'interrompit. Et il répéta, rêveur :

« Une chaire de macaronis en Sorbonne... »

Il reprit :

« “ J'appris que je ne savais rien, en dînant comme comparse à la table du divin créateur de *Moïse* et de *Guillaume Tell*. Là, un macaroni mélodieux, roux comme l'or, parfumé comme l'Orient, fluide comme l'ambroisie de l'Olympe, un macaroni de rayons solaires potables éclata, au début du dîner, comme l'ouverture de *Sémiramis*. Il fallait voir l'enthousiasme des convives ! Il était muet, mais que d'expression dans ce silence ! ” »

Lombardi referma l'opuscule et gronda :

« Alexandre Dumas aurait été bien inspiré de partager un peu de cette exaltation. Dans son *Grand Dictionnaire de la cuisine*, lui qui sait s'exclamer pour un rien et transformer n'importe quelle cuisson en feuilleton à rebondissements, il ne consacre aux macaronis qu'un article compassé, se contentant de cinq recettes... Peut-être les avait-il fait goûter par un de ses nègres !...

« Mais revenons-en à Rossini...

« Le 20 février 1816, au Teatro Argentina de Rome, que dirige le duc Sforza-Cesarini, Rossini donne la première de *Il Barbiere di Siviglia*. Ou plutôt, pour ne pas s'aliéner davantage les partisans de Paisiello, qui a écrit un *Barbier* en 1782, il a rebaptisé l'ouvrage *Almaviva ossia l'inutile precauzione*.

« D'autres précautions eussent été plus utiles ! On sait que la soirée tourna au désastre : les admirateurs de Paisiello organisèrent un chahut monstre, un chat fut jeté sur la scène et joignit ses miaulements à la partition. On dit même qu'une guitare fut sabotée, dont la corde cassa pas vraiment par hasard. Rossini préféra garder la chambre le lendemain, quand déjà les Romains assuraient un triomphe au ténor Emmanuele Garcia, le père de la Malibran, dans le rôle-titre.

« Il y a quelques mois, Rossini a signé un contrat de deux ans, renouvelable et sans exclusive, avec Franesco Barbaja, le célèbre impresario napolitain. Ce dernier presse Rossini de venir à Naples et lui offre l'hospitalité de son palais. En échange, le musicien doit composer dans les six mois un nouvel opéra, *Otello*.

« Mais Rossini, que la vie n'effraie pas, donne banquet sur banquet, enchaîne les nuits blanches et fait partout bombance – d'autant qu'il vient de rencontrer la cantatrice espagnole Isabella Colbran, dont il tombe éperdument amoureux au moment où sa carrière amorce son déclin. Il l'épousera en 1822 et ne divorcera que quinze ans plus tard, épris d'Olympe Pélissier.

« Cet *innamoramento* n'est pas du goût de Stendhal, qui a toujours eu du mal à supporter qu'on puisse tomber amoureux en Italie sans qu'il y soit pour rien!

« S'il a pu juger la Colbran " magnifique ", il la trouve maintenant " exécrable ". Et, dans sa *Vie de Rossini*, il ne cesse de déplorer que le maestro n'ait jamais écrit pour une autre. Celle dont il veut se risquer à " faire une longue énumération de toutes les difficultés que la nature " lui avait opposées " et qu'elle a dû surmonter pour que son âme pût, *au moyen du chant*, électriser celle des spectateurs ".

« Cette femme que Stendhal idolâtre, pour qui " la même note dans deux situations de l'âme différente n'est pas, pour ainsi dire, le même son ", celle que la " *pacatezza* des gestes et du chant distingue de toutes les grandes actrices ", n'est autre, vous l'aurez deviné, que... Mme Pasta!!!

« Comment ne pas partager l'amertume de Stendhal et ne pas regretter que Rossini n'ait jamais composé pour la Pasta?

« Les jours passent, et les nuits folles. Rossini mange, Rossini boit, Rossini aime, mais Rossini n'écrit pas. Barbaja le presse. En vain...

" C'est alors qu'un matin, dit la légende, Barbaja fit murer la chambre de son palais où dormait Rossini, désormais son prisonnier. Le musicien n'aurait droit qu'à deux plats de *maccheroni*, dont il raffolait, un à midi, l'autre le soir. En une journée, l'ouverture d'*Otello* était composée, et l'œuvre put être donnée au Theatro del Fondo, le 4 décembre 1816 – le luxueux théâtre San Carlo étant en réfection à la suite d'un cruel incendie.

« Est-ce l'influence euphorisante des *maccheroni*, la vitalité optimiste du gluten peu compatibles avec le sombre drame shakespearien ? Toujours est-il qu'on trouva décidément que l'histoire finissait trop mal. Aux représentations ultérieures qui furent données, à Rome et à Venise, le librettiste, le marquis Francesco Berio di Salsa, préféra un *happy end*. Et l'on put voir Othello s'approcher de Desdémone, la croire sur parole clamer son innocence, jeter son couteau avant que d'entonner avec elle un beau duo d'amour ! »

Cette histoire mit en joie Aurore, qui se lança dans une brillante improvisation sur les adaptations possibles du répertoire shakespearien : Roméo et Juliette renonçant au suicide et vivant, acariâtres, le morne quotidien du couple ; Henri VIII célibataire ; le roi Lear sans enfant, Macbeth sans crâne et Richard III, sans royaume ni cheval... Lombardi riait aux larmes. Il grimpa sur la table, les pieds entre les assiettes, et déclama d'une voix de stentor la tirade d'Antoine – « ... et Brutus est un homme honorable » – d'un trait... et dans un anglais impeccable !

Marc Antoine sut trouver des accents pathétiques pour ce morceau de bravoure consacré à la rhétorique du pouvoir : « ... César fut mon ami, loyal et juste envers moi ; mais Brutus dit qu'il fut ambitieux, et Brutus est un homme honorable... »

Fulgurance.

On ne pouvait pas mettre une telle intensité dramatique en récitant le texte sans avoir été soi-même brûlé ou humilié par la chose politique.

L'excitation était retombée, aussi brutalement qu'elle était survenue. Je n'en pouvais plus de fatigue et, pourtant, je sentais que nous en arrivions à l'essentiel. Je versai dans mon verre ce qui restait d'*Orvieto* pour me donner du courage.

« Angelo, vous ne nous avez jusqu'à présent raconté que l'histoire de votre famille. Mais vous ?...

– Tu sais l'essentiel! » répondit-il en se renfrognant.

C'était la première fois qu'il usait avec moi du tutoiement. Il était furieux :

« Quelle naïveté de croire qu'un événement aussi dérisoire que la naissance d'un têtard braillard et chiffonné de partout soit le commencement de quoi que ce soit! J'avais essayé de te faire comprendre que je suis né bien avant moi : ma vie se confond avec l'histoire de la Famille... »

Je décidai de ne pas me laisser impressionner par ce ton comminatoire.

« D'accord, Angelo, d'accord. Alors racontez-nous les rapports de votre Famille avec les événements que connut l'Italie à partir de 1922... »

Il pâlit, et deux grosses gouttes de sueur tombèrent du front moite pour s'écraser comme deux larmes sur une manche du peignoir.

« Salaud..., murmura-t-il. Vous avez deviné...

– Nous ne sommes pas là pour juger, Angelo, mais seulement pour comprendre, lança pompeusement une Aurore que j'avais connue mieux inspirée.

– Mes parents s'étaient installés à Dovia, un petit hameau de la commune de Predappio, près de Forli, en Romagne. Mon père y avait ouvert une petite *trattoria*, dont la réputation flatteuse faisait venir de nombreux paysans des alentours, surtout pour les repas du dimanche.

« Il avait inventé des pâtes originales qu'il avait appelées *garganelli*, très difficiles à confectionner. Ce sont de petits macaronis rayés, qu'on enroule autour d'un bâton pour leur imprimer une légère torsade : on utilise pour ce faire un ustensile spécial, un « peigne ». Il faut un coup de main qui appuie au point d'assemblage de la pâte, pour donner toute leur élégance aux *garganelli*.

« Quant à la préparation de la pâte, on mélange à de la farine blanche du parmesan râpé, des œufs, de la noix muscade et du sel.

« Ces pâtes nouvelles remportèrent un tel succès qu'elles devinrent vite l'un des emblèmes de la Romagne.

« C'était une joie pour moi, le dimanche matin, avant la messe, que de musarder dans la cuisine pour voir ma mère les préparer. J'étais ébloui par la magie du petit mouvement de poignet qu'elle répétait inlassablement et qui transformait la manière brute en gracieux *garganelli*. La table en bois était couverte de farine et, souvent, maman me confiait la lourde tâche d'en nettoyer le plateau et me grondait quand, pour contourner la difficulté, je me contentais de souffler sur la farine qui retombait en tourbillonnant sur le dallage.

« Mais mon père ne se contentait pas d'inventer de nouvelles formes de pâtes. C'était un génial créateur de sauces... »

Lombardi se rembrunit et laissa tomber, accablé :

« S'il avait pu deviner le terrible usage qui en serait fait... »

Aurore fronça les sourcils et me lança un regard interrogatif. Pas plus qu'elle je ne comprenais où Angelo voulait en venir... Contracté, les mains agitées d'un léger tremblement, l'effort fut visible, qui lui permit de poursuivre :

« Mes parents étaient très amis avec l'institutrice du village, Rosa Maltoni, dont le salaire subvenait aux besoins de sa famille. Son mari, Alessandro, était plus ou moins forgeron. Tête brûlée, coureur de filles, il tenait aussi un café – où se retrouvait tout ce que la région comptait d'anarchistes, de syndicalistes révolutionnaires, d'agitateurs ou de socialistes. Et, croyez-moi, la Romagne n'en était pas avare...

« Rosa et Alessandro habitaient à Varano dei Costa, un regroupement de vieilles maisons qui surplombait Dovia, où mes frères et moi allions souvent jouer avec leurs trois enfants, qui avaient à peu près nos âges.

« Un dimanche à midi, papa avait fermé la *trattoria* pour y inviter Rosa, Alessandro et les enfants.

« Ce devait être un grand jour, car il inaugurait une nouvelle sauce, sortie depuis peu de son imagination : des *garganelli* à l'encre de seiche. Dans l'eau servant à la confection de la pâte, il avait eu l'idée de délayer de la sépia, qu'on trouve dans la poche des seiches.

« Des cris d'admiration l'accueillirent quand il déposa, avec tout le solennel qu'exigeait cet instant historique, un étonnant plat de pâtes grises. Tous s'en régalèrent. “ Quel nom leur as-tu trouvé ? ” demanda Alessandro à papa. “ A vrai dire, elles n'en ont pas encore. Mais ce que je sais, c'est qu'il m'a été bien difficile de tremper les *garganelli* dans la sauce, surtout pour en imprégner le col ! – Finalement, lança malicieusement Rosa l'institutrice, les femmes blanchissent le col de vos chemises, et vous, les hommes, ne pensez qu'à noircir le col des *garganelli* ! ”

« Tout le monde rit de bon cœur et, aussitôt, Alessandro proposa d'appeler la recette les *garganelli* « en chemise noire ».

« Ce nom un peu sale amusa beaucoup la petite Hedwige et son frère Arnaldo. Curieusement, l'aîné demeura silencieux, pensif, lui qui était, comme camarade de jeux, plutôt volubile, sanguin, et facilement en proie à de brusques et inquiétants accès de colère.

« Marchant résolument vers l'obésité, il aimait traîner dans le café de son père jusque tard le soir et répétait avec conviction les propos enflammés qu'il y avait entendus. Malgré son jeune âge, il se proclamait “ socialiste ” et “ révolutionnaire ”, blasphémait comme un soudard et manquait souvent de respect aux vieux du village et au curé. Il avait des idées arrêtées sur tout et un comportement de voyou. Nos fréquentes disputes tournaient aisément au pugilat, car il avait un tempérament de bagarreur et un indéniable courage physique. Il n'était pas rare que ma mère me vît rentrer à la maison la chemise déchirée ou l'œil orné d'un coquart. Elle n'aimait pas beaucoup que je le fréquente, car il avait “ mauvaise réputation ” au village et “ finirait mal ”. Moi, il me fascinait, et je pouvais rester des heures assis contre un arbre à le regarder gesticuler, habitude qu'il avait prise pour donner plus de poids, croyait-il, à ses fiévreuses convictions pacifistes qu'il braillait en effrayant les oiseaux. Il était meilleur que moi à l'école, mais rencontra vite des problèmes de discipline qui obligèrent ses parents à le placer au collège des salésiens de Faenza et, plus tard, à l'école normale de Forlimpopoli d'où il est sorti avec son diplôme d'instituteur.

« Maman dut vite abandonner ses préventions, car Rosa mourut prématurément, et mes parents s'occupèrent activement des enfants, leur père étant " indigne " et incapable de leur donner " une bonne éducation ".

« Mon camarade portait trois prénoms, que son père avait voulus " politiques " : le dernier, Andréa, en hommage au social-démocrate Costa. Le deuxième, Amilcare, en l'honneur du leader internationaliste Cipriani. Quant au premier de ces prénoms, voué au révolutionnaire mexicain Juarez, c'était, tout simplement, Benito.

« Oui. Benito Mussolini, qui trouva dans la *trattoria* de mon père, ce sombre dimanche de mars, la funeste idée des " chemises noires "...

« Après la marche sur Rome, l'assassinat de Giacomo Matteotti et son installation au Quirinal, Mussolini fit envoyer une unité de *Fasci italiani di combattimento* au village : il voulait que notre famille le rejoignît à Rome, pour faire de mon père le Premier Cuisinier du nouveau régime. Papa voulut prendre conseil auprès du curé de la paroisse, qui le pressa d'accepter cette " tâche exaltante ", et lui fit comprendre que Dieu, le pape et l'Église voyaient d'un bon œil l'installation d'un Ordre Nouveau qui " sauverait la patrie ". Nous partîmes donc à Rome, où nous attendait une superbe maison, derrière la piazza Navona –, à l'endroit où, aujourd'hui, on peut manger la meilleure *pizza* de Rome, dans le minuscule local de Chez Baffetto.

« J'aidais mon père à la préparation des banquets officiels, qui se succédaient à un rythme accéléré et où nous vîmes défiler tous les chefs d'État européens, la hiérarchie pontificale et nombre de personnages illustres.

« Je ne voyais plus très souvent Benito, mais je dois à la vérité de dire qu'il était resté très simple avec moi. Il avait tenu, par exemple, à me faire rencontrer sa maîtresse, la journaliste

Margherita Sarfatti, qui m'avait séduit par sa vive intelligence. " Elle te plaît? " me demanda-t-il quand il me raccompagna. " Assurément, c'est la femme de ta vie! " Il secoua la tête : " Angelo, ne sois pas naïf. J'aime les femmes, comme mon père m'a appris à les aimer : en nombre! Une seule ne saura jamais me suffire. Quant à Margherita, notre idylle ne durera pas. Elle est juive! Tu me vois rencontrer Adolf avec elle?! "

« Un jour, il me fit convoquer au palais. J'y retrouvai un vieil ami du Duce, Ottavio Dinale, qui avait dirigé la revue *La Demolizione* où, le 15 mars 1909, avait été publié *Le Manifeste de fondation du futurisme.* Je fis, très ému, la connaissance de son auteur, Filippo Tommaso Marinetti. Benito m'avait fait lire le manifeste, où l'on pouvait trouver d'étincelantes déclarations, comme par exemple : " La littérature ayant jusqu'ici magnifié l'immobilité pensive, l'extase et le sommeil, nous voulons exalter le mouvement agressif, l'insomnie fiévreuse, le pas gymnastique, le saut périlleux, la gifle et le coup de poing. " Ou encore : " Nous voulons démolir les musées, les bibliothèques, combattre le moralisme, le féminisme et toutes les lâchetés opportunistes et utilitaires. "

« " Angelo, fit Benito sanglé dans son uniforme militaire, je t'ai demandé de venir car nous avons tous besoin de ton avis. Filippo, après le manifeste sur la littérature, a rédigé d'autres textes : l'un sur la musique, l'autre sur l'architecture... Chaque fois, il s'agit de fonder la Nouvelle Esthétique du Nouvel Ordre de la Nouvelle Italie. Il vient de me présenter son Manifeste de cuisine futuriste, et je lui ai dit que tu étais l'homme le plus capable d'en juger la valeur. " Je me rengorgeai, fier comme Artaban. Marinetti se leva : l'homme était fiévreux, son visage secoué de tics. Il se dirigea nerveusement vers le bureau du Duce, y prit quelques feuillets, s'avança au milieu de la salle et tonna :

« " Nous, futuristes, après avoir allégé la littérature mondiale par les mots en liberté, délivré le théâtre de l'ennui, immensifié les arts plastiques par l'antiréalisme, créé la splendeur architectonique, la cinématographie et la photographie abstraites, imposons maintenant une alimentation adaptée à une vie toujours plus aérienne et rapide. Nous estimons avant tout nécessaire *l'abolition des pâtes*, absurde religion gastromique italienne. Aux Anglais conviennent peut-être le stockfisch, le rosbif et la crème renversée; aux Hollandais, la viande cuite dans le fromage; aux Allemands, la choucroute, le lard fumé et la saucisse, mais, aux Italiens, les pâtes ne conviennent pas! Elles contrastent avec la vivacité d'esprit et l'âme passionnée, généreuse, intuitive des Napolitains. S'ils furent des combattants héroïques, des artistes inspirés, des orateurs capables de remuer les foules, des avocats brillants, des agriculteurs obstinés, c'est en dépit des volumineux plats de pâtes quotidiens, et c'est à force d'en manger qu'ils deviennent sceptiques, ironiques et sentimentaux, caractéristiques qui souvent freinent leur enthousiasme! "

« "Qu'en penses-tu? " me demanda le Duce sur un ton qui me soufflait la réponse.

« Les murs du Quirinal se seraient écroulés sur moi que je n'aurais pas été moins effondré. Ainsi, ce régime qui avait toute ma sympathie, ce meneur d'hommes incontesté qui était mon ami d'enfance, s'apprêtaient à commettre l'acte le plus barbare que je pusse imaginer!

« Marinetti, Dinale et Mussolini me fixaient, suspendus à ma réaction. " Signor Marinetti, j'ai toujours eu la plus grande admiration pour vous, et le Duce peut en témoigner. Mais je crois que vous vous fourvoyez... "

« Ma voix, d'abord timide, prenait peu à peu une assurance qui m'étonnait moi-même : " Si j'ai adhéré aux principes du fascisme, c'est d'abord qu'il revendiquait haut et fort nos traditions nationales. Or, votre exigence d'abolition des pâtes est un crime contre l'Italie. Le monde entier sait reconnaître un Italien à sa manière de faire cuire les *spaghetti*. Et cette identité nationale, payée de tant de sang et de sauces par nos héros et nos cuisiniers, vous la braderiez?! "

« Déchaîné, je hurlai : “ N’attendez pas de moi que je cautionne cette infamie ! Moi vivant, vous ne toucherez pas à *la pasta* ! ”

« Je crus d’abord que mon éclat avait produit son effet sur Benito. Le régime ne cautionna pas ouvertement le Manifeste de cuisine futuriste de Marinetti, et les circulaires du parti qui interdisaient à tout Italien de préparer des pâtes, dans les lieux publics comme dans son foyer, qui annonçaient la création d’une commission chargée d’épurer toute trace de féculents de la Littérature italienne, qui dressaient ensuite la liste des huit cent quarante-sept noms de pâtes désormais hors la loi – ces circulaires restèrent dans les tiroirs et furent parmi les dernières brûlées lors des ultimes journées de la république de Salò (ce qui a donné toute sa puissance tragique au film de Pasolini).

« Mais j’étais encore bien naïf. Quelques jours après mon audience chez le Duce, mon père perdit sa place de Premier Cuisinier. La famille dut regagner la Romagne et, le matin de notre départ, je fus arrêté. Je passai plusieurs mois en prison, où je fus assigné aux cuisines. Je m’efforçai tant bien que mal de ne pas déshonorer la tradition familiale, mais cette période fut épouvantable. D’autant que les prisons étaient remplies d’opposants politiques pour qui je demeurais un auxiliaire du régime. J’eus beau tenter de faire passer mon opposition farouche à Marinetti pour un acte de bravoure, ils ne voulurent y voir que les premières lézardes du régime mussolinien. “ L’homme aux pâtes ”, comme on me surnomma par dérision, était devenu le bouc émissaire. Estimant que ma vie était en danger, le directeur alla même jusqu’à m’enfermer, seul, dans une cellule.

« D’où je sortis, un matin, escorté par les faisceaux. Je crus ma dernière heure venue et, sur le trajet qui me menait au peloton d’exécution, je récapitulai les deux ou trois recettes de pâtes dont j’étais le plus fier et dont je pouvais légitimement tirer quelque vanité à mes derniers instants.

« Quelle ne fut pas ma surprise d’être amené, menottes aux poignets, au palais du Duce et d’être reçu par lui !

« Il me toisa sans aménité : “ D'ordinaire, je me débarrasse des traîtres, Angelo. Et ne crois pas à quelque faveur si je n'agis pas ainsi avec toi. Ton attitude m'a déçu et fort contrarié. Mais je vais te donner une chance de te racheter. ”

« Pour bien comprendre la situation, nous dit Lombardi en interrompant son récit, il faut que vous sachiez que nous étions en décembre 34, quelques jours après l'incident de Ual-Ual qui allait servir de prétexte à l'expédition éthiopienne. Quelques semaines auparavant, le 6 septembre, Mussolini avait prononcé un discours très remarqué, à Bari, où il avait ironisé sur l'Allemagne nazie : “ Trente siècles d'histoire, avait-il déclaré, nous permettent de regarder avec une pitié souveraine certaines doctrines d'au-delà des Alpes, soutenues par une engeance qui, par ignorance de l'écriture, était incapable de transmettre les documents de sa propre existence, à l'époque où Rome avait César, Virgile et Auguste. ” Rendu furieux par la tentative de putsch nazi en Autriche contre Dollfuss, Mussolini resserre ses liens avec les puissances occidentales. C'est l'époque de la conférence de Stresa.

« “ L'affaire éthiopienne, me déclara alors le Duce, va m'aliéner les pays européens. Il me faut préparer un renversement d'alliance et tout miser sur l'Allemagne. Des discussions secrètes ont lieu depuis quelques mois, et les choses avancent. Sans doute les nazis ne me pardonnent-ils pas quelques plaisanteries que j'ai pu faire sur leur doctrine – cet éloge des races nordiques est agaçant, pour nous autres, Italiens ! Voilà pourquoi j'ai été amené un jour à dire que les Lapons, qui habitent plus au nord que les Germains, constituent à coup sûr une race supérieure ! ”

« Il rit aux éclats au souvenir de son bon mot. “ Toujours est-il que nous sommes sur le point d'aboutir. Mais Goebbels veut nous faire manger notre chapeau. Le manifeste de Marinetti, avec ce qu'il comportait d'attaque et de dérision contre la cuisine allemande - si on peut parler en la matière de cuisine –, l'a indigné. Il exige que, dans nos accords, soit stipulé ceci. ”

« Le Duce s'approcha de mon visage mal rasé qui portait encore les traces de coups donnés par les surveillants. “ Il veut que nous reconnaissions que nos *gnocchi* ne sont que le plagiat de leurs *Knödel*! Il prétend s'appuyer sur l'étymologie, affirmant que le *Knödel* vient d'un vieux verbe allemand, *knöden*, qui veut dire ‘ mettre en pâte ’. Il n'est pas question pour moi d'accepter une telle humiliation. Notre future alliance est en jeu. Acceptes-tu de m'aider? ”

« Avais-je le choix? J'acceptai la mission qui consistait à aller trouver le chancelier Hitler et à lui remettre une lettre personnelle du Duce. Je n'avais pas la moindre idée de son contenu, mais j'imagine qu'y étaient consignées plusieurs concessions territoriales – une aurait concerné le Haut-Adige, mais l'allégation n'a jamais pu être prouvée – en échange d'un renoncement aux exigences culinaires de Goebbels.

« Je ne vis jamais le chancelier. Lors du voyage qui me menait en Allemagne, je faussai compagnie à mes “ gardiens ” et mis plusieurs semaines à gagner la France.

“ Je n'ai jamais eu le fin mot de l'histoire, mais la négociation n'a pas dû être aisée. En effet, le Duce m'avait dit que, sitôt l'accord conclu, une rencontre au sommet en constituerait la célébration officielle.

“ Or, le fameux voyage de Mussolini en Allemagne n'a eu lieu qu'en septembre 1938, et il a été précédé d'un ballet de rencontres croisées : rien que pour l'année 37, Goering est venu à Rome en janvier, von Neurath en mai, von Blomberg en juin. Chaque fois, ce qu'on a appelé le “ conflit des *Knödel* ” a empêché que l'accord fût conclu, retardant d'autant la constitution de l'Axe.

“ On peut vraiment dire que les relations entre l'Italie et l'Allemagne ont été empoisonnées durant quatre ans par les *gnocchi*! »

A partir de là, la relation d'Angelo Lombardi se fit moins précise. Avec la vraie modestie des combattants, il traça à grands traits ce que fut sa vie dans les années qui suivirent son évasion de l'Italie fasciste.

Sa participation active au Front populaire où, embauché dans une fabrique de pâtes alimentaires de qualité médiocre, puisque faites au blé tendre, il avait été élu délégué de la CGT, tendance Marceau Pivert. Lors des événements, il proposa aux grévistes qui occupaient l'usine de la remettre en marche et de la faire tourner pour nourrir gratuitement les travailleurs en lutte, non sans avoir modifié les règles de fabrication pour améliorer le produit. A cette époque, il rencontra Liliane, une petite brunette qui tenait la cantine, et ils s'aimèrent passionnément entre deux manifestations. C'était l'époque des réunions interminables, et Angelo avait appris à Liliane que même les militants étaient susceptibles de préférer un plat de vraies pâtes au plat de nouilles qu'elle leur servait habituellement. Les camarades ne voulurent bientôt plus tenir de réunions ailleurs que chez Liliane et Angelo.

Il ne fut guère plus prolixe sur son engagement dans les Brigades internationales, mais nous comprîmes, Aurore et moi, que son rôle n'y avait pas été négligeable.

Engagé volontaire comme artilleur, ses qualités de cuisinier le font nommer à la base d'Albacete, le « quartier général » où se restaurent André Marty, Vital Gayman, le « commandant Vidal » et son compatriote Di Vittorio.

Mais il supporte mal l'immobilité et se fait envoyer au front, dans le bataillon Garibaldi qui joua un si grand rôle dans les affrontements de Guadalajara. Ici, il ne résista pas au plaisir de nous en dire davantage : « La dérouillée que nous leur avons mise, aux fascistes ! Nous étions particulièrement motivés, car l'essentiel de la canaille était italienne. Il y avait les quatre divisions de Rossi, Coppi, Nuvolari et Bergonzoli. Et les brigades des Flèches bleues et des Flèches noires qu'encadraient presque exclusivement des officiers italiens.

« Les combats firent rage, notre résistance fut acharnée et déconcerta l'adversaire. Mais Guadalajara, ce fut surtout une magnifique victoire de la guerre psychologique !

« Entre les affrontements, nous distribuions des tracts en italien, appelant à la fraternisation entre "pays ". La propagande au haut-parleur fut d'une rare efficacité : nous entrecoupions nos messages de *canzone* soigneusement choisies dans le répertoire régional, afin que tous aient, à un moment ou à un autre, le mal du pays, de la famille, de la *mamma*... C'est alors que j'eus l'idée, chaque soir, à la sono, de lancer une recette de pâtes particulière : *sedani* au jus d'aubergines et de poivrons; *gobbetti* aux anchois et aux câpres; *agnolotti* à la piémontaise, etc.

« Le résultat dépassa nos espérances : en face, désertions et mutilations volontaires se multiplièrent. La panique fut telle que c'est à sa propre demande que le commandement italien fut relevé par Franco!

« Lourde défaite pour les fascistes, Guadalajara devint vite une légende. L'historien Pierre Broué rapporte que les Allemands de Salamanque ne furent pas fâchés de cette humiliation infligée à leurs alliés et qu'ils composèrent même une chanson pour les tourner en dérision :

" Guadalajara n'est pas l'Abyssinie,
Les Espagnols, même rouges, sont vaillants,
Moins de camions, et plus de couilles! "

« Pardonnez-moi, mais l'éloge vaut aussi pour les Italiens des Brigades! »

Lombardi redevint allusif : blessé lors de la défaite de Belchite, il est rapatrié et soigné en France. De la Résistance avec le maquis FTP qu'il avait rejoint dans la région toulousaine, il ne voulut nous raconter par le menu que son émotion lorsqu'un soir, au retour d'une action de sabotage sur des pylônes électriques, on le mit pour la première fois en face d'un cassoulet...

Mais, à la Libération, ses relations intimes avec le Duce et sa mission en Allemagne attirèrent l'attention d'un comité d'épuration. Il fut arrêté, passa quelques semaines en prison et ne dut qu'aux témoignages de ses camarades du réseau d'être enfin libéré.

Il évoqua cet épisode le plus calmement qu'il put mais, au léger tremblement de ses mains, nous comprîmes qu'il en avait été profondément meurtri et que la cicatrice qu'il en gardait jamais ne se refermerait.

« Dès lors, je me suis totalement désintéressé de la politique et me suis consacré à des tâches plus sérieuses. Voilà, les enfants, vous savez tout... Sur ce, vous m'excuserez, mais cet *Orvieto* m'a donné une furieuse envie de pisser! »

Aurore et moi restions interdits, incapables de bouger, moins encore de parler. Lombardi avait quitté la pièce qui nous semblait immensément vide, sans lui.

Je regardai ma montre : 10 heures du matin.

Un tour complet d'aiguille que nous l'écoutions parler de lui, et son mystère n'avait fait que s'épaissir au fil des mots, comme la pâte se gorge peu à peu de l'eau bouillante dans laquelle on l'a jetée.

Nous l'entendîmes violemment tousser dans le couloir. La quinte paraissait ne plus devoir finir. Aurore s'était levée et se précipitait, mais je la retins.

Très pâle, il réapparut, l'énorme silhouette se découpant en contre-jour dans l'embrasure de la porte.

« Venez avec moi, ordonna-t-il d'un air las. Cette nuit ne saurait s'achever sans que je vous confie ce qui m'est le plus cher. »

Et, se rapprochant de moi, il esquissa un sourire :

« Le secret de ma folie, si tu préfères... »

CHAPITRE SEPTIÈME

Où lecteur, narrateur et Aurore découvriront de concert les deux secrets d'Angelo Lombardi; où sera proposée une alternative à la théorie stendhalienne de « l'amour comme cristallisation » : « l'amour comme ébullition »; d'une idée d'Aurore; de la pathologie des répondeurs téléphoniques et de la mode des sigles; où le lecteur retrouvera les personnages du Banquet et apprendra comment se prépare un colloque, comment Gilles sortit indemne d'une confrontation avec le FNLC, comment Aurore et le narrateur cherchèrent et trouvèrent un lieu pour le colloque, et comment Clara « vendit » le projet aux media.

Nous suivîmes Angelo Lombardi, qui nous entraîna hors de sa maison, sur un petit chemin qui devint vite une impasse boueuse et impraticable. Je pataugeais dans la gadoue, Aurore fermement arrimée à mon bras, et m'étonnais que Paris pût encore offrir un cadre si campagnard à notre expédition. Une pluie pointue et glacée, un ciel plombé qui m'avait pourtant ébloui sitôt la porte du perron franchie, l'ahan de Lombardi dont la masse s'enfonçait dans la glaise – il ne manquait plus qu'une embuscade viêt-cong pour nous croire figurants dans *La 317e Section.* Plus nous avancions, moins le « chemin » méritait son nom. Un *no man's land* le remplaça, chantier désolé où dormaient quelques sacs éventrés d'immondices que convoitaient trois rats gras, les vestiges d'un moteur de moto et quelques préservatifs usagés, jetés sur les pages arrachées d'un magazine porno. Bref, la zone, entre *Rome, ville ouverte* de Rossellini et *Dodes'Kaden* de Kurosawa.

Lombardi s'arrêta pour souffler. La pluie avait redoublé, les gouttes acérées criblant sa carcasse comme s'il avait été la cible d'une attaque d'accents aigus. Un survêtement douteux avait avantageusement remplacé son peignoir. Mais on voyait mal, à part le « lancer de *spaghetti* à la passoire » de quelle activité sportive il avait jamais été témoin.

« C'est là »! fit-il en pointant un doigt vers l'entrepôt désaffecté qui barrait notre horizon.

Sans doute certains parmi mes lecteurs, au prix d'un méritoire effort mnémonique auquel je tiens à rendre hommage, auront-ils d'eux-mêmes hâtivement conclu que cet entrepôt désaffecté ne saurait être que celui qui servit, naguère, de cadre au début du chapitre deuxième.

Preuve s'il en est que le lecteur a toujours tendance à écrire le livre qu'il a entre les mains, se moquant pas mal de ce que l'auteur a dans la tête. Car enfin, y a-t-il aucun indice, aucune supposition, aucune allusion dans ce texte qui autorise à conclure à la coïncidence de ces deux entrepôts?! Le lecteur interpole, je l'interpelle : et s'il me plaisait, à moi, de faire figurer *deux* entrepôts désaffectés dans mon roman? De quel droit me l'interdirait-on?

Je prierai donc le lecteur de rester sur son quant-à-soi et de ne pas vouloir m'imposer une similitude de cadre que je n'ai peut-être pas souhaitée.

J'irai même plus loin : pour me venger, je laisserai la question en suspens. Ce livre refermé (si possible à la dernière page...), le lecteur ne saura toujours pas si l'entrepôt désaffecté où nous avait traînés Lombardi est ou non celui du chapitre deuxième.

Vous voilà prévenus : je vais multiplier les fausses pistes.

Ainsi, une fois nos amis entrés dans l'entrepôt, je m'empresserai d'évoquer un « hangar sinistre » et « la vitre cassée de la verrière », comme je le fis page 36. La confusion sera alors à son comble : pourquoi choisir les mêmes mots, s'il s'agit de deux lieux ? se demandera le lecteur dans le hangar, hagard.

Mais très vite, je le sais, le piège se refermera sur moi : il est rare que l'auteur ait raison contre ses lecteurs. Une partie d'entre eux, s'étant persuadée qu'il y a deux entrepôts dans le livre, ne cachera pas sa déception de les voir décrits, *au mot près*, dans des termes identiques. Quant à ceux qui voudront croire que c'est le même, ils en viendront vite à me reprocher un manque d'imagination quant à la création du lieu romanesque, rendu plus criant encore par ce qu'il faut bien se résigner à appeler une indigence lexicale. Un seul lieu, passe encore, mais pas les mêmes mots, tout de même !

Sans doute Aurore, qui vient de filer son bas droit et regarde avec consternation ses talons aiguilles se métamorphoser en pataugas, pourrait-elle venir à mon secours. Elle seule pourrait argumenter : pas plus qu'on ne se baigne deux fois dans le même fleuve, on ne peut rentrer deux fois dans le même entrepôt. Mais je ne saurais à l'instant la distraire : elle aide Lombardi, la chose n'est pas aisée, à enjamber la mare qui les sépare de la porte battante.

Quant à mon narrateur, il est entré et cherche une manière de dépeindre le lieu qui ne soit *ni tout à fait la même, ni tout à fait une autre...* Quelles qu'aient pu être nos divergences passées sur la structure narrative du récit, je l'adjure de me sortir de ce mauvais pas et suis contraint de m'en remettre à lui.

L'endroit ne pouvait qu'être la ruine d'une usine, depuis longtemps abandonnée. Probablement une grosse imprimerie, avant le séisme ravageur qui avait inauguré l'ère aseptisée de la photocomposition. Derrière la porte métallique, il y avait deux volets de plastique opaque, dont on imaginait volontiers qu'ils s'écartaient naguère sous le poids des rouleaux de papier, poussés jusqu'aux machines par des hommes en bleu de travail.

Le toit avait cédé, çà et là, et l'eau attendait en flaques patientes d'être peu à peu absorbée par la terre engorgée.

Au fond du hall qu'aucune cloison ne divisait plus, le vestige pourri d'un escalier grimpait en colimaçon à une galerie où, jadis, devaient être installés les bureaux et l'administration.

Au centre de cet espace indéfini, gigantesque, massive, sombre monstre préhistorique qu'une coupable distraction des lois de l'évolution aurait oublié d'éliminer, une monumentale machine à imprimer.

Lombardi s'en approcha et caressa l'acier crasseux comme on flatte, affectueux, l'encolure d'un poulain. Un nuage de buée sortit de sa bouche, qu'accompagnaient ces mots :

« Voilà. Vous savez tout. C'est mon œuvre. Vous êtes les premiers et les seuls à qui je l'ai montrée, et... »

Le crépitement de la pluie redoubla, qui nous empêcha d'entendre la suite. C'était un grondement en rafales, percutant la verrière dans un vacarme de gros grêlons jetés sur de la tôle.

Aurore me prit frileusement la main. La sienne était glacée. Lombardi fit lentement le tour de l'engin, l'inspectant comme un esthète dubitatif une sculpture contemporaine, qui s'efforcerait d'en percer le mystère et d'en déchiffrer le sens.

La machine trônait, immobile, majestueuse, inquiétante, lançant ses lourdes armatures de fer à l'assaut du ciel. Noire de suie et de cambouis, elle exhibait dans une indifférence hautaine ses tiges de métal, ses pignons et ses pistons, ses roues dentelées qui formaient l'arabesque de subtils engrenages, ses courroies et sa chaîne, son collier et ses soupapes, sa came de butée, sa tuyère d'éjection, le régulateur et les coussinets de fonte soutenant l'extrémité des tourillons de l'arbre, son cadran et ses turbines, ses colliers de serrage et ses rupteurs...

Le géant, qui me parut soudain bien chétif, fit un pas vers nous :

« Dites-moi qu'elle est magnifique... »

C'était une supplique.

Aurore se détacha de moi et alla vers Angelo se blottir dans ses bras.

Pour la première fois, je n'éprouvai rien qui ressemblât à de la jalousie. Elle avait enfoui la tête au creux de l'épaule du vieil homme qui l'enlaçait maintenant, protecteur et protégé.

Lombardi laissa son regard errer le long des galeries, descendre l'escalier et vagabonder dans l'immensité de la salle. Quand il se posa sur moi, j'y lus une grande lassitude.

« C'était votre imprimerie, avant?... »

Il fronça les sourcils et me dévisagea, comme si ma question avait dû signifier la reprise des hostilités entre nous. Il lui fallut un moment pour se convaincre de mon innocence.

« L'imprimerie de mes délires, oui! Où il me fallait choisir un par un et soigneusement assembler les petits caractères de ma folie, pour qu'ils ne tombent pas en pâte! Où je faisais sa mise en pages, en réduisais le texte et décidais de la titraille! Où, chaque soir, fébrile, je devais coûte que coûte boucler le quotidien de ma passion!... »

Il se défit avec délicatesse d'Aurore et avança vers moi :

« Qui parle d'imprimerie?! »

Mes yeux allaient et venaient, du visage congestionné d'indignation au châssis métallique.

« Mais c'est bien...?

– La plus superbe des machines à pâtes qu'on ait jamais fabriquée! De partout! De tous les temps!!! »

Il hurlait quand le tonnerre retentit. L'orage crevait. Enfin.

Je scrutai le bâti. N'en déplaise à Lombardi, mon erreur était excusable. Le dispositif évoquait une presse à bras sur laquelle on aurait monté des cylindres. J'avais beau savoir de quoi il retournait, l'ensemble me paraissait hybride. Quelques pas sur le côté suffirent à m'en persuader : d'ici, la chose ressemblait au moteur d'une fusée. Encore un pas, et me revinrent en mémoire les fastidieux descriptifs de *La Bête humaine.*

J'avançai encore, la tête relevée, aussi étonné que le Chaplin des *Temps modernes* quand il se fait cobaye de la machine à manger automatique. Sous chaque angle nouveau, elle était différente.

A l'exact opposé d'où j'étais tout à l'heure (la machine me cachait d'ailleurs Angelo et Aurore), mon attention fut attirée par le tableau des commandes électriques. Un alignement de manomètres, potentiomètres et autres rhéostats surplombait des rangées de boutons, de leviers et d'interrupteurs. Des signes cabalistiques, qui ne devaient être connus que du seul Angelo Lombardi, en codifiaient les fonctions.

Seul, à gauche du fauteuil de l'opérateur, un appareil me rappela vaguement quelque chose de familier : boutons de sélection, balance, son petit écran ressemblait moins à un radar qu'à un *equalizer*...

« Vous avez vu, fit Lombardi qui m'avait rejoint, j'ai même branché dessus une chaîne stéréo! »

Il fixa les cadrans, s'avança et se pencha sur le pupitre. Il demeura ainsi, courbé en une prière silencieuse.

Il se redressa et se mit à parler. D'abord en confidence, sa voix se fit plus forte, plus forte encore, emplissant tout l'espace, le débit percuté, l'élocution hachée de Malraux célébrant Jean Moulin répétés par l'écho, frappant de mur en mur, amplifiés par le vide.

« Écoute, écoute résonner les chœurs de *Nabucco* quand, devant toi, sous tes yeux, s'accomplit le miracle mécanique de la transsubstantiation, l'Eucharistie de l'eau et de la farine... ils chantent, les Juifs captifs, ils chantent...

“ *Va, pensiero, sull'ali dorate...* ”,

et la machine les accompagne de sa voix lente... de son souffle régulier... elle travaille la pâte... la tord... la torture... la triture... la malaxe...

" Va, ti posa sui clivi, sui colli
Ove olezzano tepide e molli
L'aure dolci del suolo natal!... "

et ne lui laisse aucun repos... ne lui accorde pas de répit... ne concède pas de trêve... et la machine tremble... elle gronde... elle s'emballe... elle crie... elle hurle... insufflant la vie à la matière informe... oui, regardez surgir du ventre de la bête à bielles... du sein de ses soupapes... se débattant dans la butée... triés des tuyaux... ruant dans les rouages... se débattant dans le tambour... valdinguant de la valve... regardez-les forcer tous les barrages... ces interminables *spaghetti* qui ondoient comme vermisseaux gigantesques... je les vois avancer, lenteur inexorable... poussés par les pistons pressés... s'activant par saccades... je les vois s'étirer sur toute leur longueur, de toute leur langueur... comme si des cheveux d'or naissaient soudain au front de la machine...

*" O, membraza si cara e fatal... * "*,

ils avancent... pris d'incessants soubresauts... franchissent les obstacles... et, bientôt, la dernière herse... la machine se calme... elle s'apaise et se tait... elle est muette à présent... respectueuse de l'instant où tombera le couperet... ma main est suspendue au levier fatidique... elle ne tremblera pas... alors, je suis la chenille d'où naît le papillon... je suis la plante qui offre la fleur... je suis la femme d'où s'arrache la vie... je suis

* " Va, pensée, sur tes ailes; va, pose-toi sur les coteaux et les collines d'où s'exhale, tiède et humide, le doux air du sol natal... O, souvenir si cher et si fatal " – Verdi, *Nabucco*, III, 4 (*N.d.T.*)

l'Archange qui donne la mort... Angelo Lombardi, *Deus ex machina*...

" Et la lame acérée, aveugle et implacable,
Assassine la pâte qui renaîtra, à table ! " »

Angelo Lombardi s'affaissa devant moi. Je le retins tant que je pus et l'allongeai par terre.

« Ce n'est rien, murmura-t-il, ce n'est rien... »

Il était livide, son front, couvert de sueur, était brûlant. J'entendis Aurore sangloter derrière moi. Lombardi tenta en vain de se tourner vers elle pour la rassurer, répétant :

« Ce n'est rien, ma douce... juste un malaise... »

De fait, il reprit quelque couleur. Il se redressa avec difficulté et se laissa choir sur le fauteuil des commandes.

De la poche de son survêtement, il sortit une petite flasque de gin et en but trois gorgées. Il me la tendit. Je déclinai. L'alcool acheva de le remettre d'aplomb. Décidément, l'homme avait une faculté de récupération peu commune... Il était maintenant assis, jambes écartées, d'autant plus obscène qu'au-dessous du ventre il avait pollué son pantalon.

« Oui, j'ai joui, me chuchota-t-il en veillant à ce qu'Aurore ne l'entendît pas. Vous savez ce que c'est... la puissance d'évocation de certaines images... »

Il fit entendre le petit rire suraigu du bénédictin de la couille, Paul Léautaud, quand il racontait ses turpitudes. Mais, sitôt que la jeune femme s'approcha de nous, il redevint docte :

« Si vous saviez les années que j'ai consacrées à monter patiemment " ma chose " !... La tâche était d'autant moins aisée qu'il n'y avait pas le moindre modèle qui pût m'aider !

– Comment diable vous y êtes-vous pris ?!

– J'ai mis la main à la pâte !!! J'ai étudié, cher ami, j'ai étudié ! Qui dira les ressources libératrices du savoir ?! Jour après jour, je dépouillai tout ce que les archives de la Nationale, de la Mazarine, de l'Arsenal pouvaient m'apprendre sur la naissance et les développements de la machine à pâte.

– Et la pêche fut fructueuse?

– Mirifique! J'ai trouvé le premier manuscrit où mention est faite d'une machine à pastifier. Un texte de 1630, *Cunto de li Cunti* de G. Basile, où vous trouverez ces lignes :

" Jennarello ch'essenno passato pe la trafila mo se jeva moruodo de maccarune. "

« J'ai longuement planché sur l'œuvre du comte Francesco de Lemene da Lodi qui a décrit les deux principes essentiels de la machine, *gramola e torchio.* La *gramola* est une barre fixée en levier à une roue mécanique et travaille la pâte avant qu'elle soit pressée... Et tant d'autres textes, tombés dans un injuste oubli! Connaissez-vous le chevalier Cesare Spadaccini? »

Nous confessâmes notre ignorance.

« C'est le Lépine des pâtes! Écoutez plutôt son histoire... On raconte que vers 1875, à Naples, le roi Ferdinand II visita une fabrique de pâtes et en sortit ulcéré. Il faut dire qu'à l'époque on malaxait la farine avec les pieds, comme on le fit longtemps pour le raisin. C'est alors que le roi demanda à Spadaccini, qui était un ingénieur fameux, de mettre au point un système plus moderne et plus... hygiénique! J'ai compulsé les carnets de travail de ce génie méconnu qui, après moult recherches, inventa un homme de bronze dont les jambes de métal, par un mouvement mécanique de balancier, se substituaient avantageusement à l'incertaine propreté des pieds napolitains!

« J'étudiai aussi les schémas de machines hydrauliques, construites vers la fin du XVIIIe siècle, enquêtai sur une machine originale, due à F. Sandragné pendant la Première Guerre. Et, bien sûr, je fis mon beurre des archives de la famille Agnesi, dont vous n'ignorez pas, j'espère, qu'elle révolutionna la fabrication des pâtes en inventant, sur le modèle d'un hachoir doté d'une vis sans fin, la " machine continue "... L'ère industrielle avait sonné, et les " linéaires " d'aujourd'hui n'allaient pas tarder... »

Aurore l'interrompit :

« Tu travaillais seul? Personne pour t'aider dans tes recherches?

– Seul! D'ailleurs, qui aurait accepté de perdre son temps sur un tel sujet? Mais de grands savants contribuèrent à guider mes pas. Je pense notamment à l'illustre historien Emilio Serini... Je fis plusieurs séjours en Italie pour profiter de la richesse et de l'étendue de son savoir. Un maître admirable! C'est à lui qu'on doit l'étude *I Napoletani da mangiafoglia a mangiamaccheroni*, dans laquelle il montre comment les Napolitains, de " mangeurs de feuilles " qu'ils étaient, sont devenus " mangeurs de macaronis ". Il souligne l'importance du progrès technologique – l'invention de la machine – pour comprendre ce singulier bouleversement d'habitudes alimentaires, délaissant les brocolis au profit des féculents... C'est à lire!

« Dans le même temps, je fréquentais assidûment le Musée historique du spaghetti, fondé par la famille Agnesi à Pontedassio. »

Lombardi eut alors un sourire enfantin :

« Je me suis même fait embaucher un an dans l'usine des *Flli* de Cecco dans les Abbruzes... Ça m'a rappelé ma jeunesse, le Front popu, Liliane... Vous voyez, il n'y a pas que vos maoïstes qui se soient " établis "! Et la Cause des Pâtes vaut bien celle du Peuple! »

Il fit pivoter son fauteuil et, d'un geste ample et théâtral, désigna sa " chose " :

« Ce ne fut pas du temps perdu... Grâce à ces multiples matériaux, j'ai pu réaliser un de mes deux rêves. Et j'ai construit, pour mon seul usage, la machine à pâtes la plus fantastique qui soit...

– A part sa taille imposante, qu'a-t-elle d'extraordinaire? demanda Aurore.

– Tu vois ce petit écran? Il me suffit d'y dessiner, avec un crayon spécial, la forme des pâtes que je veux, de la plus banale à la plus sophistiquée. Elle est aussitôt programmée, et aussi la taille, la quantité, la texture, les rayures... Je déclenche la machine et, moins d'une demi-heure après, elles sortent comme je les ai imaginées!

« Si vous saviez... J'en ai mangé de gigantesques, et aussi de minuscules... »

Et Lombardi se mit à entonner l'air du Catalogue de Leporello :

" Vuol d'inverno la grassotta,
Vuol d'estate la magrotta;
E' la grande maestosa,
La piccina è ognor vezzosa *... "

« Les premiers temps, je me grisai de trouvailles inattendues. Je puisai d'abord dans les ressources que m'offrait l'écriture. Et je décidai d'adopter l'ordre chronologique dans mes recherches. Je fabriquai donc des pâtes reprenant les cunéiformes mésopotamiens et les hiéroglyphes égyptiens. Je me considérais un peu, à l'époque, comme le Champollion de la cuisine ! Je passai ensuite, pour peu de temps car leur déchiffrement est encore incertain, aux caractères proto-sinaïtiques retrouvés dans les mines de turquoises de Serabit el-Khadem et aux alphabets ougaritiques. Je fis bombance de pâtes phéniciennes. Les écritures hébraïques et moabites me posèrent quelques problèmes de cuisson – et aussi l'araméen...

« J'épuisai assez vite les alphabets grec, latin ou cyrillique, me rattrapant dans la confection de sauces invraisemblables, dont je voulais qu'elles fussent toujours conformes à l'*esprit de la lettre* !

« Après m'être offert quelques fantaisies avec l'arabe et le chinois, je me lassai d'avoir à lire mes plats. Je me tournai donc vers les peintres pour y puiser mon inspiration.

« Il me fut assez facile de confectionner des pâtes picabiesques, miroïstes ou malevitchéennes – de Picasso au pique-assiette, la distance n'est pas grande ! Je sacrifiai à une période

* " En hiver, il veut la potelée/ L'été, la mince/ La grande est majestueuse/ La petite est toujours charmante ", Mozart, *Don Giovanni*, I, v. (*N.d.T.*)

impressionniste : pâtes bleues à la Cézanne, tournesols à la Van Gogh... Mais je connus de sérieux revers avec Vélasquez! J'avais essayé *Les Ménines* : immangeables! Je n'eus guère plus de chances avec les peintres du quattrocento et dus me résigner à abandonner toute tentative figurative...

« J'ai usé " ma chose " dans des explorations hasardeuses, mais elle ne m'en a jamais tenu rigueur!

« L'âge aidant, mes velléités de révolutionner l'univers des pâtes m'abandonnèrent peu à peu. Je m'embourgeoisai, revenant progressivement aux classiques, *pennoni, pipe rigate, elicoidali*...

« Aujourd'hui, je suis trop fatigué pour charrier les sacs de farine et préparer le mélange aqueux. Je me contente des pâtes du commerce... Mais je viens souvent ici, et je la mets en marche. Je la fais tourner à vide, pour le plaisir du bruit et des odeurs... »

Énigmatique, il conclut :

« Mais je sais que notre histoire commune n'est pas terminée. Je veux pour nous, pour elle et pour moi, une fin... superbe! »

Il était midi passé quand nous quittâmes Angelo. Il avait insisté, de retour chez lui, pour nous garder à déjeuner. Il tenait absolument à nous faire déguster ses *ravioli* au saumon. Je me serais peut-être laissé tenter, mais Aurore titubait de fatigue.

Juste avant de nous séparer, elle eut tout de même la force de lui poser une dernière question :

« Angelo, tout à l'heure, tu nous as dit que la fabrication de ta machine, de ta " chose ", t'avais permis de réaliser " un de tes deux rêves ". Quel est donc le second? »

Un sourire triste anima le visage du vieil homme :

« Oh, c'était il y a longtemps... Lors de ma polémique publique avec Enzo Fertoli sur le rôle de la Médicis, je voulais organiser un Colloque international et interdisciplinaire sur les pâtes... J'avais pris des contacts avec d'éminentes personnalités, essuyé quelques refus cinglants et ricanants, obtenu plusieurs accords de principe. Mais Enzo Fertoli n'osa pas affronter ce tournoi régulier. Il savait que je le roulerais dans la farine! Il multiplia les manœuvres, tant et si bien que tout capota... »

Angelo Lombardi nous raccompagna jusqu'au perron, non sans nous avoir fait promettre de revenir bientôt.

Une fois dans la voiture, comme je lui proposais sagement de la raccompagner, Aurore posa la tête sur mon épaule :

« Emmène-moi chez toi. Je veux que nous fassions l'amour... »

L'eau de sa bouche était salée.

Ses lèvres fines, qui se relevaient légèrement aux commissures, avaient le dessin régulier des *tofarelle*. Je dégrafai son chemisier, avec ce soin scrupuleux que je mets à desceller un paquet de *millerighe* fragiles pour ne pas risquer de les casser. Resplendit alors le satin blanc du caraco, accusant la peau mate, n'ayant pour ornement que ces fines rayures qui embellissent les *gnochetti sardi* et donnent tout leur charme aux *chiocciole*...

Ses yeux en amande, taillés comme *puntalette*, se fermaient sous la violence de mes caresses. Ils papillonnèrent, *farfalle* virevoltants, *capricciose* insouciants, quand ma main remonta le long des jambes pour s'attarder à la lisière affolante entre soie et peau. Ils brillaient maintenant, *lucciole* vagabondes, *stellette* scintillantes dans la pénombre.

Nous commençâmes à frémir.

J'embrassai son cou, léchai le creux de son épaule, mordillai le lobe des oreilles, *orecchiette* tendres et savoureuses...

« Tu as chaud... », murmura-t-elle.

Elle entreprit de me déshabiller, trop patiemment pour ne pas pimenter de malice la savante lenteur de chacun de ses gestes. Elle pétrit mes épaules et ses mains descendirent à mon ventre qu'elles caressèrent. Je me cabrai, craignant qu'elle le trouvât mou, flasque, aussi peu appétissant que *parppadelle* trop cuite, mais elle me supplicia à s'y attarder, sans rien laisser paraître.

Je libérai ses seins de la légère cuirasse. L'harmonie de leur ligne, l'euphonie de leur galbe, la mélodie de leur courbure, d'autres les décriraient en évoquant la pomme, je préférai y voir la sphère irréprochable que dessinent les *tagliolini* quand ils sont *a nido*. Et, sur ces nids offerts que tendait le désir, mes doigts oiseaux voulurent se réfugier.

Elle se blottit tout contre moi, je caressai sa nuque, respirant les senteurs exotiques de ses *capelli d'angelo.*

Agiles comme lianes, ses jambes s'enroulaient, serpents imprévisibles, souples *fedelini.* D'autorité, elle me fit allonger et, renversant la tête, me caressa de ses longs cheveux bouclés, *mafaldine* ondoyantes, *tripolini* rebelles, torsades torturantes...

Je laissai échapper le soupir continu qui signale les premiers bouillonnements, quand l'eau tremble, qu'elle chuinte, alors que des bulles minuscules jaillies d'on ne sait où affleurent à sa surface, comme sur ma peau la chair de poule que provoquait la science infuse des doigts d'Aurore...

La tête posée sur son ventre, je ne pouvai détacher mon regard de l'ombre sombre que protégeait le fin tissu. Ivresse de la fatigue ou de l'excitation? L'étoffe vaporeuse, moins écran qu'écrin, me fit me souvenir d'une ode chinoise du IIIe siècle, célébrant l'érotique de la fabrication des petits *ravioli...* « ... En attendant que la vapeur s'élève, on retrousse son habit, on relève ses manches et on pétrit, et on façonne... Le *ravioli* est beau, il a la bouche ouverte... Son enveloppe ne se fendille pas et laisse deviner la farce dans sa transparence... Elle est tendre comme soie du printemps, blanche comme la soie d'automne... La vapeur en nuages s'accumule et son parfum embaume au loin... »

J'eus raison de la résistance toute symbolique que m'opposa l'ultime rempart d'étoffe, et ma bouche s'aventura dans les cheveux de Vénus, *capelvenere* soyeux. J'écartai doucement les deux lèvres vigiles qui, telles des *creste* sentinelles, gardent le sexe coquillage, *conchiglietta* secrète, m'attardai, musardai, avant d'atteindre enfin l'*acino di pepe*, grain de poivre acidulé dont me soûla la saveur satinée...

Notre corps à corps devint plus tumultueux. Nous frissonnions encore mais, très vite, ce fut l'effervescence, les plaintes, l'agitation désordonnée, *ditaloni* dilatés, clameurs des *trombette*, *chifferi* chiffonnés, cris des *cornetti*, *salamini* salaces, *pipe lisce*, *fusilli* fusillés, *lumachine* machinés, *pipe rigate*, *bavette*, *cravatine*, *diavolini* en furie...

... Le désir entra en ébullition, et le plaisir nous ébouillanta... *al dente*!

Rassasiés, enlacés, nous nous étions effondrés, nos deux corps imbriqués. Aurore dormait encore, et j'essayai de me lever du plus doucement que je le pus. Elle ouvrit les yeux. Je ne connais rien de plus émouvant que le premier sourire d'une femme qui s'éveille. Celui qu'elle m'adressa était irrésistible. Comme un reproche, elle me demanda où je comptais m'enfuir. Je répondis que je m'apprêtais à faire un café : elle préférait du thé.

Quand je revins de la cuisine, elle s'était assoupie. Je posai le plateau et la regardai, comme un rêve qui aurait volé mon lit.

« J'aime bien avoir des amants plus âgés que moi », affirma-t-elle entre deux gorgées.

J'imaginai que je devais entendre ses propos comme une gentillesse. Elle tint à poursuivre :

« Ce n'est pas tant qu'ils soient expérimentés, plus attentifs, plus compétents – comme on peut le lire dans les courriers du cœur. Mais on a vraiment l'impression de vous faire un vrai cadeau quand on se donne à vous... »

En toute mauvaise foi, je voulus croire qu'elle me vouvoyait. La généralité induite par la deuxième personne du pluriel avait je ne sais quoi d'agaçant... Peut-être s'en douta-t-elle, car elle me gratifia d'un nouveau sourire, plus désarmant que tous les autres :

« Devine à quoi j'ai pensé, dans la voiture... »

Je cherchai, et conclus par un geste d'impuissance.

« Que dirais-tu d'organiser pour Angelo le colloque dont il rêve?

– Tu es folle!

– Écoute, il est vieux, malade. Il va bientôt mourir. L'entreprise ne doit pas être si difficile à monter! On pense toujours trop tard à faire un geste d'adieu à ceux qui vont partir... »

A en croire le témoin lumineux de mon répondeur, ne m'attendaient pas moins de vingt-six messages. Rien de tel que s'absenter quelques heures pour faire naître, au retour, la béate illusion que le monde tourne autour de soi... Le répondeur téléphonique, ou la revanche de Ptolémée sur Copernic!

Pendant le rembobinage de la bande d'appels, je pariai sur quatorze tentatives de Clara : la moitié, plus une – c'était assez son genre.

Le journal avait appelé trois fois. L'un des multiples « rédacteurs en chef adjoints », qui paraissait nerveux. Premier appel : « Si tu es là, décroche, c'est moi. » Ensuite, plus fébrile : « Je sais bien que tu es là, à écouter qui t'appelle, abrité derrière ton ustensile! » Enfin, excédé : « Tu es ridicule et infantile! Je raccroche, et rappelle-moi immédiatement! »

Aurore riait aux larmes devant ce soliloque tournant au psychodrame. Elle avait fouillé dans mes affaires et portait entrouverte une de mes chemises. Savait-elle que rien ne me troublait davantage que de voir ces complices en coton de mon morne quotidien se métamorphoser en tunique érotique? Dans ces cas-là, j'avais l'impression d'être le héros d'un film hollywoodien, où les femmes sculpturales, après une nuit d'amour, empruntent toutes la chemise de leur amant pour prendre le petit déjeuner...

Il me fallait assurément chasser ces mauvaises pensées.

« Pas de doute! fis-je en diversion, le répondeur a suscité une nouvelle pathologie, dont on ne trouve nulle trace chez Krafft-Ebing : la “ paranoïa de la présence-absence ”!

– C’est normal, enchaîna-t-elle doctement. Au départ, chacun achète un répondeur pour être là quand il n’y est pas. Mais, comme dans une nouvelle de Borges, la logique s’inverse imperceptiblement. Et bientôt, vos interlocuteurs finissent par se persuader que la machine n’a d’autre fonction que de simuler votre absence lors même que vous êtes présent! Ce divertissement pascalien sur le “ je caché ” s’avère tout bonnement *in-sup-portable* à nos contemporains! »

Renfort inattendu pour conforter la thèse de sa sœurette, la voix de Clara. Aurore se leva, impassible, et fila dans la salle de bains.

Comment résumer au lecteur le contenu des vingt-trois messages de Clara?! Disons seulement que les pires hypothèses auxquelles je m’étais livré pendant la nuit paraissaient d’aimables et paisibles perspectives à côté de cet ouragan déchaîné. Le répondeur lui-même en tremblait, vibrant de toute sa caisse aux imprécations qui allaient *crescendo*, entrecoupées de larmes, de confidences sitôt suivies d’insultes. Aurore était d’ailleurs totalement épargnée et ne tombait sous le coup d’aucun anathème. Je prenais tout. En vrac, j’étais un vieux salaud, un détourneur de mineure, je ne respectais même pas l’amitié de Gilles, « me faire ça à moi », si je voulais voir Angelo, que ne lui avais-je demandé de m’accompagner, « c’est parce qu’elle est plus jeune que moi? », c’était dégradant, jamais je ne pourrais désormais me regarder dans une glace, même les fois où elle s’était mariée, jamais elle n’avait « sali notre complicité » comme je venais de le faire, larmes, rires (« *forcés et désespérés* »), aveu d’une grande lassitude, elle espérait au moins que je n’avais pas abusé d’Aurore car, ça, elle ne me le pardonnerait jamais...

Rageusement, les quatorze derniers coups de téléphone se contentaient d’imiter l’horloge parlante d’une voix neurasthénique : « Il est 2 h 3 du matin »; « 2 h 47 »; 3 h 1 », etc. J’étais heureux qu'elle ait pu tout de même prendre un peu de repos entre le neuvième appel (« 4 h 11. Salaud ») et le dixième (« 9 h 8. Où êtes-vous?! »)... Les quatre derniers n'apportaient pas de grande novation stylistique, et aucune information supplémentaire par rapport aux précédents.

J'allai lâchement m'assurer qu'Aurore était toujours dans la salle de bains. Le bruit de la douche qu'accompagnait à tue-tête la version *hard* d'un succès de Julio Iglesias (« Et toi non plus / Tu n'm'as pas baisée... ») me rassura.

Après un temps d'hésitation, j'appelai Clara. Quand elle décrocha, c'est une voix sépulcrale qui dit : « Clara, c'est moi »...

Par un de ces coups de théâtre qui ne sont ménagés que dans quelques romans, aussi bons que rares, ce fut une gaieté enjouée qui me répondit :

« Ahhhh! Que je suis contente que tu m'appelles! Je suis désolée... Si tu ne l'as pas encore écouté, surtout, efface ton répondeur, je t'en prie! Pardonne-moi, je t'ai harcelé, cette nuit... Je ne sais pas ce qui m'a pris... »

Les faibles arguments que j'avais préparés en riposte étaient réduits à néant.

« ... Je me suis monté un bateau pas possible, tu me connais, sur ce qui aurait pu se passer entre Aurore et toi... »

Interloqué, je la laissai se répandre en excuses, mendier ma mansuétude, battre sa coulpe, faire acte de contrition, se repentir et solliciter mon pardon.

« Je ne te l'apprendrai pas, tu sais combien elle est difficile à assumer, pour une femme, la quarantaine... Alors, sa jeune sœur!.. Et puis mes soucis de boulot, la fatigue, Pascale Wilder toujours menaçante... J'ai déraillé, je suis entrée dans un trip pas possible... Mais tout va bien, maintenant... Tu ne m'en veux pas trop? »

Mon « mais non, voyons » dut manquer de conviction.

« Si, tu m'en veux...

– Écoute, Clara...

– Non, pas de sermon, je t'en prie ! J'ai eu tort, je m'en excuse, voilà tout ! Nous n'allons pas y passer la journée ! »

Le voile épais de l'illusion se déchira pour laisser resplendir la cruelle vérité :

« Angelo m'a téléphoné ! Il m'a raconté votre nuit, à tous les trois ! Il était enchanté ! Et moi donc !.. Il t'a trouvé formidable, tu sais ! Il ne pouvait pas deviner comme il me faisait plaisir ! C'était un soulagement de l'entendre, je sollicitais des détails, il me répondait, chacun de ses mots me rassurait ! Et moi qui allais m'imaginer qu'Aurore et toi... »

Mon silence me traita de salaud.

Port altier, corps cambré et seins saillants, une serviette éponge écarlate nouée autour de la tête, Aurore fit son entrée dans la chambre avec la sobriété de Liz Taylor faisant la sienne à Rome dans *Cléopâtre*. Mais, contrairement à Mankiewicz, je n'aurais pas songé à désavouer la scène.

(*Le narrateur.* – Il est des enchaînements de circonstances qui vous empêchent, quand bien même vous le voudriez, d'être un peu respectable. Je m'apprêtai crânement à lui raconter jusqu'au moindre détail l'échange avec Clara. Elle ne m'en laissa pas le temps.

L'auteur. – Il est des circonstances qu'il est aisé d'enchaîner pour s'empêcher d'être un peu respectable. Par exemple, se faire croire qu'on s'apprête crânement à un aveu en y mettant juste assez de temps pour que l'autre parle avant vous, offrant alors à votre duplicité l'alibi qu'elle attendait pour n'oser rien dire.)

« Tu as eu ma sœur ?

– Oui...

– La conversation a été orageuse ?

– Non, pas vraiment, mais...
– A la bonne heure ! Elle finira par mûrir enfin, la chérie... J'étais sûre que tu t'inquiétais pour rien !
– Aurore, il faut... »
Elle s'assit sur mes genoux, et la fraîcheur de son baiser me fit taire.
« ... Il faut réfléchir à notre plan de bataille ! Ne plus songer à rien d'autre ! En un mois, tout doit être bouclé. Et Angelo tenu soigneusement à l'écart de nos manigances. Quand le projet sera sur pied, assuré, que tous les impondérables auront été domptés, nous irons, toi et moi, l'inviter au colloque dont je décide, aujourd'hui même et avec ton accord, qu'il se déroulera sous la présidence d'honneur du Maestro pâtophile Angelo Lombardi ! »

Les jours qui suivirent furent un enfer. Aurore se révéla de cette dangereuse espèce de femmes qui, non contentes d'avoir des idées, savent se donner les moyens de les mettre en œuvre, ne lésinant sur rien et ne répugnant pas à la tâche.

Moi qui serais plutôt lymphatique – surtout pour des projets où je discerne mal l'intérêt personnel que j'en retirerai –, elle m'entraîna dans un tourbillon étourdissant de rendez-vous, de gens à contacter par téléphone, à convaincre, à relancer...

Pourtant, on ne peut pas dire que tout avait commencé dans les meilleures conditions.

Aurore avait décidé que mon petit appartement serait le siège de l'association. Dans la journée, elle avait su convaincre Gilles d'être notre antenne chez les intellectuels, et Clara notre déléguée aux media.

Clara arriva la première à notre réunion de fondation. Sous prétexte de regarder les nouveaux titres de ma bibliothèque, elle se livra à une inspection scrupuleuse et méthodique de mon logis.

Sans mot dire, retroussant une lèvre carnassière, elle revint de la salle de bains et disposa posément, au centre de la petite table basse, une barrette de cheveux ornée de céramique. Là, je tombai dans le piège. Plutôt que feindre de n'avoir rien vu, je bafouillai que, justement, Aurore avait dû la perdre dans la voiture, car j'avais trouvé le bijou coincé entre les deux sièges.

Avec le détachement inflexible d'un inspecteur des impôts examinant une déclaration frauduleuse, elle me fit remarquer, en prenant soin de le manipuler devant moi pour m'obliger à admettre qu'elle ne m'entraînait pas dans la sphère toujours nébuleuse de l'interprétation, mais sur le sol de granit du fait incontestable, que le fermoir ne présentait aucun défaut. Il n'était pas courant qu'on perdît une barrette à cheveux dans un véhicule où l'on n'avait fait que s'asseoir. J'en convins, qu'eussiez-vous fait d'autre? tout en lui faisant remarquer que, pour rare et contingent que fût l'événement, le raisonnement logique qui conclurait à son impossibilité serait fautif. Elle me répondit alors par une énumération imaginative de tous les gestes, actes et autres postures susceptibles de dégrafer la barrette d'une chevelure, même dans une voiture aussi petite que la mienne.

L'échange devenait aussi passionnant qu'une partie de tennis entre deux Suédois spécialistes du fond de court.

Heureusement, la sonnette retentit. Je crus à une libération imminente. Las! C'était Gilles. Lequel me salua avec une sécheresse assez manifeste pour que je comprenne qu'Aurore avait cru bon de sacrifier aux préceptes de « vérité », « confiance » et « authenticité » (« je ne le trompe pas, si je le lui dis... »), fort prisés d'une génération qui se croit morale à force d'être naïve.

Quand ses yeux s'arrêtèrent sur la barrette que Clara tenait toujours en main, je sus que la prochaine négociation éditoriale ne serait pas de tout repos.

Quelques instants plus tard, pimpante, moulée dans un ensemble de jersey bleu, Aurore arriva. Elle embrassa tout le monde, trouva que nous avions l'air sinistre et nous engagea à nous mettre au travail sans plus tarder. Non sans s'être bruyamment félicitée d'avoir « enfin » retrouvé sa barrette, qu'elle se « désolait » d'avoir perdue...

Heureusement, les difficultés de notre entreprise permirent à chacun de délaisser ces futilités.

Clara avait attaqué bille en tête : nous n'avions aucune illusion à nous faire. Les media ne couvriraient l'événement que si nous étions capables de lui trouver un nom « accrocheur ».

Que fallait-il entendre par là ? La mode étant aux sigles qui, développés à partir des initiales, indiquaient l'objet de la manifestation, Clara nous persuada que c'était dans cette voie qu'il fallait orienter nos recherches.

Aurore s'insurgea, « au nom du concept » : ainsi, ce n'était plus l'intérêt intrinsèque, mais la seule séduction d'une dénomination qui comptait désormais ?! Mais alors, pourquoi se gêner ? Il n'y avait qu'à mieux « vendre » la philosophie et ne plus entendre dans PLATON que « Plaidoyer liminaire pour asseoir une théorie originale du *noûs* » ! KANT ? C'était tout simple ! « Kit analytique, noétique et transcendantal » !..

La jeune femme suffoquait d'indignation. Je ne l'avais jamais vue en colère, et sa passion ne la rendait que plus belle. J'intervins pour dire que nous n'avions pas d'autre choix que celui du réalisme. « Du cynisme et de la démission », répliqua-t-elle. Je lui demandai alors si nous devions risquer de compromettre un projet qui venait d'elle au nom de principes sur lesquels, par ailleurs, nous nous accordions tous. Elle baissa la tête sans daigner me répondre.

Pendant près d'une heure, on aurait entendu une mouche voler. Les crayons s'affairaient sur le papier. Le premier tour de table fut assez décevant. Gilles proposait MACARONI, pour « Manifestation consacrée au rôle des nouilles italiennes ». Dans une inspiration voisine, Aurore en tenait pour RIGATONI : « Rencontre internationale et générale autour des thèmes ouverts par les nouilles italiennes ». Moi qui n'avais rien trouvé, je fus d'autant plus à l'aise pour réfuter avec véhémence ces deux perspectives.

D'abord, j'affirmai une opposition de principe (« j'irai jusqu'à la rupture, s'il le faut ! ») à ce que le mot « nouille » figurât d'une manière ou d'une autre dans le nom du colloque. Pour des raisons que le lecteur connaît, mais qui étonnèrent Aurore et Gilles, Clara se rangea immédiatement à mon avis. Le souvenir d'un certain coup de téléphone était encore cuisant. La leçon avait été retenue...

Mon second argument était plus théorique, donc plus fondamental : on ne pouvait supposer régler la question de l' « italianité » des pâtes. Il n'était pas exclu qu'elle constituât un thème majeur du colloque, suscitant débats et polémiques. Certains Juifs d'Europe centrale, par exemple, pouvaient faire valoir l'importance traditionnelle des pâtes dans leurs coutumes alimentaires, sans accepter l'hypothèse qu'elles vinssent forcément du ghetto de Venise!

Et si nous espérions la présence de chercheurs américains, sans qui il ne saurait y avoir de colloque vraiment réussi, n'était-il pas maladroit, en pleine guerre commerciale entre USA et Italie autour des pâtes au blé tendre, de risquer un boycott qui pouvait faire tache d'huile (« d'olive », ajouta finement Gilles)?

Une onde de respect parcourut l'assemblée. Visiblement, mon intervention en imposait.

Clara rigola :

« Angelo a enfin son successeur! Il a trouvé son fils spirituel! »

Je ne saurai jamais de quoi était chargé le regard que je lui jetai, qui la fit aussitôt cesser de rire.

Au tour de table suivant, tout le monde remit copie blanche. Les cendriers se remplissaient, le niveau de la bouteille de whisky descendait, je me levai pour refaire du café.

Après bien des tergiversations et la fatigue aidant, un consensus se dessina. Nous adoptâmes PATES, « Plénum d'actualité sur la tradition et l'évolution du spaghetti ».

Dernière passe d'armes : le *spaghetti* devait-il représenter à lui seul, par un emblématique procédé métonymique, ses innombrables sœurs et frères farineux? Était-ce légitime?

Aurore argumenta, au nom du « droit à la différence » : l'un des enjeux du colloque était de sensibiliser au foisonnement, à l'irréductible diversité, aux particularités culturelles. Mettre en avant le *spaghetti* ruinerait par avance ces objectifs ambitieux et généreux, conforterait les préjugés de chacun.

Avec une vivacité dont elle n'était pas coutumière avec sa sœur, Clara rétorqua sèchement qu'il n'était pas question pour elle de « compromettre » son image en s'associant à un projet où « il s'agirait seulement de se faire plaisir ». Et elle entreprit un long développement sur la « nécessaire simplification du message », l'« univocité du support » et le « choix d'un concept performant » si nous voulions avoir l'espoir d'une couverture médiatique.

Un accord tacite entre Gilles et moi mit fin au plus vite à cet affrontement sororal qui menaçait de dégénérer. La mort dans l'âme, nous dûmes donner raison à Clara.

J'aurais fait n'importe quoi pour un sourire d'Aurore, laquelle s'était renfrognée et gribouillait machinalement sur sa feuille, convertissant en *Ferio* des syllogismes en *Festino* – indice manifeste d'une grande nervosité.

J'avais gardé de ma vie militante le souvenir d'un « truc » éculé : rédiger une motion en fin de réunion, quand chacun n'aspire plus qu'à partir et est prêt à voter n'importe quoi, pourvu qu'on en finisse.

Aussi, je proposai que fût adoptée la résolution suivante : obligés de baptiser notre colloque d'un nom ridicule pour des raisons navrantes de pressions médiatiques, nous nous engagions à n'appeler entre nous le colloque que : « le colloque ».

J'eus l'unanimité, et Aurore me sourit.

Il y eut bientôt chez moi une réunion quotidienne, qui se concluait mécaniquement dans la *pizzeria* du coin, où dénigrer les plats que nous commandions et critiquer la cuisson insensée des pâtes étaient devenus un rituel.

Nous connûmes l'alternance d'espoirs et de découragements,

d'euphorie et de consternation, d'enthousiasme et d'amertume – qui est à l'esprit d'entreprise ce que le *harissa* est au couscous.

Gilles abattait un boulot formidable : en quelques jours, il avait obtenu l'accord de principe d'un linguiste, d'un sémioticien, d'un philosophe, d'un plasticien, d'un membre du comité de rédaction des *Cahiers du cinéma* et d'un sociologue, dont la rumeur disait qu'il ne tarderait pas à faire son entrée au Collège de France. Le vieil Enzo Fertoli avait joué les divas : si sa présence n'était pas assurée, une forte délégation de l'École de l'Histoire officielle des pâtes était attendue.

Chaque soir, à table, il nous racontait les incidents qui avaient émaillé sa journée. Le coup de téléphone anonyme d'un Niçois, qui trouvait scandaleux qu'on s'apprêtât à faire la part si belle à l'Italie, alors qu'il était « bien connu » que les « vraies » pâtes avaient la baie des Anges pour berceau et que les Génois n'avaient fait que les copier. Le message se terminait par de sérieuses menaces si nous ne renoncions pas à notre projet. Une rapide enquête permit à Gilles de découvrir que l'homme n'était autre que le doyen réputé d'une université. Il ne porta donc pas plainte.

Un garage tenu par des Siciliens avait proposé de fournir un cortège de limousines noires pour transporter les invités, de l'aéroport au lieu de réunion. Gilles, un instant séduit par l'idée, avait jugé plus prudent de décliner l'offre.

Plus grave : on avait téléphoné chez lui, en pleine nuit, pour le « convoquer » à un mystérieux rendez-vous (« 6 heures du matin, quai de la gare »). Là, un homme à lunettes noires lui avait glissé l'adresse d'un café où il devait se rendre. Deux hommes, postés à l'entrée, l'interceptèrent et lui enjoignirent de monter dans une fourgonnette qui stationnait, moteur allumé. On lui banda les yeux durant un trajet où il avait eu l'impression de suivre un itinéraire volontairement heurté, avec brusques demi-tours, arrêts non justifiés, etc. Il s'était retrouvé dans la cave d'un pavillon de banlieue, où une délégation de quatre membres du FNLC, mitraillettes en bandoulière, visages masqués par des cagoules, lui avait lu un long manifeste sur l'« irréductible spécificité de la cuisine corse » et lui avaient fait jurer « sur l'honneur » qu'il ne serait jamais question, lors du colloque, des secrets de fabrication des *gnocchi à la Corse*, « patrimoine inaliénable de notre identité insulaire ».

La cérémonie s'était achevée aux sons de *L'Ajaccienne* (« Réveille-toi, ville sacrée/ Dans ton orgueil et ton amour »...), et ils avaient trinqué au blanc de Santa-Lucia-di-Tallano. L'atmosphère était devenue bon enfant, jusqu'à ce que Gilles, avec une imprudence folle, demandât à ses hôtes s'il était vrai que le raisin corse Niellucio n'était pas autre chose que le Sangronèse italien! Les militants, dans un silence de mort, se mirent au garde-à-vous, sortirent leurs revolvers et les pointèrent en l'air.

Ils récitèrent lentement une litanie de noms, dont chacun était ponctué d'un coup de pistolet : Moscata!... Aelatico!... Genovesella!... Sciaccarello!... Vermentino!... Nielluco!...

Gilles avait cru à une soudaine commémoration de camarades tombés au combat. Un de ses ravisseurs le détrompa : c'était la liste des vignes « spécifiquement corses ».

Ils étaient tout blancs quand ils se séparèrent, les coups de feu ayant détaché les plaques de plâtre du plafond.

Blancs, et un peu noirs : l'alcool aidant, l'expédition du retour parut à Gilles plus chaotique encore qu'à l'aller. Il ne sut jamais comment il avait fait pour, titubant, se retrouver chez lui.

Cet épisode, pour dramatique qu'il fût, n'était rien à côté de ce qu'il devait quotidennement essuyer : l'interminable lot d'appels de certains « accros » de symposium, journée, rencontre, plénum, débat, mélange, carrefour, hommage – pour qui *colloquer*, c'est exister.

Les appels du pape du « scripturalisme » proliféraient, que Gilles faisait désormais bloquer au standard. Notre ami ne sortait plus que par les portes de service, pour ne pas avoir à croiser ceux qui, de plus en plus nombreux, faisaient le siège de son bureau pour s'étonner, se plaindre, s'offusquer ou s'indigner « de ne pas en être ».

Un écrivain célèbre avait fait savoir, par l'entremise d'une amie travaillant chez Flammarion, qu'il était prêt à faire une communication au colloque. Il n'y mettait que deux conditions. Que l'invitation vienne spontanément de nous. Et, bien entendu, que son intervention soit retransmise en direct (il nous laissait le choix de la chaîne, mais préférait TF1) à une heure de forte audience.

Il en avait déjà choisi le thème : « Moi et Casanova : du macaroni court pour séduire les femmes. »

Gilles n'avait pas saisi la petite perche obstinément tendue...

Fidèle à son habitude, à cet admirable dévouement masochiste qui le faisait multiplier les émissions de télévision pour doctement y dénoncer le rôle pernicieux de la télévision, un essayiste à succès tenait à défendre au colloque « la Culture carnivore ».

Aussitôt, son principal concurrent en avait pris ombrage et déclarait à qui voulait l'entendre qu'il refusait de se rendre à cette réunion, où nul n'avait songé à l'inviter.

Notre plateau était presque constitué : ne manquaient qu'un théoricien de la cuisine et un psychanalyste. Une soirée entière fut consacrée à dépouiller les derniers numéros de revues analytiques. Nous avions tous beaucoup de mal à nous repérer dans le maquis d'écoles, d'instables instituts, de collèges colloïdaux, de phalanstères amphigouriques et autres séminaires séminaux.

S'inspirant des cours de la Bourse (le cours des bourses n'est-il pas, *in fine*, le seul objet de la psychanalyse ?), Clara fut chargée d'un rapport circonstancié, bihebdomadaire, sur les scissions du jour : nous choisirions au dernier moment.

Quelques confidences adroitement distillées « dans le milieu », une ou deux indiscrétions vers la presse avaient suffi à faire du colloque « l'événement intellectuel qui marquera notre génération », comme l'avaient écrit dans un texte commun, en lui-même un événement intellectuel qui marquerait notre génération, les éditorialistes de *Globe, City et Art Press.*

Seule ombre au tableau : le silence hostile d'un journal littéraire, son directeur considérant qu'il n'y avait pas assez de vieux anciens trotskistes parmi les invités pressentis...

Le petit groupe m'avait fait l'honneur de me désigner « coordonnateur ». Place de choix, idéal du philosophe : je ne m'occupais de rien en particulier et donnais mon avis sur tout. Je savais seulement que je présiderais les débats, que je serais pour l'occasion affublé du nom ridicule, mais anglo-saxon, de « modérateur », et que j'avais carte blanche pour trouver un lieu qui fût digne de notre ambitieuse entreprise.

Je passai donc des semaines charmantes.

En fin de matinée, j'attendais Aurore à la sortie des entreprises et des bureaux qu'elle continuait à démarcher, et nous partions explorer les ressources hôtelières de l'Ile-de-France, relais et châteaux, pavillons de chasse, vieilles demeures rustiques et autres domaines réservés...

Nous poussions la conscience professionnelle jusqu'à tester les chambres durant l'après-midi, afin de pouvoir offrir à la réunion du soir un compte rendu circonstancié de nos recherches.

Parfois, nous téléphonions pour prévenir de notre absence : peut-être avions-nous enfin trouvé le lieu idéal. Il nous semblait indispensable d'y dîner, d'y passer la nuit, d'y juger des prestations du personnel et de la qualité du petit déjeuner...

Hélas! Le pire est toujours sûr : au hasard de nos pérégrinations, il nous fallut rencontrer un hôtelier, d'origine sarde, que le projet PATES enthousiasma. Ses conditions défiaient toute concurrence et, pour une somme forfaitaire dérisoire, il mettait à notre entière disposition manoir, parc, piscine, golf dix-huit trous et tennis.

Nous y restâmes trois jours, « entièrement offerts par la maison ».

Devant mes amis, je peignis l'endroit des plus sombres couleurs. C'était un manoir? La belle affaire! Il était calme, en pleine forêt? Nos hôtes s'y ennuieraient. Spacieux? Ils s'y perdraient. L'étang de pêche à proximité? Ils risquaient de s'y noyer. Isolé de tout? Ils auraient peur...

Rien n'y fit et, à mon vif regret, le comité décida de prendre une option sur le manoir maudit. Et, par la même occasion, nous libéra, Aurore et moi, de « cette tâche contraignante dont nous nous étions admirablement acquittés » et qui n'avait désormais plus d'objet, comme le souligna fielleusement Clara.

C'était évidemment elle, Clara, qui rencontrait les plus sérieux problèmes.

Elle avait passé une matinée entière dans le bureau de Laurent de Caseneuve pour « vendre » notre projet. C'était l'opportunité rêvée pour donner un coup de fouet à *Avoue ta vie, va* : la retransmission intégrale du colloque, la confession nocturne des invités... « Ce projet, elle le sentait. » Caseneuve, lui, « le sentait moins ». Ce n'était pas que l'idée fût mauvaise, mais elle était un peu « élitiste ».

Triomphante, Clara sortit les statistiques de l'INSEE montrant que 98,9 % des Français mangeaient des pâtes au moins une fois par semaine », 5,3 % en mangeant « au moins une fois par jour ». Caseneuve haussa les épaules : oui, sans doute, mais des pâtes tout venant, parce que les gosses aimaient ça, que ça n'était pas cher. Rien à voir avec les pâtes italiennes! D'ailleurs, était-ce bien radiophonique, tous ces noms invraisemblables? Qui, parmi les auditeurs, serait capable de suivre?

Comme elle savait le faire, Clara argumenta tant et si bien qu'elle convainquit le producteur.

Lequel conclut l'entretien par un large sourire : si la décision, toujours plus imminente, était prise de remplacer *Avoue ta vie, va,* par *Vis ta vie, vite*, le colloque serait en effet une excellente rampe de lancement pour Pascale Wilder...

Catastrophée, Clara courut frapper au bureau de James Harford. Il était « absent pour l'après-midi », lui dit sa secrétaire. Elle appela d'une cabine l'ami du DUP et lui raconta tout, des larmes dans la voix. Il lui promit d'intercéder en sa faveur et, justement, il entendait James Harford entrer! Qu'elle ne s'inquiète pas...

Fébrile, elle prit un taxi qui la déposa devant le domicile de Caroline. Un peu surprise de cette visite impromptue, l'attachée de presse toujours bronzée se fit faire un compte rendu exhaustif de la situation. Le colloque ne l'intéressait absolument pas : soucieuse de sa ligne, elle avait depuis longtemps proscrit les pâtes de son alimentation. Elle se faisait fort de convaincre Pascale Wilder « de ne pas monter au créneau sur un coup pareil ».

A peine Clara était-elle dans l'escalier que Caroline appelait la Wilder pour lui proposer une « idée géniale » : un « Mixed'Colloque », où seraient invités les grands créateurs et inventeurs de salades composées... Pour lancer l'émission, avec le soutien logistique de la presse féminine, ça pouvait faire un malheur.

Pascale Wilder s'empressa d'appeler Caseneuve : très aimable au début de l'entretien (« Ma petite Pascale, ça fait si longtemps, il faut *absolument* qu'on se voie... »), le producteur s'énerva dès qu'il l'entendit détailler son « idée » : encore! C'était une véritable contagion! Qu'est-ce qu'elles avaient toutes, à faire une fixation sur la bouffe!...

Pascale Wilder, n'y comprenant rien, sentit qu'elle venait de commettre un impair. Elle changea immédiatement son fusil d'épaule – une « vraie professionnelle » – et entreprit de radoucir Caseneuve en lui soumettant une autre proposition « qui lui tenait depuis longtemps à cœur », qu'elle improvisa à vive allure et oublia sitôt qu'elle eut raccroché.

Elle téléphona immédiatement à Caroline pour exiger des explications, mais la jeune femme était opportunément sortie.

L'ami du DUP organisa trois déjeuners consécutifs entre Clara et James Harford. Il connaissait son homme : par touches délicates, étonnements feints, questions curieuses, il fit évoquer au DUP son séjour à la villa d'Hadrien avec sa mère, sollicitant des précisions sur la petite auberge où ils séjournaient, les préférences culinaires de Mme Harford, l'ouvrage de Marguerite Yourcenar qu'il venait enfin de terminer...

Le terrain si bien fertilisé, Clara n'eut qu'à y déposer la graine. Harford trouva le projet « merveilleux ». Il ne trouvait rien à y redire et s'étonnait de ce que Caseneuve ne lui en eût pas fait part plus tôt. Il fit seulement entendre à Clara qu'il apprécierait, « dans la mesure du possible », qu'une communication portât sur « l'influence de la cuisine italienne dans le style de Marguerite Yourcenar »... Elle lui en donna étourdiment l'assurance.

Trois jours plus tard, le verdict tombait.

Non seulement Clara était chargée de suivre le colloque pour *Avoue ta vie, va*, mais elle était nommée responsable d'une opération promotionnelle « où la chaîne engageait son et ses crédits » : *Pâte de nuit, talk-show* simultanément retransmis sur le canal de télévision privée que détenaient les actionnaires majoritaires de la radio.

Sans doute l'émission se substituait-elle exceptionnellement à la succession des neuf « sitcom » diffusés entre 2 heures du matin et l'aube, pour apurer le contingent obligatoire de créations françaises, mais « le projet valait bien un tel sacrifice ».

Clara avait d'autant moins lieu de se plaindre que Pascale Wilder et Caroline étaient explicitement placées sous ses ordres durant l'opération. Après, elles bénéficieraient chacune d'une promotion, Pascale à la météo et Caroline à la tête d'une commission sur « image et perspectives de la chaîne ». L'ami du DUP, quant à lui, devenait le nouvel attaché de presse de Clara.

Caseneuve, poussé par sa femme Gabrielle, « ulcérée des

manœuvres de Clara » (« Et dire qu'on ne peut même pas dire qu'elle a couché avec Harford ! »), se crut obligé de présenter une nouvelle fois sa démission.

Personne n'y aurait fait attention si la lettre n'avait fait l'objet d'une erreur de manipulation.

Ce matin-là, le préposé au courrier interne, qui avait passé la nuit avec une sculpturale beurette rencontrée aux Bains-Douches et dont il était tombé éperdument amoureux pendant un air de raï, posa distraitement la lettre de Caseneuve dans la mauvaise corbeille. La première conséquence de ce geste malheureux que seule l'intensité de ses sentiments permet de comprendre, sinon d'excuser, fut que la lettre n'atterrit pas sur le bureau de James Harford qui, habitué aux foucades de son collaborateur le plus immédiat, l'aurait déchirée avec indifférence.

La seconde conséquence, découlant de la première, fut que la lettre grimpa patiemment chacun des échelons de la vertigineuse pyramide hiérarchique. Jusqu'au P-DG qui en prit connaissance avec un certain étonnement et qui en trouva le style si vulgaire qu'il accepta aussitôt la démission présentée.

Prévenu par une secrétaire indiscrète, Caseneuve s'affola et supplia Harford d'intervenir en sa faveur pour « réparer l'erreur de sa vie ».

Magnanime, l'autre se fit un peu prier, et accepta. Il connaissait si bien les rouages de la maison qu'il n'eut même pas à se déplacer pour plaider la cause. Il se débrouilla seulement pour que la lettre de Caseneuve, accompagnée de la glaciale mention manuscrite : « Démission acceptée. Sans indemnité », ne redescendît jamais jusqu'à lui. Son contreseing étant indispensable, les choses en restèrent là.

Gabrielle de Caseneuve, pas chienne, lui fit envoyer un superbe bouquet de roses pour l'en remercier et lui assura par téléphone que son mari et elle feraient tout ce qui serait en leur pouvoir pour sonner le rappel du Tout-Paris, afin que *Pâte de nuit* (« une idée si appétissante ! ») soit un triomphe.

« Tu te souviens des deux enfants de *La Nuit du chasseur*, quand ils longent la rivière pour tenter d'échapper à Robert Mitchum, dont l'ombre se profile au loin, en contre-jour, sur son cheval?... »

Pour seule réponse, Aurore tendit ses paumes, comme si j'avais dû lui passer les menottes. Je n'y lus ni *love*, ni *hate*...

Nous restions là, plantés devant la maison, paralysés par je ne sais quelle appréhension. Nous n'osions pas avancer, gravir les marches du perron, lointaines, inaccessibles.

« Il ne peut tout de même pas le prendre mal, si?... »

A peine une question. On ne sait pas toujours comment ils vont résonner, les mots. Besoin de leur faire franchir la barrière de la gorge, de les entendre, de les tourner en bouche pour éprouver leur persuasion.

Passait-il ses journées à faire le guet de la lucarne des combles, sitôt qu'il n'était plus dans sa cuisine? Sa lourde silhouette s'y découpait, épouvantail à moineaux dérisoire qu'on aurait remisé là et qu'on aurait oublié...

Si, Aurore, « il pouvait le prendre mal »...

Il nous aperçut et gesticula à sa mansarde.

Quand il ouvrit la porte, il me parut accuser une grande fatigue. Son visage s'était creusé, rabougri, et comme le corps avait bien dû prendre quelques kilos, on aurait dit qu'il avait rétréci. Toujours pas rasé, sans doute pas lavé, Lombardi portait le même survêtement crasseux qu'à notre dernière visite.

Peut-être prit-il un vrai plaisir à nous voir, mais plus encore à nous le témoigner : il me gratifia d'une chaleureuse poignée de main et enserra Aurore dans une interminable étreinte, à la faire suffoquer.

Prenant de la distance, il nous scruta de la tête aux pieds, avec une attention scrupuleuse, presque méfiante. Ce fut finalement pour trouver que nous avions « l'air bien endimanchés » :

“ Si vous êtes venus me demander l'autorisation de vous marier, je vous la refuse, grommela-t-il. Sans appel! Je vous aime trop... »

Il nous invita à entrer. Et, comme nous hésitions, insista, nous pressa. Aurore lui proposa plutôt de faire un tour et l'entraîna avec elle avant qu'il ait pu refuser.

Dans le labyrinthe fleuri des ruelles de la cité, elle lui aura pris le bras. Elle marche lentement, pour mieux brider l'impatience des mots qui se bousculent. Elle veut leur apprendre à flâner, les contraindre à musarder, les obliger à dédaigner l'urgence, enfin...

Ils marchent, devant moi. S'est-elle décidée à lui parler? Comme on raconte une histoire au gosse qu'un cauchemar a réveillé en sursaut et qui feint de croire que la voix saura conjurer la peur, éteindre le sinistre, elle lui parle, pour apaiser le tumulte d'une vie...

Lui, il est probable qu'il ne dit rien. Il a calqué le rythme de son pas sur celui de la jeune femme. Je le vois seulement qui ponctue ses phrases et ses gestes d'un lent hochement de tête...

Ils parviennent jusqu'au belvédère qui surplombe Paris. Il se détache d'Aurore, qui me rejoint aussitôt. Il avance seul et demeure ainsi, un long moment, les bras tendus sur la rambarde de pierre.

Nous nous détournons de sa lourde carcasse, qu'agite seulement un léger tremblement. Nous nous éloignons, pour ne pas regarder pleurer Angelo Lombardi...

TROISIÈME CERCLE

UN COLLOQUE

« La pâte est un des schèmes fondamentaux du matérialisme. Et il nous a toujours paru étrange que la philosophie en ait négligé l'étude. »

Gaston Bachelard

CHAPITRE HUITIÈME

Où les rapports du corps et de l'âme compliquent l'attribution des chambres ; où il sera question de Coppola et de Proust ; où Angelo Lombardi rencontrera Enzo Fertoli ; où le lecteur entendra les communications du plasticien Federico Arina ; de Félix Flour, sémioticien ; d'Ange Pistou, cinéphile, dont l'intervention suscitera une vive altercation ; d'un chimiste ; de « l'auteur » lui-même, malgré l'opposition du narrateur ; de Valérie Sfoglia, psychanalyste, et de Pierre-Édouard Grano, sociologue ; où enfin, dans un contexte dramatique, Enzo Fertoli avouera tout.

Devant l'ampleur que prenait le colloque, la sensibilité particulière de certaines ethnies méditerranéennes sur la question des pâtes et les menaces dont nous continuions à faire l'objet, il avait fallu penser à assurer la sécurité de nos invités.

Clara avait eu l'idée originale de demander à Jennifer et Dan de recruter quelques-uns de leurs amis pour le service d'ordre.

La veille de l'ouverture, comme nous fixions les derniers calicots et vérifiions le bon fonctionnement de la sonorisation, Aldo, notre hôte sarde qui ne ménageait pas ses efforts pour nous aider, surgit, fébrile, une carabine à la main.

Le spectacle, vu de la terrasse du manoir, ne manquait pas d'allure : autour du bassin, où les canards effrayés s'étaient regroupés sous le jet d'eau, tournaient en un grondement assourdissant une vingtaine de monstres d'acier, très bas, aux roues épaisses et aux guidons surélevés comme des périscopes – ronde infernale qui évoquait la séquence finale de *Fellini-Roma.*

C'était, nous expliqua suavement Jennifer, le groupe hard-rock les Transes-Perce, avec qui ils devaient enregistrer leur futur clip.

Pantalons et blousons de cuir noir cloutés, chaînes de moto à la ceinture, gros souliers ferrés, impressionnantes épingles à nourrice et quelques croix gammées : ces jeunes gens, garçons et filles, étaient tous plus *skinheads* les uns que les autres...

Caroline et Pascale Wilder, nos deux « hôtesses d'accueil », s'étaient déjà fait lutiner sur les escaliers par deux costauds plutôt virils (« mais corrects », précisa Caroline). Elles clamèrent aussitôt qu'elles refusaient catégoriquement d'accomplir leur tâche en présence de ces deux énergumènes. Leurs arguments ne manquaient pas de pertinence : les participants s'enfuiraient dès qu'ils les verraient, le vieil Enzo Fertoli risquait de nous faire un infarctus, et nos *sponsors* de nous couper les crédits. Ce n'était tout de même pas un colloque sur *Portier de nuit*!

Une difficile et tumultueuse négociation s'engagea, qui ne s'acheva qu'à la nuit tombante. J'étais parvenu au compromis suivant : les Transes-Perce assureraient bien la sécurité du colloque et seraient défrayés en conséquence. Mais à condition qu'ils laissent leurs motos au garage. De plus, ne seraient acceptées que les tenues suivantes : jupes plissée bleue et chemisier blanc pour les filles, costume sombre pour les garçons. Ceux qui ne pouvaient vraiment pas se passer de leur épingle à nourrice la dissimuleraient sous leur veste. Nous ne tolérerions aucune croix gammée, et les bérets de G.I. ne seraient admis qu' « hors-service ».

Quant aux armes, il n'y en avait pas besoin : deux cars de la gendarmerie stationneraient devant le manoir pour dissuader toute attaque. Nous demandions aux Transes-Perce de garder une attitude convenable envers la maréchaussée.

Les jeunes gens, ravis d'avoir à « se déguiser », acceptèrent de passer sous nos fourches caudines.

Le vrombrissant cortège reprit la route. Je crus apercevoir Caroline chevaucher une machine conduite par un gaillard aux larges épaules, mais n'eus pas le temps de m'en étonner.

Je dois à la vérité de dire qu'ils nous donnèrent pleine satisfaction. Sans doute certains étaient-ils à l'aise dans leur blazer autant que des rugbymen lors d'une cérémonie officielle; peut-être retrouva-t-on quelques seringues usagées et deux rasoirs dans les toilettes mais, au total, tout se passa bien.

Le programme prévoyait que la première matinée serait consacrée à l'accueil des invités.

Des jeunes filles (TUC pour la plupart), en minijupes noires et chemisiers rouges, donnaient aux participants une serviette en similicroco, dans laquelle ils trouvaient un plan détaillé des lieux, le numéro de leur chambre, le descriptif exhaustif des séances et les quelques renseignements indispensables au quotidien.

Dans tous les cas, au moindre problème, ils devaient contacter « Caroline » ou « Pascale ».

Chaque navette des petits bus amenait son lot d'invités de marque. Gabrielle et Laurent de Caseneuve allaient d'un groupe à l'autre, connaissant tout le monde, gratifiant l'un d'un compliment, rappelant à l'autre un souvenir commun. Pour un peu, on aurait dit qu'ils nous avaient tous invités chez eux pour une *garden-party*.

Les journalistes étaient nombreux, trop heureux de se faire offrir un week-end champêtre. On devinait, pour certains d'entre eux, qu'ils ne perdraient pas leur temps à assister à d'autres échanges que ceux du tennis.

C'était désormais un rituel, et nous avions tout prévu. Dans la serviette en similicroco, le dossier le plus luxueusement présenté, s'il avait dû s'ouvrir sur cinq pages consacrées aux nouvelles médications des troubles gastriques, contenait surtout une biographie détaillée de chacun des intervenants, une bibliographie complète et mise à jour, et un recueil fourni de citations les plus diverses consacrées au sujet qui nous réunissait. N'importe quel journaliste tant soit peu débrouillard pouvait y puiser matière à son papier, sans avoir à s'embarrasser, en plus, d'assister au colloque.

Aldo, à la réception, était débordé. Tel sémioticien italien, qui avait affirmé venir seul, était accompagné de « deux amies ». La petite chambre qui lui était réservée était, de toute évidence, trop exiguë pour le trio. Que faire?

Frau Hildegarde Mehl, de l'université de Heidelberg, auteur réputé d'une thèse sur « le *Knödel* dans l'Allemagne luthérienne », n'eut pas de chance : plantureuse et expansive, elle venait remercier la réception de lui avoir offert une chambre si spacieuse. Elle n'acheva pas son compliment, qui se félicitait de ce que les personnes seules ne fussent plus considérées aujourd'hui comme les parias de l'hôtellerie. Aldo, avec aplomb, la persuada qu'il s'agissait d'une erreur, lui désigna d'un geste le sémioticien qui minaudait avec ses deux belles, et la remercia de subir ce désagrément avec autant de grâce. Frau Mehl n'osa pas protester, et l'échange se fit. Aldo dut faire monter un lit supplémentaire dans la grande chambre (« au moins, sauver les apparences... ») et réconforter Hildegarde, en la persuadant qu'elle serait beaucoup moins incommodée par le soleil, le lendemain matin, dans son petit cabinet à lucarne.

Aldo dut faire face à d'autres impondérables : le responsable de la rubrique littéraire d'un quotidien, qui n'avait pas daigné annoncer le colloque dans ses pages, s'était invité d'autorité et s'étonnait de ce qu'on ne l'attendît pas. Certaines défections de dernière heure autorisèrent quelques permutations et, à midi, exténué, Aldo vint me prévenir que tout était à peu près réglé.

Nous avions tenté, dans la mesure du possible, de séparer les adversaires théoriques les plus notoires, de placer dans des ailes différentes les couples désunis et de ne pas exagérément éloigner ceux que la rumeur parisienne rapprochait ou fiançait déjà.

Pour ce faire, les antennes dont Clara disposait un peu partout avaient été d'une redoutable efficacité. Son réseau d'informateurs, qui comptait une proportion notable d'informatrices, nous permettait de dresser la Carte du Tendre de la recherche et de la presse, de la modifier et de l'actualiser à mesure que des éléments nouveaux et dignes de foi le commandaient...

Là encore, Aldo dut opérer quelques changements en catastrophe : un éminent linguiste, qui avait consacré un traité entier à l'analyse des fonctions du performatif dans l'énoncé séquentiel « je cuis mes pâtes à feu vif », et se proposait d'éprouver sa méthode sur le vieux succès de Dranem :

> « Toutes les femmes de Venise
> Me trouvent très joli
> Elles m' font faire des bêtises
> Je suis ravi-au-lit... »,

et dont il était de notoriété publique qu'il frayait avec une accorte psychanalyste (à qui nous avions donc attribué une chambre contiguë à la sienne), était discrètement venu demander à Aldo s'il ne pourrait pas changer : il avait retrouvé une de ses anciennes élèves, aujourd'hui ethnologue et spécialiste du Cru et du Cuit : une chambre mitoyenne... Le problème était compliqué, mais un billet de 200 francs aida Aldo à en trouver la solution.

Dans ces cas-là, notre hôte ne prenait aucune initiative sans me consulter. Du bureau, transformé en fort Chabrol, j'appelais alors Clara qui, soigneusement barricadée dans une chambre, avait à sa disposition toute la documentation personnelle et les fiches intimes qu'elle avait pu réunir sur les invités. Nous discutions des éventuelles contre-indications ou, à l'inverse, du coup de pouce discret donné au hasard pour aider quelque idylle naissante...

Dès son arrivée, l'accorte psychanalyste semblait avoir jeté son dévolu sur un Américain de Los Angeles défenseur du blé tendre : rien ne s'opposait à satisfaire la requête du linguiste.

De fait, j'étais plutôt accommodant : le colloque ne durait que deux jours, et nous ne serions pas encombrés par les conséquences des séismes amoureux ou sexuels que nous allions, volontairement ou non, provoquer.

Je n'opposai que deux refus non motivés, mais irrévocables, à ce genre de demandes.

La première émanait d'un invididu surnommé « le naufrageur ». La plupart des maisons d'édition qui l'avaient engagé s'étaient retrouvées en faillite quelques mois plus tard. Il s'était reconverti en « agent littéraire », et tout portait à croire qu'il n'était pas là pour l'amour des pâtes. Je ne sais comment il était parvenu à se faire inviter, mais quand il demanda à Aldo la chambre voisine d'une romancière à succès (laquelle faisait vivre mon éditeur, Gilles et quelques autres, dont moi), je refusai catégoriquement.

Quant à la seconde...

L'imprudent éphèbe, fort beau gosse au demeurant, qui devait intervenir sur le thème : « Pâtes et mondanités : de l'usage métaphorique du *gratin* », ne comprit jamais pourquoi deux balèzes en blazer, une épingle à nourrice dans l'oreille, l'avaient cueilli quand il sortait de sa chambre pour aller faire quelques balles au tennis.

Ils avaient su faire comprendre au spécialiste du gratin

qu'il était désormais *persona non grata* et, un quart d'heure plus tard, le raccompagnaient à la première navette en partance.

Le bel éphèbe regretta d'autant plus amèrement cet incident que, quelques instants plus tôt, comme il passait devant la réception,il avait été ébloui par une jeune fille délicieuse, qui avait l'air affairé.

Il s'était approché d'Aldo et lui avait demandé s'il la connaissait, quel était son nom... et le numéro de sa chambre.

Aldo avait fait semblant de chercher dans son registre et d'obtenir une confirmation téléphonique à la réservation : à l'autre bout du fil, je lui donnais mes instructions.

Il fit un signe à l'éphèbe et, d'un ton comploteur :

« Nous ne la connaissons que sous le nom de " mademoiselle Aurore ", chambre 36. »

Dois-je préciser qu'il ne refusa pas le billet de 200 francs que lui tendait le jeune homme?

Et lorsque le livreur déposa une magnifique gerbe de fleurs devant la porte de la chambre 36, j'avais eu le temps de préparer une petite carte...

Le salon de réception était maintenant plein à craquer. Les serveurs s'activaient pour servir coupes de champagne, jus de fruits ou whiskies, et surtout pour tenter de soustraire canapés et amuse-gueules à la voracité des baroudeurs de buffets, dont le stratégique manège autour des plats n'avaient rien à envier à celui des hélicoptères d'*Apocalypse Now*.

« Cher ami, disait l'un la bouche pleine, ne me dites pas que vous ignorez d'où Francis a tiré cette idée si... spectaculaire?!

– Je l'ignore, répondait l'autre en avalant ses œufs de lump, d'autant plus mortifié qu'il était critique à *Première*.

– Mais de *La Recherche*, voyons! Vous avez lu Proust, tout de même?!

– Heu... pas tout. Le début, seulement...

– Dans ce cas!... Il faut aller jusqu'au *Temps retrouvé*, quand est décrit un raid de zeppelins sur Paris, “ le moment où ils *font apocalypse* ”, au point, écrit Proust, que “ c'était à se demander si c'était bien des aviateurs et pas plutôt des walkyries qui montaient ” »! s'exclamait l'un, pendant que l'autre, dépité, reprenait un petit four salé *.

Pareille *disputatio* n'avait pas qu'une valeur heuristique : nul n'aurait eu la grossièreté d'interrompre des interlocuteurs aussi concentrés sur leur discussion, si bien que les arguments échangés tenaient lieu de cordon sanitaire interdisant l'accès du buffet, au cas improbable où quelqu'un aurait eu l'idée saugrenue de vouloir s'en approcher.

James Harford, rouge d'excitation alcoolisée, évoquait de grandioses projets avec le représentant du *sponsor* pharmaceutique (« *Diabète et la Belle*, avec un jeu sur l'insuline, ça marcherait du tonnerre! »...). Laurent de Caseneuve, qui se faisait « un devoir d'aider cette pauvre Pascale Wilder », avait disparu, abandonnant Gabrielle, qui s'abandonnait elle-même, lascive, aux assauts de galanterie polyglotte d'un psychologue grec, qui testait sur elle les effets de sa future communication sur « Pythie, pâtes et pathos ».

Quant à Caroline, dont les manches du chemisier dissimulaient opportunément quelques ecchymoses bleutées fort suggestives, elle ne lâchait plus d'un pas le gaillard aux larges épaules qui, l'œil soupçonneux, muscles bandés, prêt à intervenir, s'assurait du bon déroulement de la réception – malgré

* Pour que le lecteur soit en mesure de savourer l'humour de ces lignes et la maîtrise qu'elle manifestent dans le « glissement » narratif, qu'on me permette d'évoquer une anecdote personnelle. Quand je rencontrai l'auteur, quelques mois avant sa mort, pour lui soumettre les débuts de ma traduction (qu'il accueillit avec faveur), il me fit part de sa « découverte ». Il jubilait : « Coppola est meilleur lecteur de Proust que tous les critiques réunis, dont pas un n'a su voir le rapprochement! Je trouverai bien un moyen pour le faire savoir! » Quand je pris connaissance du manuscrit définitif, l'anecdote était magistralement intégrée au récit. A cet endroit précis, bien sûr. (*N.d.T.*)

les tentatives de l'ami du DUP pour capter son attention et le distraire de sa tâche. Jennifer et Dan, une fois de plus, étaient « comblés » : ils venaient de rencontrer un important producteur, susceptible de financer leur vidéoclip...

Les conversations, les exclamations, les rires et le tintement des verres se mêlaient en un tumultueux bourdonnement.

Des portes-fenêtres ouvraient sur une vaste terrasse qui surplombait l'étang et le parc. A chaque extrémité du salon de réception, cinq marches montaient à un petit perron, devant une porte dont le double battant s'ornait de velours rouge et or.

Coïncidence fortuite, hasard extraordinaire? Chacune des deux portes s'ouvrit simultanément, dans une symétrie si parfaite qu'on eût pu croire la scène réglée par Peter Greenaway.

Aussitôt, une irrépressible vague de silence déferla sur une assistance qu'enivrait pourtant l'écho de ses bruissements. Au point de n'entendre plus, bientôt, que le craquement des lattes du parquet ciré.

Les petits groupes se délitèrent en un mouvement qui ménagea, entre deux haies, un long couloir entre les perrons.

En haut du premier, un vieillard chauve, très maigre, le visage osseux aux pommettes saillantes. Il descendit les marches, claudiquant sur une canne noire au pommeau d'ivoire qui frappait le sol d'un bruit mat. Des sourcils charbonneux ponctuaient d'un accent grave un regard de braise et accusaient la sévérité de traits, comme calcinés par une interminable fulmination. La petite bouche sèche aux lèvres pincées faisait douter de ce que le rire pût exister.

Un homme, peut-être un peu moins âgé, dont tout, dans l'attitude et le maintien, indiquait qu'il était son vieux et fidèle serviteur, soumis et rompu à une tyrannie fantasque, le soutenait par l'autre bras.

Un murmure intimidé parcourut l'assemblée : Enzo Fertoli avait daigné se déplacer...

En face, engoncé dans un smoking trop étroit, bourrelets rebelles débordant du plastron, barbe taillée, la crinière blanche soigneusement peignée et rejetée en arrière (chez lui depuis l'aube, Aurore l'avait patiemment préparé, malgré ses protestations et son intention première de venir en survêtement), se tenait en majesté Angelo Lombardi. Aurore lui prêta son bras, et sa grâce, pour descendre l'escalier.

Il le descendit donc, aussi peu sobrement que l'aurait fait Cécile Sorel.

Avec un art consommé du cabotinage, un sourire de défi sur les lèvres, il faisait semblant de ne voir personne mais, d'un imperceptible signe de la tête, ou d'un clignement d' yeux, il saluait ceux qui, dans l'assistance, le reconnaissaient. Ceux-là étaient les plus nombreux, dont aucun n'ignorait la gravité de l'instant.

Il régnait dans la salle une telle tension que même les plus jeunes, qui n'étaient au courant de rien, n'avaient jamais entendu parler de la lutte homérique qui, naguère, avait opposé Angelo Lombardi et Enzo Fertoli et ne savaient rien de ses enjeux, ne pouvaient que sentir confusément qu'ils vivaient là un moment historique.

Les deux hommes s'étaient arrêtés à quelques mètres l'un de l'autre. Le serviteur fit signe qu'on apportât un siège pour le vieil historien. Un violent coup de canne sur le parquet le laissa interdit :

« Je peux très bien tenir debout tout seul!... »

Sa voix nasillarde, d'une puissance insoupçonnée, résonna dans le salon.

« ... Je m'en voudrais d'être assis pour saluer un aussi cher ennemi...

– J'accepte, eu égard à ton grand âge, que tu me salues assis! aboya Lombardi en toisant le petit homme.

– Mon grand âge ! Tu te prends peut-être pour un jeunot ?!... »

Un rire étouffé jaillit du public. Furieux, Enzo Fertoli identifia le perturbateur et le fusilla du regard.

Il leva sa canne comme un chevalier sa lance et s'avança résolument sur Lombardi. Ce dernier ne bougea pas et son large poitrail s'offrit à l'embout de caoutchouc.

« Je te tiens en respect, ricana Fertoli. Ce respect que tu n'as jamais su me témoigner... »

Et, plus bas :

« Combien de temps, Angelo, depuis notre dernière rencontre ?

– Cinquante-trois ans, murmura Lombardi. Tu venais d'achever ta thèse...

– Le colloque de Padoue ? »

Lombardi acquiesça.

L'autre baissa sa garde :

« Viens m'embrasser, vieil hérétique ! »

Sous les applaudissements du public et les flashes des photographes, ils se donnèrent une longue accolade.

Le colloque débuta à 14 heures précises.

Après l'apéritif, chacun avait pu trouver dans sa chambre un frugal plateau-repas.

Il m'avait fallu batailler ferme contre l'inspiration débordante et les propositions d'Aldo, et insister pour qu'il réservât les festivités culinaires au dîner et au déjeuner du lendemain, qui précéderait la cérémonie de clôture. Si certains en profitaient alors pour faire une petite sieste, la chose ne présenterait pas d'inconvénient majeur.

En revanche, envisager d'inaugurer le colloque après des *gnochetti aux épinards et ricotta,* arrosés de *Chianti classico* et suivis d'une tarte sucrée aux épinards (*Torta di Verdure*), comme Aldo l'avait suggéré, ne m'avait pas paru raisonnable.

J'étais parvenu à le convaincre en usant d'un argument analogique : un colloque littéraire n'avait jamais impliqué que ses participants sachent écrire ; des rencontres cinématographiques exigé des critiques qu'ils aient jamais touché une caméra. On pouvait donc parfaitement admettre qu'un colloque sur les pâtes débutât par « viande froide-salade-eau-minérale ».

La salle était pleine. Au premier rang, côte à côte, Enzo Fertoli et Angelo Lombardi gesticulaient, poursuivant la discussion qu'ils avaient commencée pendant leur accolade. Il n'y avait pas eu moyen de les faire monter dans leur chambre. De guerre lasse, on avait disposé deux chaises dans le salon de réception. Ils avaient alors demandé à ce que les portes fussent verrouillées et qu'on ne les dérangeât sous aucun prétexte. Tour à tour, Aurore, Clara et Gilles vinrent coller l'oreille à la porte : ils ne purent surprendre que des bribes incompréhensibles, tantôt en français, le plus souvent en un mélange de patois divers : piémontais, dialecte napolitain, expressions calabraises saupoudrées d'idiolectes plutôt génois, que venaient ponctuer de vrais jurons romains...

Une seule chose ne faisait aucun doute : Fertoli et Lombardi ferraillaient ferme autour de leur ancestrale pomme de discorde car, dans toutes les langues, on peut reconnaître qu'il est question de « Catherine de Médicis »...

Pour plus de précautions, j'avais demandé à deux de nos *skinheads* de rester à proximité et d'intervenir au cas où la discussion prendrait un tour trop violent. Leur mission fut plus pacifique : ils n'eurent qu'à apporter trois bouteilles de *Lacrima Christi* aux combattants. Lombardi les avait réclamées à cor et à cri sans ouvrir la porte, persuadé qu'il était, le bougre, d'être espionné derrière.

Et quand Aldo, très impressionné, avait frappé pour leur annoncer que le colloque débuterait dans moins d'une heure, il s'était fait vertement rembarrer par le duo, pour une fois unanime.

J'avais un trac fou : marchant de long en large, mes feuillets à la main, je tentais de me concentrer sur le texte du discours inaugural.

C'est alors qu'Aurore m'avait rejoint et, d'un long et fougueux baiser, remercié pour la gerbe de roses qui l'attendait devant sa porte. Le sourire niais et modeste (« ce n'est rien, c'est tout naturel... ») que j'arborai alors se figea. Une chose l'intriguait, me dit-elle : à peine entrée dans sa chambre, elle avait reçu un appel téléphonique du fleuriste, qui tenait à s'assurer d'une bonne réception. Au cours de la conversation, le nom du commanditaire lui avait échappé.

Mon sang se glaça, et je maudissais le manque de discrétion des fleuristes pendant qu'Aurore me faisait part de sa surprise : un nom qu'elle ne connaissait pas. Tout juste croyait-elle se souvenir l'avoir vu sur la liste des invités... Mais alors, quel rapport avec les mots « tendres et polissons » (*sic*) de ma carte?

Pas nietzschéenne pour rien, Aurore : je lisais le soupçon dans ses yeux.

Je me lançai alors dans une improbable improvisation : j'avais choisi un pseudonyme, en effet, craignant que Clara ne prît mal mon geste si, par un hasard malheureux, elle en avait connaissance. N'ayant aucune imagination, j'avais précisément relevé un nom parmi ceux des participants qui, au dernier moment, s'étaient désistés...

Dieu merci, Aurore finit par mettre sur le compte de ma légitime émotion les explications embrouillées dont je la gratifiais...

A mes côtés, Aldo, qui avait suivi toute la scène, feuilletait distraitement l'ordre du jour en sifflotant...

« Mesdames, messieurs, chers amis,

" Tu t'es bercé sur ce flot pur
Où Naples enchâsse dans l'azur
Sa mosaïque,
Oreiller des lazzaroni
Où sont nés les macaroni
Et la musique. "

« C'est par ces vers d'Alfred de Musset que je veux vous accueillir et vous remercier d'avoir, par votre présence, contribué au succès de PATES, dont je déclare solennellement l'ouverture.

« J'aime à nous placer sous l'égide du poète. Sans doute est-il des rimes plus riches mais, en faisant consonner " lazzaroni " et " macaroni ", Musset nous invite à le suivre sur les chemins buissonniers, où science et rêverie savent entretenir un dialogue nutritif, dont les fruits, fussent-ils de contrebande, ne demandent qu'à être dégustés.

« En tressant pâtes et poésie, ne sommes-nous pas fidèles à la légende? Elle affirme que Thalie, émue par le cri de détresse des poètes affamés, aurait inventé les *spaghetti* pour leur venir en aide. Mais quelle Thalie? La Grâce, fille de Zeus et d'Eurynomé, qui préside à la végétation, et donc à la précieuse culture du blé? Ou l'amante de Daphnis, celle qui aurait donné des fils, les corybantes, à Apollon, muse protégeant comédie et poésie légère? Laissons cette équivoque nous bercer de son mystère...

« Il serait long et fastidieux de dresser l'inventaire de tous ceux, illustres ou inconnus, qui n'ont ménagé ni leur peine, ni leur dévouement, pour préparer ces rencontres. Que chacun se reconnaisse et sache combien, grâce à lui, ce jour est important pour tous les amateurs de pâtes, partout dans le monde.

« C'est en effet la première fois que les pâtes sont, à elles seules, l'objet d'une réunion internationale de cette qualité... supérieure (*rires*)!

« Sans doute ont-elles été évoquées, çà et là, lors de manifestations consacrées aux traditions ou à l'histoire de l'alimentation. Mais jamais elles n'avaient été étudiées pour elles-mêmes – j'oserai dire, avec Hegel, " en soi et pour soi ".

« Et pourtant... Les plus éminents spécialistes affirment qu'il n'y a pas moins de sept cents (certains n'hésitent pas à en dénombrer près de neuf cents!) formes de pâtes. Des esprits malicieux affirment même que cette prodigieuse variété permettrait à nos amis italiens, pendant un an, midi et soir, de ne déguster que des pâtes, sans avoir jamais l'impression de manger la même chose!

« Cette tâche exaltante, nous allons nous y atteler durant deux jours. Dresser la cartographie d'un monde enchanteur. Chercher la cohérence sous l'apparent désordre des formes. Sillonner cet univers foisonnant,

“ si proche de chacun
Et pourtant si lointain... ”

« Peut-être saurons-nous résoudre quelques-uns des problèmes qui ne sont pas encore élucidés, ouvrir des pistes nouvelles et repousser, modestement, les limites de notre ignorance. Mais ne nous faisons pas d'illusions : beaucoup de questions sont appelées à rester sans réponse.

« Comme l'écrivait Gaston Bachelard, “ la connaissance du réel est une lumière qui projette toujours quelque part des ombres ”. Et, pour paraphraser le philosophe, peut-être serait-il sage de nous persuader que les pâtes ne sont jamais “ ce qu'on pourrait croire ”, mais toujours “ ce qu'on aurait dû penser ”.

Combien nos savoirs apparaissent comme de frêles esquifs, sur l'océan de l'incertitude, quand ils essuient les tempêtes du questionnement (*applaudissements et approbations diverses*)!

« Rassurez-vous : je n'accaparerai pas une parole précieuse. Mais, avant de céder la place au premier intervenant, dont j'ai voulu qu'il fût artiste plutôt que savant, je voudrais saluer, en votre nom, deux éminentes personnalités.

« Sans elles, la *pâtologie* n'aurait pas vu le jour. Elle n'aurait pu se faire une place dans le maquis broussailleux des sciences humaines qui, jalouses de leur territoire, mauvaises camarades, sont si souvent prêtes à maltraiter la dernière venue, à la soupçonner de vouloir leur soustraire, comme on dit, “ une part du gâteau ” (*rires*)...

« Mais on ne dit pas “ bas les pattes ” à la pâtologie (*applaudissements*)!

« Remercier d'abord Son Excellence, le professeur Enzo Fertoli, de nous avoir fait l'incomparable don de sa présence, de son expérience et de son immense savoir (*applaudissements* évidemment *nourris*).

« Ce maître ne prendra pas ombrage, j'en suis sûr, si je vous demande de rendre hommage à celui sans qui l'idée même de cette réunion serait restée lettre morte, aussi raide et triste que le *spaghetti,* oublié par la ménagère maladroite au fond de son paquet, quand tous ses compagnons montent vaillamment sur le front torride de la cuisson – j'ai nommé notre Président d'Honneur, Angelo Lombardi. »

Les applaudissements crépitèrent, suivis d'une ovation. La salle entière se leva. Seul, Enzo Fertoli resta de marbre. Il était assis, raide et droit, le visage absolument impassible, et supporta sans tressaillir la longue acclamation qui saluait son adversaire de toujours.

Angelo, lui, tassé dans son fauteuil, s'était absorbé dans la lecture du programme dès le début de mon intervention. Lui non plus n'avait pas réagi quand Fertoli avait été applaudi. Il avait seulement, à ce moment-là, posé sur sa tête les écouteurs de traduction simultanée.

Je le regardais, espérant qu'il savourait pleinement cette reconnaissance publique qu'il avait tant attendue.

C'est alors que je me rendis compte que le casque qu'il avait aux oreilles était celui de son walk-man...

« Merci.

« Laissez-moi vous présenter Federico Arina. L'un des plasticiens catalans mondialement reconnu, « peintre sur pâte », comme il aime lui-même à s'appeler. On lui doit, vous vous en souvenez sûrement, une réplique exacte de la Sagrada Familia de Gaudi en *capellini* et *tufoli.* Sa toile Bris de *bricchetti* a reçu le Prix de l'Inattendu à la Mostra de Venise. Quant à son collage comestible *Creste di Pulcino*, il a été l'événement de la dernière FIAC à Paris, et a reçu le Premier Accessit du Prix des Restaurants du Cœur, que lui a remis en main propre Mme Véronique Colucci. »

J'étais en sueur quand je regagnai ma place à la tribune. Du discours que j'avais préparé, je n'avais su lire qu'une petite moitié, sautant un paragraphe, résumant en une phrase ce qui, sur le papier, offrait un développement. J'avais eu peur du public. Non que l'assistance fût hostile : elle était au contraire dans d'excellentes dispositions. Les éloges étaient unanimes, qui saluaient l'accueil d'Aldo et du personnel, le cadre du manoir et l'organisation générale de la rencontre.

Mais ces visages sérieux venus des pays les plus lointains, blanchis sous le harnais de la recherche de la vérité; ces savants sévères qui, tous, déjà, prenaient des notes (ou, pour les trois Japonais, des photos); ces synapses mobilisées... Un précipice s'était ouvert sous mes pas. N'avions-nous pas bâclé la préparation du colloque? Ne risquions-nous pas le fiasco?

Je n'osais pas trop y penser, mais l'attitude de Lombardi me consternait. Son ingratitude me révoltait. Quoi! Tant d'efforts, d'énergie, de temps sacrifié pour lui – et une ostensible indifférence en guise de remerciements! Je priais pour que personne ne remarquât une attitude aussi grossière.

Clara, assise au premier rang près d'Angelo, et Aurore, debout au fond de la salle, sentirent mon trouble sans en deviner l'objet. Elles me firent en même temps un petit signe d'encouragement. Cette complicité involontaire des deux sœurs, si elle apaisa mon anxiété, ne calma pas ma colère à l'égard de Lombardi.

Dès la première interruption de séance, il me fallait avoir une franche explication avec Aurore sur la conduite du vieux. Elle seule était capable de le raisonner. Son comportement faisait le plus mauvais effet et, si nous n'y mettions pas rapidement un terme, risquait de tous nous ridiculiser.

Federico Arina, athlétique, le cheveu noir ébène gominé et le regard andalou (ce qui, pour un Catalan, n'était pas un mince exploit), se laissa complaisamment cribler par la mitrailleuse des flashes. Comme son compatriote Julio Iglesias, il avait exigé qu'on le photographiât sous son profil gauche – ce que j'avais du mal à comprendre, moi qui, de la tribune, avait le privilège d'observer son profil droit : *à première vue,* il ressemblait fort à l'autre...

« Inutile de vous dire, je pense, quelle joie j'éprouve à être parmi vous, aujourd'hui. Oui, franchement, je jubile – moins à l'idée de vous parler qu'à l'obligation qui vous est faite de m'écouter... »

(Les traductrices prirent l'initiative avisée de limer les angles trop saillants d'une telle forfanterie. Ceux qui ne comprenaient pas le catalan, et ils étaient la majorité, eurent droit à une version *soft* de cette introduction *hard*...)

« Mon amour des pâtes, je le dois à mon ami, l'écrivain Manuel Vasquez Montalban, qui, vous le savez, a trouvé un filon littéraire prodigieux en agrémentant ses œuvres de recettes de cuisine, dont il n'hésite pas à fournir une description détaillée. Parmi elles, aucun de ses lecteurs ne saurait ignorer la place éminente qu'occupent les recettes de *spaghetti*, sur lesquels il a su tenir un propos définitif, écrivant dans *Les Oiseaux de Bangkok :* “ Si ces merveilleux filaments à la texture magique avaient eu un nom allemand, grec ou latin, les trois langues qui échappent à la banalisation, ils seraient appréciés à leur juste mesure et disposeraient d'une place d'honneur dans n'importe quel musée de l'Homme. ”

« Cette technique a un double avantage : pallier, le cas échéant, un manque subit d'inspiration créatrice, cette crampe de l'imagination qui peut paralyser même les meilleurs. Et permettre au roman, ce genre aujourd'hui si maltraité par le marché, de se hisser péniblement dans la catégorie des seuls livres qui se vendent désormais : les ouvrages de cuisine.

« Depuis longtemps, je m'essaie, pour ma part, à trouver l'équivalent *plastique* de ces morceaux de bravoure littéraire. Et ainsi, tenter de concilier ces deux éléments, aussi rebelles l'un à l'autre que l'eau et le feu : l'exigence créatrice, dans l'amertume de ses larmes, et l'intérêt commercial, dans l'épaisseur de ses liasses ! (*Bravo !*)

« Mais je ne suis qu'un artiste ! Je ne prétendrai donc pas rivaliser avec la somme encyclopédique de savoirs ici réunis. Aussi, je laisserai à d'autres, plus compétents que moi, l'épineuse question de la *forme* des pâtes et consacrerai mon propos à la couleur, sans oublier jamais l'injonction de Léonard de Vinci : " Fais la perspective des couleurs de façon qu'elle ne soit pas en désaccord avec la dimension de l'objet, c'est-à-dire que les couleurs perdent partiellement leur nature dans la proportion où les corps, à diverses distances, perdent leur quantité naturelle. "

« Les pâtes n'ont pas besoin, aujourd'hui, d'un Malevitch ! Elles réclament leur Delaunay !!! (*Applaudissements d'une partie de la salle ; murmures réprobateurs de la délégation soviétique.*)

« Partons, comme toujours, du sens commun, qui ne connaît que des pâtes blanches, tirant sur le jaune quand on ajoute des œufs à la farine. Qu'il existe des pâtes vertes, beaucoup le savent. Mais ils ne pensent généralement qu'aux épinards.

« Or, j'ai joué, dans l'une de mes fresques appelée peut-être à remplacer celle du Niçois Raymond Moretti au Forum des Halles, à Paris, sur les ressources de gradation qu'offre la couleur espérance.

« Remplacez en effet les épinards par des feuilles de menthe fraîche, que vous ferez bouillir pour les passer ensuite au tamis : vous obtiendrez une pâte verte, assurément, mais d'un vert très clair. En suivant le même principe, substituez à la menthe 100 grammes de feuilles d'orties crues : surgira devant vous une pâte gris-vert.

« La composition en camaïeu de cette triple recette vous permettra de présenter un plat dont les nuances n'auront rien à envier au traitement du vert dans *Sur la terrasse* de Pierre-Auguste Renoir (*applaudissements*)!

« La longueur d'onde des radiations lumineuses nous autorise à situer le vert comme un intermédiaire entre le jaune et le bleu.

« Mélangez une purée de potirons à la farine, vos pâtes seront d'un jaune peu soutenu. Vous le voulez plus éclatant, à la manière du fond choisi par Van Gogh pour sa toile de novembre 1888, *Mme Roulin et son bébé?* Rien de plus facile, avec un sachet de safran!

« Si votre choix se portait sur des pâtes beiges, il vous suffirait de faire cuire des cèpes dans un peu de vin blanc et de bouillon. Une fois pressés, mélangés à la farine et aux œufs, votre rêve sera réalisé! (" *Bravo!* ")

« Mais le bleu, me direz-vous? Peut-on imaginer des pâtes " à la Corot ", " à la Matisse "?

« La recette en étant inusitée, aussi difficile que rare, je réclame toute votre attention.

« Mélangez 400 grammes de farine et trois œufs, dont vous n'utiliserez de préférence que les blancs. Un peu d'eau, une goutte de lait si la liaison s'avérait difficile.

« Ajoutez alors précautionneusement huit à dix cuillerées de curaçao bleu.

« Ces pâtes sont si belles que je conseille de les présenter sans leur sauce, qui devra être simple et délicate : crème à la ciboulette, par exemple (*murmures d'admiration*).

« Un dégradé est évidemment réalisable à partir du rouge. Il serait insultant pour tous que je m'attarde sur les pâtes à la tomate. Notons seulement qu'entre le rouge vif de tomates en purée, et les roses obtenus par l'adjonction de crème fraîche subtilement dosée, un grand choix de nuances est, là encore, offert à l'inspiration.

« Des pâtes orangées, évoquant *La Cathédrale de Rouen, Coucher de soleil*? Faites cuire des carottes à la vapeur et pressez-les en les mélangeant à la farine et aux œufs.

« Voulez-vous surprendre vos hôtes ? Proposez-leur des pâtes violettes (*exclamations incrédules*). Faites une purée de la pulpe d'une betterave. Sachez seulement que la pâte n'aura pas l'élasticité nécessaire pour composer des formes trop fines ou trop menues...

« Comme vous l'entendez, comme vous le voyez, j'espère, la pâte est une toile offerte aux ressources les plus variées de l'imagination du peintre coloriste.

« Je suis prêt à répondre aux questions. »

Une salve d'applaudissements accueillit l'intervention d'Arina. Des bras se levèrent. Caroline, un micro baladeur à la main, s'approcha d'un sosie d'Arnold Schwarzenegger et s'abîma dans sa contemplation pendant qu'il intervenait. Prenait-elle conscience qu'à côté de lui son *skinhead* aux larges épaules était aussi impressionnant que devait l'être Toulouse-Lautrec ?

« Johnny Noodles, Massachusetts Institute of Technology, USA. Monsieur, votre démonstration est brillante, mais nous nous méfions, outre-Atlantique, de la tendance à l'interprétation, si brillante soit-elle, des intellectuels de la vieille Europe. Nous lui préférons toujours la force brute du *fait*. Je ne vois donc pas comment votre système chromatique pourrait accueillir des pâtes, disons, " marron " – pour vous mettre à l'épreuve !

– Je vous remercie de votre question. Je vais y répondre et essayer d'apaiser votre suspicion naturelle (*rires*).

« Accordons-nous sur le point de départ, qui est notre " invariant " : 400 grammes de farine, quatre œufs et de l'eau. Sur cette base, vous travaillez la pâte en y ajoutant 50 à 60 grammes d'une très fine poudre de cacao amer.

« Vous êtes fin gourmet ? Vous connaissez donc les trois adresses pour se procurer, en France, les meilleurs chocolats. Demandez-les chez Arosteguy, à Biarritz ou procurez-vous l'" extra-bitter " de Christian Constant, à Paris, si, par hypothèse improbable, vous étiez lassé de ceux de Bernachon !

« Et, confidence pour confidence, ne les sacrifiez surtout pas aux pâtes et dégustez-les “ nature ” (*rires et approbations*) !

« Comme le signale à juste titre Luigi Veronelli dans son *Livre des pâtes*, cette recette est indiquée pour accompagner le gibier : un filet de biche, un rôti de marcassin s'accommoderont fort bien de *rigatoni* marron. Et la tache sang d'une confiture d'airelles sera l'ultime touche de raffinement ! »

De nombreux participants se levèrent pour acclamer l'orateur qui, d'un geste négligent, passa une main dans ses cheveux.

« Une autre question ?

– Inès da Silvera, université de Salvador de Bahia, Brésil. Croyez-vous aux pâtes aux fraises ?

– Sans doute... Puis-je vous demander le pourquoi de cette question ?

– J'adore les pâtes et aime beaucoup les fraises, alors...

– Dans ce cas !... Rien ne vous empêche de mélanger à la pâte du coulis de fraises ou de framboises. La seule difficulté à laquelle vous pouvez vous heurter tiendra à la consistance trop liquide de la pâte. N'hésitez pas alors à ajouter un peu de farine. Et ne gardez pas la pâte trop longtemps : elle peut tourner !... Mais je me permettrai de conseiller à nos amis brésiliens d'opter pour la fameuse recette des pâtes au café : ils me paraissent les plus qualifiés pour la réaliser ! Si le modérateur m'autorise à dépasser le temps qui m'est imparti ?... »

J'acquiesçai.

« La recette se compose de 500 grammes de steak haché, quatre oignons, une gousse d'ail, 200 grammes de tomates, 250 grammes de champignons de Paris émincés, deux cuillerées à soupe d'huile d'olive extra-vieille première pression à froid, une pincée de sucre, sel, poivre, origan... et trois quarts d'une grande tasse de café, de préférence un mélange arabica et robusta.

« Vous préparez votre plat comme s'il s'agissait d'une classique sauce bolognaise. Mais, au moment où vous faites revenir la viande avec tomates et champignons, vous rajoutez le café.

Les *spaghetti au café*, un “ must ” de la nouvelle cuisine! Et si vos invités redoutent l’insomnie, choisissez du décaféiné!!!

« Un dernier mot. Vous trouverez, dans le petit salon bleu, une exposition de mes derniers travaux. Vous comprendrez aisément que je préférerais ne pas avoir à les remballer pour les rapporter à Barcelone! Je brade!! Merci!!! Good bye!!!! »

Et Federico Arina quitta la tribune sous les ovations, comme le favori d’une convention démocrate, les deux bras tendus en V et le sourire éclatant.

Il me fallut patiemment attendre le retour au calme pour annoncer l’orateur suivant.

Un petit homme maigrichon se fraya un chemin jusqu’à la tribune. Tout en lui était gris : le teint de sa peau, le costume trois-pièces et la monture des lunettes. S’installant maladroitement devant le micro, qu’il heurta avec le coude, il me lançait des coups d’œil interrogateurs. Trois fois, je lui fis signe de commencer à parler. Trois fois, une aspiration gonfla les petits poumons. Aucun son n’en sortit.

Je dus me faire menaçant :

« Félix Flour, vous avez la parole! »

La mécanique se déclencha : une voix fluette se lança dans un fastidieux monologue, dont l’audition était rendue difficile, non seulement par la haute technicité du propos, mais par des césures de respiration qui ne correspondaient que de manière aléatoire aux unités de sens.

« Je me présente Félix, Flour spécialiste de sémiotique structurale à l’EHESSTUV de Villeneuve-d’Ascq, 59, France.

« Mes recherches sont consacrées à une extension, du modèle théorique naguère proposé par, le grand A.J. Greimas dont je fus, l’élève sur l’isotopie du discours appliquée à l’univers de Georges, Bernanos.

« Chacun de vous a en mémoire je suppose les, superbes analyses sur les “ critères de sémanticité ” de l’eau qui, se concluaient si magistralement par ces lignes : “ *Chaleur* se combine avec *feu*, tandis que *eau* admet un paradigme variable : l’eau peut être froide, tiède ou chaude. ” (*Sémantique structurale*, p. 231, Larousse, Paris, 1966).

« Poussant plus loin l’investigation, le maître proposait une double série d’oppositions (*ibidem*). Celle de “ l’articulation particulière de la structure élémentaire de la signification ” :

$$\frac{\text{identité}}{\text{(positif)}} \quad \text{vs} \quad \frac{\text{mélange}}{\text{(complexe)}} \quad \text{vs} \quad \frac{\text{altérité}}{\text{(négatif)}}$$

et, sur “ l’axe de consistance ”,

$$\frac{\text{gazéité}}{\text{(positif)}} \quad \text{vs} \quad \frac{\text{liquidité}}{\text{(complexe)}} \quad \text{vs} \quad \frac{\text{solidité}}{\text{(négatif)}}$$

ce qui l’autorisait à en déduire : “ L’eau, en effet, n’est ni solide ni gazeuse : elle est les deux à la fois ” (*ibidem*, p. 232).

« Je me suis alors demandé si une telle conception pourrait nous aider à formaliser, en utilisant la règle établie par J. Anderson de “ sous-catégorisation (RSC) développant des complexes (C) de catégories et de traits casuels ”, les problèmes posés par la cuisson des pâtes, où l’on retrouverait évidemment la trilogie greimassienne que je viens de rappeler – tant il est vrai qu’une cuisson *al dente* suppose la maîtrise conjointe de la gazéité, de la liquidité et de la solidité.

« Et dans l’ensemble je, peux vous rassurer : ces modèles peuvent, être en effet élaborés à certaines conditions... »

Inexorablement, la salle se vidait. L’hémorragie avait débuté, d’abord imperceptible : un homme s’était levé. Pressé par un besoin urgent, pensai-je. Puis un deuxième. Les trois délégués turcs ensemble... Plus rien ne semblait pouvoir arrêter le flot de désertion. Seuls, au premier rang, Angelo Lombardi et Enzo Fertoli ne bougeaient pas. Le premier ronflait sans discrétion. Quant au second, il compulsait fiévreusement de vieux documents...

Félix Flour n'en avait cure.

Tournant le dos à l'assistance, il couvrait le tableau de graphes et de courbes, mettant en rapport « la syntaxe topologique des valeurs objectives :

$$F\,(d1 \rightarrow 0 \rightarrow \overline{d1}) \longrightarrow F\,(\overline{d1} \rightarrow 0 \rightarrow D2)$$ »,

avec la nécessité d'« identifier les deixis des transferts aux termes du modèle taxinomique, considérés comme des unités morphologiques susceptibles d'investissements de contenus. » (A. J. Greimas, *Du sens*, p. 176, Seuil, Paris, 1970).

Son intervention s'étira sur quarante-cinq minutes, durant lesquelles je tentai de comprendre par quelle malice les spécialistes proclamés du sens s'acharnaient à le rendre incompréhensible.

Deux personnes l'applaudirent : sa femme, et l'étudiant qui devait soutenir sa thèse devant lui dans moins d'un mois.

Pour rendre la déroute moins voyante, je proposai aussitôt un quart d'heure de pause.

Les yeux cernés, la mine défaite, les participants échangeaient dans le fumoir leurs premières impressions. En gros, « passionnant, mais d'un haut niveau ».

Je pris donc l'initiative d'intervertir l'ordre des exposés suivants : un détour par le cinéma nous permettrait de reprendre quelques forces, avant l'intervention du philosophe et, surtout, de la psychanalyste.

Je remontai à la tribune. Meurtri. Lombardi avait causé ma première dispute avec Aurore. Dès que j'avais commencé à lui dire ce que je pensais de l'attitude d'Angelo, son visage s'était fermé. Qu'il soit original, soit. Fantasque, passe encore. Mais point trop n'en fallait. Il y avait certaines limites à ne pas franchir! Elle interrompit ma diatribe, avec une sécheresse dont je ne la croyais pas capable. Elle m'interdisait de parler d'Angelo sur ce ton. Ce colloque était pour lui, à lui seul, et il en ferait ce que bon lui semblait. Quant à moi, avait-elle ajouté en me foudroyant du regard, il faudrait bien que je me décide un jour à ne pas toujours ménager la chèvre et le chou. C'était facile, exalter à tout propos conflits et contradictions, si c'était toujours pour leur préférer une aimable conciliation! Sans doute, le comportement de Lombardi était-il " intempestif " et " inconvenant " (elle reprenait mes mots) : étais-je à ce point soumis au sens des convenances pour m'en offusquer? Si je craignais que Lombardi me ridiculise, avait-elle conclu, c'est vraiment que je n'avais rien compris à rien.

Maussade, j'en oubliai de présenter Ange Pistou qui s'avança vers le micro, une Boyard papier maïs collée aux lèvres. C'était un homme assez corpulent, d'une cinquantaine d'années, le regard myope filtré par des lunettes aux verres aussi épais que des culs de bouteille. Il avait la gaucherie un peu hallucinée des vrais cinéphiles, clignant des yeux à la moindre luminosité, habituée qu'ils sont depuis leur tendre enfance à sécher l'école pour s'enfermer à la Cinémathèque, d'où ils ne ressortent qu'à la nuit tombée.

Coursier aux *Cahiers du cinéma*, il avait sillonné tout Paris à vélo pour distribuer le premier numéro, en avril 1951. Son intuition lui avait commandé d'en mettre quelques paquets de côté et, depuis des années, il ne vivait que de la revente de l'exemplaire « historique » que les amateurs fortunés s'arrachaient à prix d'or. La malheureuse initiative des *Cahiers* de republier, en livre, leur collection complète avait brutalement mis un terme à cette rente de situation.

Il avait toujours rêvé d'écrire dans la revue, mais n'avait pu y faire que quelques piges : normalement, c'est lui qui aurait dû, pour le numéro 82 d'avril 58, faire la notule sur le chef-d'œuvre méconnu de Norbert Carbonnaux, *Le Temps des Œufs Durs*.

Las! Au dernier moment, le comité de rédaction lui avait préféré la critique rédigée par Jean-Luc Godard...

« N'importe qui s'attendrait à ce que je parle du cinéma italien, puisque j'ai choisi d'intervenir sur le thème " Saga des pâtes et cinéma. "

« Ma thèse est la suivante : ce n'est pas le cinéma italien, au sens strict, qui a le mieux valorisé les pâtes sur l'écran.

« Comment justifier ce paradoxe? D'abord parce qu'il les a essentiellement banalisées. On les voit tant qu'on ne les voit plus : pas un film italien sauf, peut-être, chez Rossellini et, surtout, chez Antonioni (j'y reviendrai), où le spectateur puisse échapper à un repas familial autour de *spaghetti*.

« Dès lors, le signifiant en devient insignifiant.

« Quelques exceptions? A la rigueur : on les trouverait chez Ettore Scola. *Macaroni*, bien sûr, mais surtout *C'eravamo tanto amati* *, l'un de ses films les plus ambitieux.

« La structure narrative de ce récit à trois voix est tout entière contenue dans la séquence où Nino Manfredi fait la connaissance de Stefania Sandrelli. Elle est à l'hôpital et lui, comme infirmier, préside à la distribution des repas. Dès qu'il voit la jeune fille, il s'en éprend et ordonne : " Double ration de *cannelloni* ! ", ce qui provoque l'indignation d'une petite vieille, sur le lit d'à côté. Scola serre alors sur le chariot de nourriture...

« Par ce trait, qui n'est un détail qu'*en apparence*, le réalisateur nous dit tout de ce que seront, à l'avenir, les rapports entre ces deux personnages. Il nous le dit, parce qu'il nous le *montre* : Manfredi, toujours prêt à " donner trop ", à " doubler " la ration, se fera sans cesse " doubler " dans sa relation avec elle. Et doubler par ses deux amis, son " double double " (*applaudissements admiratifs*).

« Quelques plans plus loin, panoramique sur la table de l'avocat véreux, devenu le beau-père de Vittorio Gassman. Ils s'empiffrent de *penne rigate* à la tomate. Tous, sauf une : Gio-

* *Nous nous sommes tant aimés* (*N.d.T.*)

vanna Ralli, présentée au départ comme une petite gourde (qui confond “ orgasme ” et “ organisme ”, et trouve difficile la lecture des *Trois Mousquetaires*!). Autodidacte en littérature, en art, en cinéma, elle représente l'irruption de la petite bourgeoisie des années 60 dans le domaine de la culture.

« Elle est au régime (“ tu me trouves trop boulotte? ”) et on ne lui sert qu'une asperge entourée de quelques feuilles de salade.

« Parabole! Il s'agit bien de “ changer de régime ”! D'adopter une “ nouvelle ligne ”, sur tous les plans de l'esthétique!

« Plus tard, elle confiera à son mari combien l'a bouleversée la projection de *La Notte* d'Antonioni.

« Ces éléments font système : s'arrachant au rôle traditionnellement dévolu à la femme italienne, “ *mamma e pasta* ”, elle reconnaît dans les thèmes d'Antonioni l'écho de sa difficulté d'être, de l'incommunicabilité qui l'accable.

« Ce cheminement passe, au niveau culinaire *et* cinématographique, par une rupture avec les codes et les emblèmes de l' “ italianité ”.

« En bref, d'un côté : les crudités et Michelangelo Antonioni, accédant à une nouvelle universalité et n'ayant pas peur du *cru* (sait-on assez que le premier pubis féminin au cinéma est montré dans *Blow-Up*, 1967?). De l'autre, “ tout est *cuit* ” : c'est le règne de la *pasta* bouffonne qu'on s'envoie à la figure et la triste trahison d'un De Sica, pataugeant dans la particularité italianissime du “ cinéma des téléphones blancs ”...

« Entre les deux, inclassable comme toujours, maniant la dérision, Federico Fellini, qui subvertit à la fois *pasta* et cinéma : la seule publicité qu'il ait jamais réalisée montre un couple amoureux dans un restaurant. Le maître d'hôtel énumère les plats de la carte. La femme, une brune torride, affiche son dédain par une moue méprisante. On comprend qu'elle n'apprécie pas le luxe ostentatoire du restaurant et qu'elle juge sévèrement l'homme qui l'y a emmenée. Fellini ménage un vrai suspense : va-t-elle faire un esclandre? Partir brusquement?

« Elle interrompt soudain la litanie du serveur. Sa voix grave, aux inflexions vibrantes, est toute de désir. La femme, presque animale, dit seulement, sur un ton d'ordre, mais aussi d'abandon : *rigatoni*!

« Par cette pirouette, Fellini veut réconcilier *pasta* et sensualité, *rigatoni* et féminité. Donc, *femmina* et *mamma.* Mais il ne peut le faire qu' " hors-champ ", par le détour de la publicité, et non par le cinéma... »

Depuis un moment, déjà, Angelo Lombardi s'agitait sur son fauteuil. Dès qu'il avait aperçu Ange Pistou, il avait posé ses écouteurs : comme les fauves, les grands fous se reconnaissent de loin. L'analyse du cinéphile semblait lui convenir. Pourtant, il se souvenait avec précision avoir vu des pubis dans les films pornographiques dont il se gavait en cachette de ses parents, et ce bien avant 1967 et *Blow-Up*! Il prit sa résolution, allait lever le bras pour intervenir... puis se ravisa. La mémoire de sa famille, peut-être? Je m'en félicitai.

« ... Ma thèse est donc la suivante : c'est surtout le cinéma américain que les pâtes ont marqué.

« ... Vous comprenez mieux, je l'espère, mon paradoxe liminaire : " Saga des pâtes et cinéma ", c'est fondamentalement poser la question de la dette, indirecte ou directe, que le cinéma américain a contractée envers la tradition du cinéma italien.

« Influence indirecte, disais-je, que deux exemples vont suffire à illustrer.

« Ce n'est pas un hasard si, dans le dernier sketch de *Everything You Always Wanted to Know About Sex but Were Afraid to Ask* (1972) * de Woody Allen, le lancement spatial des spermatozoïdes est précédé d'une panique digestive, occasionnée par une descente trop rapide de *fettuccine* à la sauce tomate.

* *Tout ce que vous avez toujours voulu savoir sur le sexe sans jamais avoir osé le demander.* (*N.d.T.*)

« Qu'on me laisse y voir, au sens strict, un *aveu d'impuissance.* Je n'apprendrai rien à personne en soulignant que la phobie de l'impuissance est une thématique récurrente chez Woody Allen.

« Autrement dit, l'expression d'une crainte paranoïaque de la communauté juive new-yorkaise devant le dynamisme et la fertilité cinématographiques de réalisateurs américains d'origine italienne.

« Comment les " digérer "? Telle est la question!

« On mesure le chemin parcouru et l'aggravation de la crise de conscience américaine : en effet, il en allait tout autrement dans cette séquence de *The Apartment* (1960) de Billy Wilder, où Jack Lemmon prépare des *spaghetti* à Shirley Mac Laine et, faute de passoire, utilise une raquette de tennis!

« La charge, pour féroce qu'elle fût, était moins angoissée : au fond, le symbole du " chic " anglo-saxon pouvait encore, sans dommage, être détourné au profit de l'ustensile " rital " par excellence... » (*applaudissements polis*).

L'attention de l'assistance faiblissant, je profitai de ce que l'orateur se désaltérait pour lui demander discrètement s'il pouvait abréger sa brillante démonstration. Un soupir désolé me fit comprendre que je n'étais pas le premier à implorer de sa part un peu de concision.

« ... On me presse de terminer, quand j'en arrive à l'essentiel! » (« Enfin! » lança un anonyme impertinent).

« Si Michael Cimino, hanté par la fragilité d'une identité américaine soumise à la diversité de communautés culturelles, n'ose aborder le problème de front et préfère opérer un détour par les nouilles chinoises dans *Year of the Dragon* (1985), c'est évidemment à Francis Ford Coppola qu'on doit la scène la plus forte sur ce que je n'hésiterai pas à appeler " le passage de l'italianité à l'américanité du *spaghetti* ".

« Une séquence, passée inaperçue, hélas! de *The Godfather*

(1972), me permettra de l'établir. Notez la date : c'est la réponse de Coppola à Woody Allen !

« Don Vito Corleone (Marlon Brando) vient d'être victime d'un attentat. Tom Hagen (Robert Duvall) a le plus grand mal à calmer la fougue de Sonny Corleone (James Caan) qui veut venger son père. Quant à Michael (Al Pacino), il semble plus que jamais être extérieur aux rites de la Famille... »

En entendant « la Famille », Angelo Lombardi sursauta, devint tout pâle et glissa instinctivement la main sous son smoking. Je lui adressai un petit signe d'apaisement. Il reprit son calme.

« ... Tous les lieutenants de Don Corleone sont là, sur le pied de guerre. Parmi eux, le fidèle d'entre les fidèles, Clemenza (Richard Castellano). Le seul Noir, la chose a son importance. Les hommes attendent, dans la cuisine exceptionnellement interdite aux femmes.

« Alors Clemenza fait un signe à Michael. La caméra se rapproche du visage impassible d'Al Pacino. Sur la cuisinière, une grande casserole, dans laquelle Clemenza dispose une gerbe de *spaghetti*.

« Il prend le jeune homme par le bras et l'entraîne jusqu'au plan de travail. Il lui apprend comment couper les oignons (gros plan sur le couteau en action) et les faire convenablement revenir, pour la sauce tomate. Al Pacino écoute, attentif.

« C'est là que le film bascule ! Il est désormais évident qu'Al Pacino, initié, succédera à son père...

« On ne peut rien comprendre à la thématique du *Parrain* si on ne se souvient pas que c'est le président Thomas Jefferson lui-même (1743-1826), conscience fondatrice de l'idéal américain, qui introduisit aux États-Unis vins de Toscane, peupliers de Lombardie et, surtout... la première machine à fabriquer les *spaghetti* !

« La scène que je viens d'analyser pour vous, les splendides développements de *The Godfather, Part II* (1974) ne feront qu'en tirer les conséquences : cette somptueuse fresque de l'histoire du capitalisme américain se confond avec un lent processus de " désitalianisation " et d'intégration. Les *spaghetti* deviennent un plat typiquement américain, et le clan Corleone assimile les valeurs éternelles de l'Amérique : fric, corruption et prostitution! »

Le Schwarzenegger du MIT, pourtant protestataire patenté et militant de la première heure de la Marche des droits civiques, bondit aussitôt et exigea qu'on présentât des excuses publiques à son pays, cependant que les délégués des pays de l'Est et de Cuba, pourtant tous plus dissidents les uns que les autres, ainsi que le reporter de *L'Huma*, applaudissaient à tout rompre.

La confusion atteignit son comble quand Simon Benchetrit, de l'université de Tel-Aviv et auteur de *Pas de pâtes au Shabbat*, protesta contre les insinuations antisémites de l'orateur concernant Woody Allen. Un représentant égyptien enjamba les travées pour gagner la tribune, où il dénonça la « manœuvre sioniste » qui visait à l'interdire de parler de *Al-Suq-al-Sawda'* (*Le Marché noir*, 1945) de Kamal-al-Timilsani, comme il en avait l'intention.

Une des fondatrices du Festival féminin des films de femmes (FFFF) de la Folie-Méricourt ne rata pas cette opportunité pour lire un texte qui proclamait que, " trop longtemps assignées à faire cuire des pâtes pour les équipes techniques sur les tournages en extérieur ", les femmes du FFFF de la Folie-Méricourt avaient unanimement décidé de boycotter un colloque, " dont l'objectif avoué était de les faire retourner dans leurs cuisines ".

La réunion tournant au meeting, un maoïste attardé se mit mécaniquement à répéter un slogan qui ornait les tracts des années 70 (« Bas les pattes devant la Chine! »), et ne comprit pas pourquoi il reçut une gifle de la fondatrice du FFFF, qui entendait dans ce slogan une provocante contrepèterie sexiste.

La situation menaçait de dégénérer, comme en témoignait la jubilation de nos jeunes *skinheads*, prêts à foncer dans le tas. Je crus plus prudent de faire évacuer la salle pour une seconde pause.

Lombardi s'était d'abord retourné en riant pour voir les premiers perturbateurs. Mais, très vite, un haussement d'épaules avait signifié que le spectacle le lassait. Au plus fort du tumulte, impavide, il avait posément recoiffé son walkman. Il dormait maintenant, à poings fermés.

Aurore me reprochait mon manque d'autorité. J'avais laissé se détériorer les choses, les esprits étaient surchauffés, il fallait « calmer le jeu ». Nous compulsâmes la liste des intervenants. Elle jugea que le « public se sentirait trop interpellé » par les propos d'une psychanalyste. Nous cherchâmes fiévreusement la communication susceptible d'apaiser les passions. En vain.

De la salle, nous parvenait l'écho des violentes altercations qui résonnaient dans les couloirs.

« Une douche froide, c'est ce qu'il leur faudrait! »

L'exclamation d'Aurore agit sur moi comme un révélateur : « Le chimiste! Mais c'est bien sûr!... »

Durant la préparation du colloque, nous avions été harcelés par un chimiste, très impliqué dans les polémiques soulevées autour de la « mémoire de l'eau ». Il tenait absolument à présenter devant notre assemblée une nouvelle découverte : l'eau dans laquelle on avait fait cuire des pâtes gardait en mémoire la forme même du féculent.

L'expérience tenait du prodige et, si elle était confirmée, pouvait révolutionner les principes fondamentaux de la cuisine.

Ainsi, il suffisait de faire bouillir de l'eau qui avait *déjà* servi à faire cuire des pâtes pour que, dans une pièce voisine, des pâtes cuisent *sans qu'on ait eu besoin d'ouvrir le paquet!*

La chose était si déroutante que les savants avaient répété l'expérience dans plusieurs laboratoires. Sans doute, ces pâtes *in vitro* étaient-elles immangeables, mais c'est parce qu'elles étaient trop cuites et qu'elles avaient tendance à coller, dans le paquet.

Ébahis, mais sceptiques, nous avions toutefois accepté le principe de cette communication : si l'hypothèse s'avérait exacte, notre colloque entrerait dans l'Histoire. En outre, une caution « scientifique » à notre entreprise n'avait que des avantages...

Aurore secoua la tête :

« Le thème est trop brûlant, il soulève trop de controverses. Dans ce climat, notre homme risque le lynchage ! Je vais le persuader de remettre son intervention à demain. Il faut qu'il en improvise une autre, maintenant, très neutre, très technique... On va sans doute s'emmerder, mais il n'y a pas d'autre issue. »

Je lui laissai carte blanche.

L'objectif fut atteint au-delà de toute espérance. Bonne pâte, le savant avait accepté de se faire le complice de notre stratagème. Pas tout à fait gratuitement : le *deal* doublait le temps imparti à sa communication du lendemain.

Il commença par une longue analyse pour différencier les espèces de " blés tendres », *triticum vulgare*, *triticum aestivum*, etc., et les familles de « blés durs », *triticum durum, persicum, orientale* et quelques autres...

Ensuite, il expliqua comment était calculé le taux de blutage qui permettait d'évaluer la qualité des différentes farines, en insistant, équations à l'appui, sur le rapport de la quantité de farine obtenue à partir d'un même quintal de blé purifié. Mais comment purifiait-on, justement, le caryopse de blé ? La description des différentes techniques prit un certain temps...

Inutile de dire que ces propos n'offrant aucune prise au déclenchement de confrontations esthétiques ou idéologiques, tout le monde s'ennuya vite.

Suivit alors une comparaison méthodique du blé dur et du blé tendre qui se distinguent, « comme chacun sait », par la variation du pourcentage de gluten qu'ils contiennent.

Or, nous fut-il expliqué, le gluten est un composé complexe, en tant qu'il est *polymérique.* Sa structure, comme celle de l'amidon, est constituée de longues molécules. Mais, quand l'amidon se défait et s'imbibe, le gluten forme une toile d'araignée tridimensionnelle qui retient les grains d'amidon et les empêche de s'échapper.

Voilà pourquoi, fit-il en amorçant la descente conclusive, les pâtes au blé tendre, qui contiennent moins de gluten, laissent échapper l'amidon et ont donc une fâcheuse tendance à coller, à la cuisson.

Deux ou trois développements de ce genre eurent raison des ultimes velléités agonistiques. Les participants étaient doux comme des agneaux. L'ambiance maintenant pacifiée autorisait à ce qu'on fît, enfin, un peu de philosophie.

« Lorsque l'imagination matérielle mélange les éléments fondamentaux, notait Gaston Bachelard, elle les unit toujours par deux : eau et terre, eau et feu, eau et air... " Dès que deux substances élémentaires s'unissent, dès qu'elles se fondent l'une dans l'autre, elles se sexualisent ", si bien que " ces combinaisons imaginaires ne réunissent que deux éléments, jamais trois " (*L'Eau et les Rêves,* José Corti, 1942, p. 129).

« Mais quel peut-être le statut de cette dualité, s'il est vrai, comme j'ai tenté de l'établir à propos du Symbole qu'" un rapport duel ne se fonde que sur la présence d'un tiers. Pour être deux, il faut être trois "?

« Je voudrais m'efforcer de penser, dans leur tension, ces deux approches : de leur confrontation naîtra peut-être le concept de " pâtes ", qui nous fait tant défaut depuis les débuts de cette rencontre... »

S'il n'avait tenu qu'à moi, l'homme qui parlait maintenant à la tribune n'aurait pas été invité.

J'avais voulu organiser la rébellion, prétexter un ordre du

jour trop chargé pour lui trouver une place. Clara, Aurore et Gilles s'étaient lâchement défilés, chacun prétendant que les personnages d'un roman n'ont pas à intervenir si, d'aventure, un conflit surgit entre le narrateur et son auteur.

Je consultai les textes du Syndicat des personnages. Ils étaient muets sur la question. Il était pourtant inimaginable que, depuis les débuts de la littérature, un conflit social de ce genre n'ait pas déjà éclaté... Rien. Les choses avaient dû se régler à l'amiable, à coup de lignes d'indemnité!

Car c'est l'auteur, bien sûr, qui, sans vraiment nous demander notre avis, s'était lui-même invité, « à visage découvert », dans le colloque.

La fonction de président de séance m'obligeant à la plus vigilante neutralité vis-à-vis des intervenants, le lecteur comprendra qu'à cet instant précis je me lève et en profite pour aller aux toilettes.

A qui voudrait se convaincre que les narrateurs ne sont, au fond, que le personnel de maison des auteurs, des employés plus ou moins bien traités selon les genres ou les écoles, les pages qui vont suivre ne laisseront, hélas! aucun doute. Alors qu'en toute rigueur le lecteur ne saurait être au courant de ce qui se passe dans une salle que le narrateur vient de quitter, l'auteur va s'en moquer, et vous allez pouvoir lire le contenu de sa communication. Dois-je préciser qu'il n'a pu réaliser cette escroquerie à la cohérence du récit qu'avec la complicité du traducteur qui, depuis le début de ce livre, a clairement choisi son camp *?

« Le texte de Bachelard est précieux à plus d'un titre.

« D'abord, il permet de fonder en raison la spécificité des pâtes dont nous parlons. Les pâtes chinoises sont cuites à la vapeur : elles réalisent donc l'union de l'air et de l'eau. Pain, pain azyme, galettes fermentées le sont au four : union de la pâte et du feu.

* Je préfère ne pas répondre. (*N.d.T.*)

« Seules “ nos ” pâtes réalisent une double combinaison : matière et eau dans leur confection, eau et feu dans leur cuisson.

« Quand bien même certains naïfs croiraient encore à la légende de Marco Polo rapportant les pâtes de Chine, on voit qu'il ne pourrait être fait aucun usage, ici, de ce mythe.

« En tout état de cause, ces pâtes ne seraient pas *les mêmes.*

« Pas plus, d'ailleurs, qu'on ne saurait induire des dessins trouvés sur les vases étrusques que “ les pâtes ” existaient dans l'Antiquité. On travaillait “ la pâte ”, soit. Mais qui, dans l'histoire, le premier, eut l'idée de glisser une feuille de pâte dans l'eau bouillante ? Voilà qui reste, pour nous, un mystère. Incertitude de tout fondement...

« Quand il travaille la pâte, le cuisinier est sculpteur. Farine ou argile, le geste est le même, qui renvoie l'eau à sa superbe ambivalence. Comme l'écrit encore Bachelard, “ l'eau est rêvée tour à tour dans son rôle émollient et dans son rôle agglomérant. Elle délie et elle lie ” (*ibidem*, p. 142).

« On peut donc dire qu'elle est un milieu limite, au sens où la limite sépare ce qu'elle unit, et unit ce qu'elle sépare.

« La “ longue patience du pétrissage ” est ce geste qui, de deux éléments indifférents l'un à l'autre, saura faire surgir un troisième terme. Mixte.

« Mais plonger les pâtes dans l'eau, c'est redoubler ce geste. Une fois donné forme à la matière, tout est remis en cause. La cuisson est un nouveau départ où se courent tous les risques. Car il s'agit désormais de dominer un dispositif complexe : le rapport entre la pâte, mixte de matière et d'eau, l'eau et le feu.

« Nous retrouvons l'authentique structure dialectique de la *médiation* : le rapport de deux termes en fait surgir un troisième, qui intériorise les déterminations de chacun des termes qu'il met en rapport. La triade dialectique, trop fameuse, se joue à quatre, car toujours la médiation se dédouble.

« En ce sens, j'oserai dire que Bachelard, pour une fois, n'a pas été *assez* dialecticien. Il ne l'a pas été jusqu'au bout : les pâtes qui exigent la cuisson humide sont, par excellence, la figure de toute médiation.

« A la structure duelle de la mythologie bachelardienne, elles substituent le principe de toute rationalité, de tout *logos*.

« Faire cuire des pâtes, c'est être dialecticien *.

« Cette problématique de la limite, nous la retrouverions en abordant la question sous son aspect proprement sémiologique : quels critères de classification pour les pâtes? Comment s'y reconnaître, dans cette jungle des formes?

« Je me contenterai d'ouvrir quelques pistes, tant le problème m'apparaît compliqué.

« Il est des critères apparemment simples : on peut opposer pâtes courtes et pâtes longues. Pâtes pleines et pâtes creuses. Pâtes droites et pâtes courbes. Pâtes rayées et pâtes lisses. Confort de la pensée d'entendement, qui divise et sépare!

« Mais, très vite, resurgit l'obsédante question de la limite dont on avait cru trop facilement se débarrasser : tracer la ligne de départage? A partir de quand, par exemple, le trou de la famille des *maccheroni* devient-il si minuscule qu'on bascule dans la famille des *spaghetti*, de la classe des " pâtes creuses " à celle des " pâtes pleines "?

« Ce passage est-il seulement assignable? La question n'a rien de futile. S'il ne l'est pas, comment traiter la chose à la légère, qui rendrait caduque la classification elle-même?

« Où encore : comment mesurer la différence infinitésimale de largeur, qui veut que le *fedelini* soit plus large que le *capellini*, mais moins que le *spaghettini*?

« Sans doute les particularismes régionaux ont-ils cru régler le problème à leur manière, en nommant de manière différente *la même* pâte. Bologne et Mantoue sont des cités voisines.

* Le narrateur étant toujours absent, je prends sur moi d'indiquer que cette méditation fut interrompue à cet endroit par un tonnerre d'applaudissements. Angelo Lombardi lui-même arbora pendant toute l'intervention de l'auteur un hypocrite sourire de connivence (*N.d.T.*)

Est-ce le “ narcissisme des petites différences ” évoqué par Freud qui veut que le *tortellini* de la première devienne l'*agnolini* dans la seconde, sitôt franchi le Pô?!

« On ne saurait se satisfaire d'une solution aussi empirique.

« C'est ainsi que les pâtes nous reconduisent à une question épistémologique de première importance, qu'on trouverait formulée par Michel Foucault : “ Veut-on tracer un partage? Toute limite n'est peut-être qu'une coupure arbitraire dans un ensemble indéfiniment mobile... Mais a-t-on le droit d'établir [...] des ruptures symétriques pour faire apparaître entre elles un système continu et unitaire? ”

(*Les Mots et les Choses*, Gallimard, 1966, p. 64.)

« Avouons-le sans rougir : tant qu'ils continueront à parler *des* pâtes, au pluriel, les Français seront mal placés pour résoudre l'énigme.

« La profondeur métaphysique de la langue italienne devrait nous inspirer : la hissant à la dignité de l'Eau, de la Terre, de l'Air et du Feu, elle a su faire de *la Pasta*, singulière, unique, le cinquième élément primordial de l'Univers... »

J'avais regagné ma place et remerciai sèchement l'orateur. L'honnêteté m'oblige à dire que sa communication fut unanimement et chaleureusement applaudie. Angelo Lombardi s'était levé et mêlait sa voix aux *bravi* qui fusaient de toutes parts.

Pour la première fois, je faillis être fier d'être le narrateur qu'avait choisi cet auteur.

« Y a-t-il des questions? »

Félix Flour leva la main.

« Si je vous ai bien compris, et je le crains, vous proposez tout bonnement que la philosophie se substitue à la sémiotique pour l'analyse de ce champ structurel? Inutile de vous dire que j'émets les plus extrêmes réserves sur cette hypothèse!

– Ne nous lançons pas, je vous en prie, dans une défense corporative de chacun de nos domaines...

– C'est facile à dire, pour vous, philosophes, qui passez votre temps à parasiter les autres et à venir brouter l'herbe de nos territoires!

– Cher ami, il y a assez à faire pour que tous aient du travail! Mais je m'étonne, puisque vous voulez placer notre échange sur le ton de la polémique, que la sémiologie ait jusqu'à présent si superbement ignoré l'analyse des ressources métaphoriques et analogiques liées aux *noms* des pâtes!

« Un exemple : les *piccanti* ont une forme pointue, blessante. Or, il est de tradition de les préparer *alla diavolo*, " à la diable ". Question sémiologique par excellence : où est le *signe* du démon? Dans la forme des pâtes, dans la sauce qui les accompagne, dans leur union?

« Sans doute verrait-on surgir ici la trilogie de Peirce : ce signe est-il une icône, un indice ou un symbole? Sommes-nous dans la Secondarité, ou déjà dans la Tertiarité?

« Cette réflexion devrait offrir un nouvel horizon à la pâtologie, stimuler tous ses chercheurs, loin des querelles de boutiques, et la rendre toujours plus féconde! »

Johnny Noodles, du MIT (USA), demanda la parole :

« Je m'étonne de votre silence sur l'importance de la technologie dans le processus de formation des pâtes. N'est-ce pas là un point essentiel?

– Assurément, et je vous remercie de votre intervention. Je n'ai pas pu développer tous les aspects de la question.

« Je crois en effet qu'une investigation philosophique sur les pâtes rencontrerait très vite le problème de la *violence* dans l'alimentation.

« Ce qui est étrange, dans le cas des pâtes, c'est que cette violence existe, mais qu'elle est constamment déniée.

« Elle existe *avant* le repas : la machine à pâtes est un instrument de torture à pâte. Elle découpe, elle enfile, elle troue, elle tranche... La pâte, avant d'être " informée " par l'humide de la cuisson, l'est d'abord par la violence du geste mécanique.

« Mais, à table, renversement complet des valeurs : on ne coupe pas les pâtes ! Rien ne doit les blesser ! Le couteau est proscrit, et la fourchette n'est pas utilisée comme fourche qui meurtrirait, mais comme instrument d'enroulement, pour ce qui concerne les pâtes longues. Quant aux pâtes cuites *in brodo*, il suffit de se servir de la cuillère !

« Peut-être les pâtes constituent-elles l'emblème du procès d'acculturation humaine, l'aliment *culturel* par excellence, repoussant dans les ténèbres de l'origine, ou le silence de la cuisine, la violence primordiale, le meurtre fondateur...

« Mais je préfère ne pas en dire plus : la psychanalyste Valérie Sfoglia doit, je crois, parler juste après moi. »

Décidément, il ne pouvait s'empêcher de montrer que c'était lui, le Grand Organisateur du colloque ! Quel manque d'élégance...

Un murmure d'admiration parcourut l'assistance quand Valérie Sfoglia monta à la tribune. Il suffisait de la regarder pour se persuader que Freud n'avait pas tout dit sur l'épineuse question du transfert !

La toison frisée entourait d'une auréole flamboyante l'eau profonde des grands yeux verts. La fusion des éléments primordiaux était en elle incarnée ! Moulée dans un fuseau de cuir noir, le chemisier négligemment entrouvert sur un body de dentelle, un sourire désarmant confessa son émotion. La chevelure rousse fit un rideau de feu quand elle se pencha sur ses notes...

« Je donnerais n'importe quoi pour m'allonger sur le divan, murmura Gilles, qu'Aurore avait connu plus sarcastique sur la cure analytique.

– On ne donne rien, en la matière. On paye, c'est tout, répliqua sèchement la jeune femme, alors que la voix au timbre grave s'élevait dans une salle si résolument silencieuse, qu'on aurait pu croire que la psychanalyse renouait avec ses balbutiements initiaux en pratiquant l'hypnose.

– Le discours analytique se constitue de ses manques, commença-t-elle. Loin de moi l'idée de succomber au fantasme de plénitude du sens.

« Il me faut néanmoins opérer le départ entre silence et parole, pour que s'y glisse le furtif de l'aveu. Rencontre inattendue : Bachelard, encore lui, dans l'acuité d'une question : “ Faut-il s'étonner de l'enthousiasme des enfants pour l'expérience des pâtes ? ” Et de faire référence aux travaux de Marie Bonaparte : le travail de pétrissage fait écho à la dimension anale de “ l'intérêt du jeune enfant et de certains névrosés pour leurs excréments ”.

« Un jour que j'étais invitée par un éminent confrère italien, qui savait recevoir et nous avait organisé une petite “ Rencontre internationale ” aux Seychelles, sur le thème “ Boulimie et anorexie ”, je lui posai franchement la question : “ Excusez ce constat empirique, mais pourquoi tous les enfants, sans exception, aiment-ils les pâtes ? ”

« Mon interlocuteur resta longtemps muet. Perdu dans ses pensées, le regard fixe et fuyant, je crus qu'il ne m'avait pas prêté attention. Comme je me levais, il me retint par le bras et me dit : “ Vous l'ignorez peut-être, mais votre question plonge au cœur de la quête analytique. C'est la plus essentielle. Ne la délaissez sous aucun prétexte... ” – Mais... – Les pâtes sont le plat maternel. Le *spaghetti* est ce cordon ombilical qui jamais ne pourra être coupé... ” »

Dans la salle, James Harford, très ému, approuva de la tête avant d'écraser une larme.

« Je méditai longtemps sur cette formule sibylline que, par association libre, j'avais mise en rapport avec la fameuse formule de Lacan : “ Au temps où le sujet passe de l'être à l'avoir dans la quête du phallus s'inscrit cette *Spaltung* par où le sujet s'articule au logos. ”

« Comment concilier ces deux approches, l'interdiction de couper d'une part, la nécessaire *Spaltung* de l'autre ?

« Je profitai de ce que, à l'époque, le Maître était mon " analyste contrôleur ", chargé de surveiller mes passes... »

Il y eut un certain flottement dans l'assistance, des remous. Certains invités étrangers, peu rompus aux subtilités de l'École freudienne, devaient sans doute avoir mal interprété les derniers mots de l'analyste.

Je crus de mon devoir de préciser alors ce qu'était la « passe » chez les lacaniens afin de dissiper toute équivoque. Il me fallut retracer l'historique de cette question confuse, les scissions qu'elle avait entraînées depuis 1953, la « proposition » de Lacan du 9 octobre 1967 : « Et combien il est impossible qu'un témoignage juste soit porté par celui qui franchit cette passe, sur celui qui la constitue – entendons qu'il l'est cette passe, de ce que son moment reste son essence même, même si, après, ça lui passera » *(Première Version)*, et l'état actuel de l'élaboration théorique sur sa fonction, dont l'importance stratégique ne peut échapper qu'aux ignorants ou aux personnes malintentionnées.

Je m'en tirai tant bien que mal. Le sourire dont me gratifia Valérie Sfoglia pour me remercier de cette mise au point me mit le feu aux tempes.

Un sourire, pour un sourire d'elle, j'étais prêt à apprendre par cœur tous les tomes parus du *Séminaire* de Jacques Lacan dans l'exclusive version officielle et estampillée par son gendre; à réciter les *Écrits* à l'envers; à expliquer aux enfants de la maternelle pourquoi « les Non-Dupes errent »; à me laisser convaincre, enfin, qu' « il n'y a pas de rapport sexuel »; à faire semblant de comprendre ce que voulait dire « coalescence et scission de a et S (Ⱥ) »; à prendre en otage les concurrents de l'Association internationale de psychanalyse; à faire exploser le « Quatrième Groupe » et à admettre que « la femme n'est pas toute »... Tout ce qu'elle exigerait de moi, pour un sourire. Et même, à condition qu'elle m'en offrît un second, à me faire engager comme secrétaire au Département de psychanalyse de l'université de Saint-Denis-Paris VIII...

« Je me souviendrai toujours de cette journée où je montai chez lui, avait-elle repris. Dans l'escalier, j'avais croisé un homme brun, agité, mal rasé. J'appris plus tard qu'il s'agissait de Pierre Goldman qui, comme il l'a raconté lui-même, était venu " repérer les lieux ", puisqu'il envisageait de braquer le " psychanalyste génial ".

« Allongée dans la pénombre sur le divan de cuir, il m'interrogea sur mes travaux en cours. Je lui parlai de mes recherches sur les pâtes... " L'enfant a toujours ' un fil à la pâte ', me dit-il. Ne vous préoccupez que de la richesse du Signifiant. Exploitez ses ressources. En l'occurrence : féculent, ' fais-cul-lent ', intime la mère à l'enfant qu'elle veut désormais propre – mais propre à quoi?... "

« Je travaillai dans cette direction, jusqu'au légendaire séminaire du 22 octobre 1973, *Ronds de ficelle*, dont je sus qu'il m'était dédié, sitôt que je l'entendis déclarer : " Car le vrai problème, le problème général, c'est de faire qu'avec un nombre quelconque de ronds de ficelle, quand vous en coupez un, tous les autres sans exception soient libres, indépendants. "

« Ainsi, sans avoir l'air d'y toucher, Lacan avait accepté de me donner un coup de main, de mettre sa main à la pâte!

« Ces développements ardus sur le « nœud borroméen ont suscité bien des commentaires.

« Les mathématiciens topologistes s'en sont emparés. Les uns les ont mis en rapport avec le ruban de Möbius. D'autres les ont rapprochés de " la surface de Boy ", premier modèle utilisé pour retourner la sphère. Offrant une courbe de self-intersection de la surface qui est une courbe gauche ayant la forme d'une hélice tripale, il n'était pas absurde de tenter d'appliquer ce modèle à " Tore " et à " Bretzel ", dans la mesure où ces nœuds sont, pour le topologiste, équivalents à une sphère à laquelle on ajouterait une ou deux anses...

« Mais j'ose affirmer ici que la théorie du Nœud n'a pas encore été comprise. Et pour une raison simple à en crever les yeux!

« Si vous vous reportez aux pages du *Séminaire, livre XX* (" Encore ") la chose vous paraîtra aussi évidente que " La Lettre Volée ".

« Et je ne choisis pas cette référence au hasard.

« Ici Dupin. Là, du pain!

« Car ce sont des pâtes, les nœuds (et réciproquement)!

« Sous l'apparence des ficelles – et on peut dire qu'il l'était, ficelle, Lacan! –, on reconnaît des *spaghetti*, juste assez cuits pour pouvoir se plier aux démonstrations du Séminaire. Regardez ces dessins!

Figure 4

Figure 5

« Seule la figure 6 est composée de l'enchevêtrement de *maccheroni* longs (dessin).

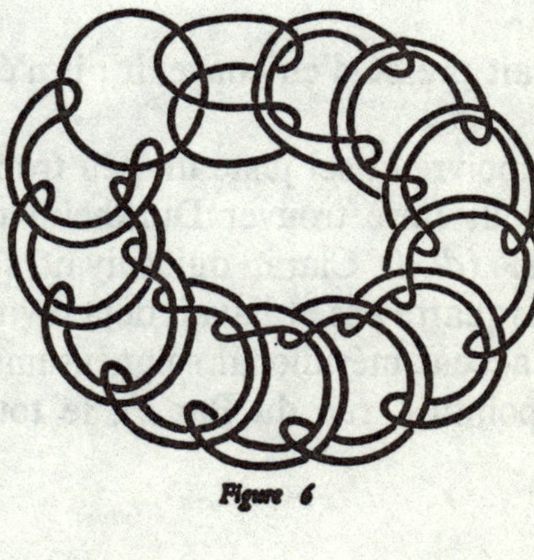

Figure 6

« Pour quelle raison? Comment comprendre cette exception? Mes recherches actuelles sont consacrées à élucider cette question. »

Valérie Sfoglia eut droit à un réel succès d'estime. Tout le monde n'avait pas tout compris, mais comme personne ne demandait à son voisin (« Sujet Supposé Savoir ») de lui expliquer, les choses en restèrent là.

Je savais pourtant que l'atmosphère ne resterait pas longtemps aussi paisible...

C'est peu dire que la communication de Pierre-Édouard Grano était fiévreusement attendue. Ce sociologue s'était taillé une réputation contestée dans l'analyse des manières de table. On lui devait un livre qui avait fait date : *Portrait d'une génération perdue. Pizzeria et couscous entre la rue Saint-Séverin et la rue de la Harpe, 1968-1971.* Le ton venimeux de l'ouvrage avait assuré son succès.

Son dernier essai, *Vapeur et insécurité*, étudiait la floraison des restaurants chinois à Belleville. On se l'arrachait.

Si certain, parmi ses amis, prédisaient à ce pionnier de la « sociologie culinaire rapprochée » une carrière prometteuse (on évoquait même la création d'une « chaire de la bonne chère » au Collège de France), d'autres, les plus nombreux, affirmaient que sa réputation était usurpée. L'engouement du public pour ses travaux aurait moins tenu à leur génie qu'à sa photogénie.

Aurore m'avait pressé d'en convenir : il n'était vraiment pas mal...

Des cheveux poivre et sel juste un peu trop longs, un regard bleu azur « à vous faire trouver Durkheim plus haletant que Jim Thompson » (*dixit* Clara, qui suivait ses séminaires du lundi soir depuis quatre ans et l'avait déjà invité six fois à *Avoue ta vie, va*), un accent méridional soigneusement entretenu (on parle plutôt « pointu », rue du Bac...), le tout était, paraît-il, « craquant ».

Chacune de ses apparitions à la télévision soulevait des controverses dont la presse écrite se faisait l'écho plusieurs jours durant : le col de sa chemise était-il plus échancré qu'à son dernier passage ?

On ne pouvait pas, en tout cas, lui faire grief de ne pas innover. Il avait enregistré en vidéoclip son analyse de *La Crème à la vierge*, qui avait bousculé tous les habitués des cimes du Top 50.

Sa dernière séance de signature, autour de son disque *Queues de bœuf en Bourgogne*, avait failli fort mal se terminer : plusieurs *groupies* s'étaient crêpé le chignon, une autre avait perdu toute sa connaissance après avoir pu le toucher et lui murmurer cet énigmatique : « Prends-moi, mangeur d'hommes, je suis ta cuisinière. »

La rumeur affirmait que le Zénith était déjà réservé pour la conférence qu'il devait donner, dans un mois, sur *Diversité culturelle des recettes du cul de veau* et que la réservation allait incessamment ouvrir dans les FNAC, à Virgin Mégastore et dans les principales agences de voyage.

Son entrée dans la salle, il faut bien l'avouer, ne manqua pas d'allure.

L'énorme limousine aux vitres teintées qui s'était immobilisée devant les grilles du manoir n'était qu'un leurre. Et, alors que la foule de ses jeunes admiratrices, qui ne juraient désormais plus que par Georg Simmel, Marcel Mauss et Max Weber, dont les ventes s'étaient envolées dans toutes les grandes surfaces, menaçait de déborder notre service d'ordre et de mettre à bas les grilles, il était arrivé seul, sur un vélosolex, par un petit chemin forestier.

« La classe... », avait murmuré Aurore, un peu honteuse, tout de même, de marcher dans la combine.

Un concert de sifflets et de huées l'accueillit, cependant que les plus jeunes des participants du colloque quittaient leur place et venaient se masser, debout, devant la tribune, en allumant leurs briquets.

« Ces manifestations d'hostilité m'honorent! lança-t-il à l'assistance. Je vois que la vieille institution et ses mandarins académiques, arc-boutés sur des exigences de rigueur désuètes et périmées, voudraient encore tenir le haut du pavé (“ *au poivre*! ” cria un plaisantin) et faire obstruction à une parole libre.

– Non! Non, Pierre-Édouard! supplièrent les jeunes en brandissant plus haut leurs flammes.

– Écoutez la voix de la jeunesse! »

Il me fallait intervenir :

« Un peu de calme, je vous en prie. Ou je me verrai contraint de faire évacuer la salle. La parole est à Pierre-Édouard Grano.

– Merci, monsieur le Président, de ne pas laisser bafouer les Droits de l'homme. Mon intervention sera brève (“ *chic!* ”), mais dense (“ *ça m'étonnerait!* ”). Je voudrais ici même porter un coup fatal à la sociologie poussiéreuse, marxisante, totalisante et totalitaire qui asphyxia, des années durant, la recherche de ce pays.

« Je partirai donc d'un texte, ô combien représentatif, de ce goulag théorique dont nous sortons à peine, de ce terrorisme intellectuel dont tant d'entre nous furent les victimes après, c'est vrai, en avoir été les hérauts. Pierre Bourdieu, donc... »

A ce nom, la plupart des participants applaudirent et se levèrent. Grano attendait sans doute que les jeunes contre-manifestassent. Mais le nom leur étant inconnu (Grano l'avait attaqué, mais jamais cité dans ses ouvrages), ils restaient cois, se demandant quelle attitude adopter. Certains, d'ailleurs, se mirent à applaudir avec les autres...

« Bourdieu, donc, a osé écrire dans *La Distinction*, je cite le livre mais, afin de confondre ceux qui m'accusent de toujours tronquer les références, j'irai même jusqu'à préciser la page (“ *C'est trop! Arrête! Tu te fais du mal!* ”). Page 216, voici ce qu'on peut lire : “ On pourrait, à propos des classes populaires, parler de franc-manger comme on parle de franc-parler. Le repas est placé sous le signe de l'abondance (qui n'exclut pas les restrictions et les limites) et surtout de la liberté : on fait des plats ' élastiques ', ' abondants ', comme les soupes ou les sauces, *les pâtes* ou les pommes de terre (presque toujours associées aux légumes), et qui, servies à la louche ou à la cuillère, évitent d'avoir à trop mesurer et compter – à l'opposé de tout ce qui se découpe, comme les rôtis. "

« Cette citation fait évidemment écho à l'opposition élaborée quelques pages auparavant, entre les aliments solides, masculins, populaires, qui " tiennent au corps " et se mangent par grosses bouchées, et les aliments légers, féminins, bourgeois qui, tel le poisson, se préparent délicatement et se mangent " en mastiquant légèrement, avec le devant de la bouche "...

« Comment peut-on affirmer des choses pareilles?

« Ce dogmatisme de la " lutte des classes " voudrait nous faire croire que les pâtes sont un plat " populaire "!

« Mais pardon! Pardon! Il m'est arrivé, avec quelques amis, d'aller souper dans un restaurant italien. Aux Halles. Nous y avons commandé des pâtes, ce qu'aucun d'entre nous n'aurait fait s'il s'était agi d'un " plat populaire "! Ensuite, les rations étaient loin d'être plantureuses! Ce n'était pas, excusez la vulgarité de l'expression, des " plâtrées "! Pour ne rien dire de l'addition plutôt salée que nous y laissions...

« Regardez-moi! Ai-je la tête de quelqu'un qui " s'en fout plein la gueule "? (" *Plein les poches, oui!* ") Sachez que lorsque nous mangeons des pâtes, mes amis et moi, nous les dégustons avec les incisives! N'est-ce pas la preuve que ces classifications ne sont pas pertinentes?

« Enfin, que dire de cette opposition entre la cuillère et le couteau, sinon qu'elle est ridicule!

« Le premier mangeur de *spaghetti* venu est bien obligé de les couper, s'il veut pouvoir manger proprement et ne pas tacher sa chemise! »

Le silence qui s'abattit alors sur la salle ne peut être comparé qu'avec celui, oppressant, qui précède de peu le déferlement du cyclone. Clara, dont les pupilles s'étaient écarquillées d'angoisse, était à moitié levée.

Quelques rires accueillirent cet aveu d'incompétence radicale, mais ils s'étranglèrent vite.

Enzo Fertoli et Angelo Lombardi s'étaient levés comme un seul homme et gesticulaient sous mon nez :

« D'où avez-vous sorti ce clown? demanda le premier.

– Fous-moi ce connard dehors, gueula Lombardi, ou je vais lui faire voir comment je les lui coupe, moi!!! »

Les deux vieillards avaient donné le signal de l'hallali.

« Regardez! Regardez! cria quelqu'un qui s'était perché sur une table en agitant quelques feuillets. Dans cet article, Grano se couvre de ridicule! Il confond *tortiglioni* et *tagliolini*!

– C'était une erreur de traduction! plaida l'autre, qui ramassait fiévreusement ses notes.

– Menteur! Escroc! Tu as pillé des pages entières de ma thèse sans citer tes références! » hurla Frau Hildegarde Mehl d'une voix de stentor.

Toute la salle était debout, invectivant l'orateur.

« C'est incroyable! fulminait-on. Tout le colloque a établi que l'enjeu crucial était de ne pas couper les *spaghetti*! C'est le seul point où chacun s'est accordé, et voilà qu'il remet tout en cause!

– Il ne remet rien en cause du tout! Il est d'une ignorance crasse, et d'une suffisance!... »

Ayant déjà reçu une tarte à la crème, lors d'un symposium où il avait crânement identifié sauce béarnaise et mayonnaise, le « nouvel imposteur », comme on l'appelait déjà, jugea plus prudent de battre en retraite, tout en vociférant.

« Je suis une nouvelle fois victime de la censure des Maîtres Cuiseurs! Mais vous allez en entendre parler! Partout! D'ailleurs, je m'en doutais, et j'avais déjà convoqué la presse, et... »

Ses derniers mots se perdirent dans un vacarme indescriptible.

Je craignais quelque violente réaction des jeunes. Vaguement déçus par la piteuse sortie de leur matamore d'idole, ils avaient rangé leurs briquets et sortaient. Tristes.

Il fallut bien une heure pour calmer les esprits. Aldo avait préparé thé, café, chocolat, et chacun reprenait des forces autour des pâtisseries.

J'étais en conversation avec Valérie Sfoglia, à qui j'avais demandé de bien vouloir éclaircir un ou deux points de son exposé que je croyais n'avoir pas tout à fait saisis, quand Aurore se précipita sur moi et, à bout de souffle :

« Angelo a disparu ! »

Après avoir cherché dans le parc et la forêt, être montés dans sa chambre pour s'assurer qu'il n'y faisait pas une petite sieste, descendus à la cave au cas où..., il fallut nous rendre à l'évidence : Angelo s'était promptement évanoui.

Nous organisâmes un dispositif d'urgence.

Gilles prendrait ma place pour la suite des débats. Avant le dîner étaient prévues l'intervention d'un géographe sur « Chine et Italie : civilisation du riz, culture du blé » ; celle d'un spécialiste du Mezzogiorno, qui devait expliquer pourquoi les Italiens du Nord, dominés par le riz et le maïs, appellent « macaroni » les Italiens du Sud, et pourquoi ces derniers s'empressent d'appeler « polentu » leurs compatriotes de Milan, Vicence ou Venise. Une linguiste, un « systémicien » et un écrivain devaient clore cette première journée. Gilles aurait seulement à présenter les tables rondes de la matinée du lendemain, mais il en connaissait la liste aussi bien que moi.

La consigne était de n'ébruiter sous aucun prétexte la disparition de notre président d'honneur et d'inventer n'importe quelle explication plausible si, d'aventure, quelqu'un s'en inquiétait...

Clara resterait au standard pour répondre à d'éventuels appels.

Aurore et moi partirions à sa recherche.

Je profitai de la reprise des débats pour m'entretenir avec Enzo Fertoli. Non que je soupçonnasse le vieil historien lui-même. Mais les mœurs de l'École de l'Histoire officielle des pâtes dérogeaient parfois aux règles les plus élémentaires de l'éthique des confrontations théoriques : enlèvements de conférenciers hostiles, rackets sur les librairies, extorsion de signatures pour les pétitions, ces gens-là ne m'inspiraient aucune confiance...

Pourtant, Fertoli parut sincèrement atterré de la disparition de son plus cher ennemi.

Avec toute la considération que je lui devais, je lui demandai s'il voyait un rapport entre cet incident et le tête-à-tête qu'ils avaient eu en fin de matinée :

« Mais non ! Au contraire ! J'ai même du mal à comprendre pourquoi il n'est pas là, à savourer sa victoire !

– Quelle victoire !

– Un jeune historien, que j'encourage depuis de nombreuses années, termine une thèse... Je ne la dirige pas, étant à la retraite, comme vous le savez, mais... Bref, il a mis la main sur des documents d'une portée considérable. Surtout pour ce gredin de Lombardi !

– Pourquoi ? »

Le vieil homme se renfrogna :

« Rien ne me pousse à vous le dire, jeune homme !

– Je vous en prie, maître. Peut-être vos propos nous aideront-ils à orienter nos recherches ? »

Enzo Fertoli ne se départissait pas de son air buté :

« Qu'il aille au diable, s'il n'y est déjà ! *Il diavolo da vecchio si fa frate* !

– *Peccato confessato è mezzo perdonato !*

– *Trenta monaci e une abate non farebbero bere un asino per forza !*

– *Se gioventù sapesse, se vecchiaia potesse !*

– *Nessuno puo essere giudice e parte !*

– *Intelligenti pauca *!* »

Le brusque changement de registre désarçonna le vieux savant. Je m'engouffrai dans la brèche :

« Je prends l'engagement que rien de ce que vous me confierez ne sortira de cette pièce! fis-je solennellement, en savourant déjà l'effet que produiraient mes propos sur Aurore.

– La chose n'est pas agréable à dire... », murmura-t-il, hésitant.

J'avais gagné. Il ne me restait plus qu'à attendre. Il gratta le sommet de son crâne luisant et toussota :

« Eh bien! Ce document confirme totalement la thèse de Lombardi. Celle que je combats depuis que je le connais! Non seulement ses analyses sur la révolution culinaire opérée en France par les cuisiniers florentins de Catherine de Médicis s'en trouvent corroborées dans leurs moindres détails, mais il contient une révélation d'importance... Je suis têtu, mais honnête. J'ai donc tout raconté à Lombardi durant notre entretien.

– Il sait donc tout?

– Oui. Ab-so-lu-ment tout!

– Et cette révélation, quelle est-elle?

– Je ne sais pas si...

– Je vous en prie! Sous le sceau du secret! »

Le vieillard approcha ses lèvres sèches de mon oreille et chuchota d'un trait, comme pour se décharger d'un fardeau décidément trop lourd à porter :

« Ce document relate comment un apprenti marmiton, le 17 juillet 1305, près de Padoue, se fit sévèrement châtier par son maître. Il portait au four des feuilles de pâte séchée, il glissa et lâcha les feuilles de farine qui, par accident, tombèrent dans le chaudron d'eau bouillante... »

* Proverbes italiens et locution latine : « Quand le diable est vieux, il se fait ermite »; « Péché avoué est à demi pardonné »; « Trente moines et un curé ne feraient pas boire un âne de force »; « Si jeunesse savait, si vieillesse pouvait »; « Peu de mots suffisent à celui qui comprend ». (*N.d.T.*)

J'écarquillai les yeux. Je n'en revenais pas :

« C'est donc un gosse qui inventa les pâtes ! »

Nous demeurâmes silencieux, écrasés par le poids du secret.

« Que sait-on d'autre, sur le gamin ?

– Rien. Le chroniqueur rapporte seulement qu'il se prénommait Angelo... »

DERNIER CERCLE

EN FORME D'ÉPI LOGUE

Sans se laisser distraire, sans même prendre la peine de se déshabiller, il aura filé dans sa chambre. Il aura choisi un disque, aussitôt englouti par le ventre du walk-man.

Revenu dans la grande cuisine, il n'aura eu qu'un regard pour ses fichiers, trop vite occupé par sa quête d'un couteau, long coutelas de boucher dont il aura patiemment affilé la lame comme on aiguise un style, en fredonnant :

« *Mi si affacia un pugnal?!*
L'elsa a me volta?
Se larva non sei tu, ch'io ti brandisca...
Mi sfuggi... eppur ti veggo! * »

L'arme à la main, il se sera dirigé vers la pâtothèque.

Sentinelles raides et impassibles sanglées dans leurs emballages, les centaines de paquets, comme à la parade.

Son bras n'aura pas tremblé.

Sans ardeur, sans ivresse, avec un calme méthodique et presque détaché, il aura entrepris d'éventrer, étagère après éta-

* « Ce poignard! Devant moi! L'arme m'échappe! Si ton fer est du fer, viens que je frappe! Tu me fuis... pourtant je te vois » – Verdi, *Macbeth*, I *(N.d.T.)*.

gère, tous les paquets qu'elles auront portés, s'aidant d'un escabeau pour atteindre les plus hautes.

Il ne se sera acharné sur aucun. Juste, d'abord, une entaille. Chacun marqué d'un trait, épreuve probatoire au rite initiatique. Quand, des deux lèvres formées par l'estafilade, se seront échappées les premières pâtes, comme mots meurtris murmurés, qu'elles seront tombées par terre dans un bruit mat, le scalpel aura dilaté la plaie, le poignard élargi la blessure. Trois métronomes indifférents auront rythmé le cérémonial de lacération : le souffle régulier de Lombardi, le froissement du papier, étoffe déchirée, le son sec des folles formes de farine séchée, s'échappant de leur carton prison, s'élançant vers leurs sœurs, pour s'abîmer sur un rideau, une nappe, puis une sublime colline de courbes brisées, de torsades sectionnées, de galbes enchevêtrés, figures emmêlées, désormais indistinctes, petits cailloux cassés cimentant le monticule du mélange absolu.

Alors, Angelo Lombardi aura jeté au loin le couteau immaculé, et pourtant assassin. Il sera sorti, sans se retourner.

La porte de la maison était entrouverte. Nous fouillâmes tout, chambres, placards, cagibis et recoins, combles et greniers. L'examen scrupuleux de la cave, dont les trésors en bouteilles me laissèrent indifférent, ne donna rien non plus.

Au cri d'Aurore, je me précipitai. Nous demeurâmes tous deux, silencieux, interdits, devant le tertre aux pâtes, encombré par les lambeaux d'emballages crevés. Butte de la passion, où butait sa folie.

Je m'effondrai sur un siège. M'étant efforcé de rassurer Aurore, j'avais fini par me persuader que nous retrouverions Lombardi chez lui.

« Il a pourtant passé l'âge de faire une fugue... »

Elle me dévisagea :

« Tu le connais, toi, son âge ?! »

Je répondis par un geste d'impuissance.

Son regard scrutait les étagères désolées, comme si elles avaient dû lui donner la clef...

« Le hangar ! » s'exclama-t-elle.

La voiture encaissait tous les cahots du mauvais chemin. Deux fois, je crus que nous allions nous embourber. Les roues patinaient, je poussai le moteur jusqu'à le faire hurler.

Aurore courut, franchit le portail de fer et les rideaux de

plastique. Ses yeux n'avaient pas attendu de s'accoutumer à la pénombre pour balayer l'immense hall et la monture d'acier.

Je la rejoignis. Elle sanglotait, doucement. Je lui passai le bras autour du cou :

« Allons, viens. Il n'y a personne... »

Je l'entraînai. Nous franchissions le seuil quand je m'arrêtai, indécis. C'était comme l'écho assourdi, très lointain, à peine audible, d'une mélodie.

Par acquis de conscience, ou pour m'assurer de n'avoir pas rêvé, j'abandonnai Aurore et revins sur mes pas. Je me dirigeai vers la gigantesque machine, et contournai les linéaires.

Comme un organiste tout à la préparation de ses registres, Lombardi s'affairait, à peine éclairé par une lampe de poche posée à la verticale sur le clavier des manettes.

Fidèle à son habitude, c'est à pleine puissance qu'il écoutait, casque sur la tête, s'épancher Violetta :

« *Sempre libera degg'io*
Follegiare di gioia in gioia
Vo' che scorra il viver mio
Pei sentieri del piacer... * »

Il déposa ses écouteurs et souleva sa masse avant de s'étirer, bâillant à s'en décrocher la mâchoire. Il portait encore son smoking, mais avait largement ouvert sa chemise pour libérer le ventre. Il se retourna, sans m'apercevoir.

Son visage arborait un sourire que je ne lui avais jamais vu. Un sourire qui découvrait les dents, fait de satisfaction, de sérénité confiante, de joie de vivre. De bien-être.

Un sourire d'enfant.

* « Libre toujours, je veux pouvoir voltiger de joie en joie. Je veux que ma vie s'écoule par les sentiers du plaisir » – Verdi, *Traviata*, I *(N.d.T.)*.

Il gravit un à un, en soufflant bruyamment, les barreaux de l'échelle menant à la petite plate-forme, qui dominait la machine.

« Angelo! »

La voix d'Aurore résonna.

Il fit à la jeune fille un signe de la main, sans paraître autrement surpris de la trouver là. Elle courut au pied de l'architecture de fer et s'égosilla, la tête renversée :

« Angelo! Mais pourquoi es-tu parti sans rien dire?! Nous nous faisions un sang d'encre! »

« Encre sèche, ou encre de seiche?! Certains écrivains font imprimer les exemplaires numérotés sur « pâte » spéciale, le savez-vous?! » gloussa-t-il en imitant le ton docte d'un conférencier.

Son sourire s'élargit :

« Les enfants, je vous dois un aveu. Je m'emmerdais comme un rat mort! Vous aimez. Tout. D'un bloc. Aveuglément. Obstinément. Fidèlement, la chose va sans dire! Obsessionnellement, comme il convient. Ni questions, ni réserves. Pas de pruderie prudente qui vous préserve. Vous aimez. Ame et corps voués à ce qui vous dévore, prêt à implorer qu'il en prît plus encore, et toujours davantage. Jamais trop! Non mais, vous les avez vus? Ils se servent de mon amour comme on se sert dans un plat! En prenant grand soin de ne pas se salir les doigts! On ne pense pas sur des tréteaux, il y faut du silence. Du calme, pas de bruit. De l'attention, pas des parasites. Il faut savoir être seul, ou deux, pour penser. Plus? On dispense! Et, surtout, surtout, il faut y prendre du plaisir! Souviens-toi, ma douce, Spinoza : " La joie, directement, n'est jamais mauvaise, mais bonne; la tristesse, au contraire, est directement mauvaise! "

« Et eux?! Leur morgue est triste à mourir!

« Vous ouvrez l'horizon? Ils répondent frontières! Vous rêvez d'évasion? Ils s'assignent à résidence! Vous vous grisez de l'air du large? Ils ferment les fenêtres! Et que je te clôture, délimite, sépare, borne, cadenasse et condamne! Mais bon dieu! Les pâtes, c'est d'abord un mélange! Un pastis! Un pastiche!

Ils bavassent quand je salive ! Ils jactent, je jouis ! Je suis un savant sensuel, moi ! »

« Mais, Enzo Fertoli...

– Ah, ah ! Ce cher vieil Enzo... Il vous a raconté sa triste mésaventure ? Par le menu ? La très prestigieuse École de l'Histoire officielle des pâtes s'est foutu le *maccherone* dans l'œil, jusqu'au coude ! Un gros coude rayé, bien entendu ! Quel *happy end*, hein ?! »

Il ne ricanait pas, mais riait de bon cœur. Sa gaîté ne semblait pas feinte ou forcée. Elle rassura Aurore.

« Que fais-tu, là-haut ? lui demanda-t-elle, plus détendue.

– Je répare ma machine !

– Pour quoi faire ?

– Pour la faire marcher, pardi ! »

On le vit disparaître, absorbé dans la vérification de quelques pistons. Il surgit à nouveau, serrant ça et là un boulon, abaissant un levier. Un sourire de satisfaction conclut l'inspection. Je pensai qu'il allait redescendre. Mais non. Il demeurait campé sur la bête, la couvant du regard. Il était superbe, le corps cambré, le visage rayonnant. Amiral de son vaisseau fantôme, commandant de sa vie.

« Les enfants, j'ai un service à vous demander. Il y a si longtemps que je ne l'ai pas mise en marche... Et je voudrais tant que vous entendiez son chant ! Il y a, dans la cave de la maison, quelques vieux sacs de farine. Rapportez m'en un. »

J'approchai la voiture au plus près du portail : le sac était lourd, et nous avions peiné pour le hisser dans le coffre.

Aurore s'étonna de ce que la porte fût close. Elle tenta de l'ouvrir. En vain.

Il s'était enfermé.

Aurore tambourina de toutes ses forces contre la paroi d'acier. Soudain, amplifiée par la résonnance, répétée par l'écho, souveraine, retentit la voix de Lombardi :

« Ne frappe pas, ma douce, tu risque de te blesser! Écoute plutôt ce que je veux te dire.

« Sans cesse, les poètes chantent le malheur des passions. Je voudrais, une fois, leur donner tort. C'est très fragile, une passion. Une passion, pas une passade! Fragile autant qu'exigeante, elle ne se contente pas de peu.

« Survient un moment, quand on a bourlingué, qu'on se sait vieux et condamné, où on voudrait lui rendre la monnaie de sa pièce. Alors, on se demande : quoi faire? Comment aller plus loin? Lui témoigner sa gratitude pour les instants de rêve qu'elle a su vous offrir... L'idée germe en vous... D'abord étrange, je l'avoue... Il faut l'apprivoiser, la laisser tendrement vous harceler et s'en faire familier.

« Un jour, c'est l'évidence. « Avoir une passion » ne suffit plus. Sa passion, il faut la devenir... Se fondre en elle... S'y oublier... Elle se confond depuis si longtemps avec vous... Pourquoi ne pas s'y couler... S'y abîmer... Ne plus faire qu'un, avec elle, comme pour lui faire l'amour...

« Ne serait-ce pas superbe?!

Blême, Aurore aura lâché ma main. Un grondement sourd aura fait trembler murs et verrières.

Alors se sera élevée la voix de Violetta, accompagnée du timbre plus grossier de l'amateur, appliqué à chanter aussi juste que possible, plus juste que jamais,

« *Nasca il giorno, o il giorno muoia* »

« Que naisse le jour, ou que le jour meure »,

le souffle de la machine sera devenu un halètement rauque, et la mécanique aura accéléré son rythme, et le tempo se sera emballé jusqu'à trépider, et le fracas des saccades aura, l'instant d'éternité, recouvert la voix de l'homme, homme oiseau s'élançant dans le vide, au cœur de la machine, au cœur de toute chose...

Et la voix de la femme, seule, lumineuse, cristalline, acheva son *aria*,

«*A diletti sempre nuovi*
Dee volare il mio penser »,

et Aurore aura murmuré

« Vers des plaisirs toujours nouveaux
Doit s'envoler ma pensée. »

TABLES

TABLE D'HÔTES

Mes remerciements les plus chaleureux à

Bernard Barrault, Betty Mialet, Pauline de Margerie et Béatrice Lecomte, pour l'aide continue qu'ils ont apportée à la longue cuisson de mes mots;

Geneviève Beltran, pour tout;

Armand Bianchéri, pour ses conceptualisations gourmandes et sa défense intransigeante de la cuisine niçoise;

Roger Chartier, pour ses précieuses et amicales recommandations bibliographiques;

Stefano Cuccuini, du restaurant « I Velloni » (Paris), pour son érudition en pâtologie;

Pascale Lismonde et aux invités de sa savoureuse émission *La Culture des pâtes* (France-Culture), dont ce livre s'est plus d'une fois nourri;

Guy Penne, sénateur et maire de Sainte-Cécile-les-Vignes, pour sa documentation sur le baron Le Roy de Boiseaumarié;

André Scala, pour ce que ce livre doit à son insatiable curiosité et à son amitié.

TABLE DES METS

TABLE DES RÉFÉRENCES

Apicius, *L'Art culinaire* (Belles-Lettres, 1987)
R. Armisen et A. Martin, *Les Recettes de la table niçoise* (ISTRA, 1972)
Arnauld et Nicole, *La Logique ou l'Art de penser* (Flammarion, 1970)
G. Bachelard, *L'Eau et les Rêves* (J. Corti, 1942)
R. Barthes, *L'Empire des signes* (Skira, 1970)
P. Bourdieu, *La Distinction* (Minuit, 1979)
S. Bernstein et P. Milza, *L'Italie fasciste* (A. Colin, 1970)
F. Braudel, *Civilisation matérielle, économie et capitalisme, XVe-XVIIIe siècle* (A. Colin, 1979)
P. Broué, *La Révolution et la Guerre d'Espagne* (Minuit, 1961)
Cahiers du cinéma, collection.
« Les Cahiers de Fanny », *Les Pâtes* (Hubschmid et Bouret, 1981)
Y. Cloulas, *Catherine de Médicis* (Fayard, 1979)
Henri II (Fayard, 1985)
R. J. Courtine, *Encyclopédie universelle de la cuisine* (CNLF, 1969)
La Cuisine de Lyon-Rhône-Alpes par ses chefs (Gamma, 1988)
Curnonsky, *Cuisine et vins de France* (Larousse, 1987) [malgré le caractère peu fiable de cette réédition]
Dictionnaire du cinéma (Larousse, 1986)

A. Dumas, *Le Grand Dictionnaire de la cuisine* (Veyrier, 1978)
R. Dumay, *Guide du vin* (Stock, 1967)
L. Forbes, *Saveurs de Toscane* (Flammarion, 1985)
Gault et Millau, *Nos recettes préférées à la maison* (Éd. nº 1, 1983)
C. Guillemard, *Les Mots d'origine gourmande* (Belin, 1986)
Les Mots pittoresques de la table (Belin, 1987)
P. Guiraud, *Dictionnaire érotique* (Payot, 1978)
G. Jacquemont et P. Galant, *Le Grand Livre des Côtes-du-Rhône* (Chêne, 1988)
M. Jeanneret, *Des Mets et des mots, Banquets et propos de table à la Renaissance* (J. Corti, 1987)
J. Lacan, *Écrits* (Seuil, 1966)
Séminaire, Livre XX (Seuil, 1975)
M. Lachiver, *Vins, vignes et vignerons, Histoire du vignoble français* (Fayard, 1988)
A. Lichine, *Encyclopédie des vins et des alcools* (R. Laffont, 1982)
L. Marin, *La Parole mangée* (Méridiens-Klincksieck, 1986)
H-J. Martin, *Histoire et pouvoirs de l'écrit* (Perrin, 1988)
J. Mazel, *Socrate* (Fayard, 1987)
J. Médecin, *La Cuisine du comté de Nice* (Julliard, 1972)
S. Mennel, *Français et Anglais à table, du Moyen Age à nos jours* (Flammarion, 1987)
C. Monselet, *La Cuisinière poétique* (Le Promeneur, 1988)
G. Negri, *L'Opéra italien* (Flammarion, 1987)
Platon, *Œuvres complètes* (Belles-Lettres)
J-F. Revel, *Un festin en paroles, la sensibilité gastronomique de l'Antiquité à nos jours* (Pauvert/Suger, 1985)
A. Sandri et E. Berti, *Il Segreto di Pulcinella, Come mangiare spaghetti e campare cent' anni* (NEPI, Milan, 1984)
J-P. Sartre, *L'Être et le Néant* (Gallimard, 1943)
M. Serres, *Les cinq sens* (Grasset, 1985)
Stendhal, *Vie de Rossini* (Parution, 1987)
L. Veronelli, *Le Livre des pâtes* (P. Bordas et fils, 1987)

TABLE DES « MATIÈRES »

PREMIER CERCLE, UN BANQUET

Cet ouvrage a été réalisé sur
Système Cameron
par la SOCIÉTÉ NOUVELLE FIRMIN-DIDOT
Mesnil-sur-l'Estrée
pour le compte des Éditions BARRAULT
en août 1989

Imprimé en France
Dépôt légal : Août 1989
Nº d'édition : 1144 – Nº d'impression : 12234